#13
ありふれた職業で世界最強
ARIFURETA SHOKUGYOU DE SEKAISAIKYOU
白米良 shirakome ryo
illust.たかやKi takayaki

「この世界での最後の遊戯だ。
我自ら遊んでやろうではないか」

ありふれた職業で世界最強 13

白米 良

OVERLAP

CONTENTS

イラスト／たかやKi

プロローグ

奈落の底へ落とされて。

身も心も、人の枠から外れようとした。

今までの自分を壊して、ただひたすら前へ進む。道程の全てを壊して、ただ目的だけを見て手を伸ばす。生きるためなら、家に帰るためなら、外道に落ちても構わないと自ら奈落の更に底へと歩き出した。

そうしなければ耐えられなかったから。心のタガを外して、ふりきれた存在にならないと、どこかで蹲《うずくま》って動けなくなっただろうから。

俺はきっと、瀬戸際だった。

ユエ、お前と出会った時が本当にデッドラインだったんだ。

お前が俺を、ギリギリのところで〝人〟に繋《つな》ぎ止めてくれた。

家族に、少しでも顔向けできる人間でいさせてくれた。

大切だと思える連中が増えたのも、ここまで強くなれたのも、お前がいてくれたから。

この恩を、どう返せばいい？

きっとお前は、一緒にいられればいいなんて言うんだろうけど。

それだけじゃあ、まったく足りない。気が済まない。

だから、まずは約束を果たそう。

一緒に世界を越えて、俺の故郷へ行こう。

あの日、お前は帰る場所がないと寂しげに俯《うつむ》いたから、故郷と帰る家を贈ろう。

大丈夫。お前は何かと不安がっていたけれど、父さんも母さんも死ぬほど喜ぶさ。

だから、ユエ。俺の最愛の吸血姫。

待っててくれ。今、迎えに行く。


奈落の底に囚《とら》われて。

身も心も凍《い》てつかせて、無感情な人形になろうとしていた。

心を殺して、ただ暗闇に身を委ねる。この永遠に等しい囚われの生が終わるなら、死んでも構わないとさえ思っていた。生きることを諦めてた。

それでも、私はきっと、本当は一欠片《ひとかけら》の希望を持っていた。

ハジメ、貴方《あなた》があの扉を開けた時、私は確かに生きたいと思ったから。

貴方を一目見て、血潮が体を巡ったの。忘れていた鼓動の音を聞いたの。

私は、必死に自分を誤魔化していただけだった。

貴方は、ただ私を解放したんじゃない。

絶望の沼に沈んでいた私を引き上げ、光で照らしてくれた。

裏切りで傷ついた心を癒やし、もう一度、人の心を取り戻させてくれた。

大切な人達《たち》ができたのも、ここまで強くなれたのも、貴方がいてくれたから。

この恩を、どう返せばいい？

きっと貴方は、一緒にいられればいいなんて言うのだろうけど。

それだけじゃあ、まったく足りない。気が済まない。

だから、私は負けない。

たとえ、また暗闇に囚われていても、手足の端から自分という存在が消えていく感覚に襲われていても、私はもう諦めない。

貴方が心から求める故郷は、どんなところだろう。

必死に帰ろうとする理由――お父様とお母様は、どんな人達なんだろう。

異種族はいない世界らしいけれど、吸血鬼の私は受け入れてもらえるかな？

貴方と、貴方の家族との未来を想像するだけで心の奥がきゅっと締め付けられて生を実感できる。気力が湧き上がってくる。

だから、ハジメ。世界で最も愛《いと》しい人。

ずっと待ってる。

あの日のように、貴方が暗闇を引き裂いて迎えに来てくれる日を、ずっと。

第一章◆人類総力戦

——世界の終わりが始まる数日前

中天に昇った太陽の下。

その日も、【ハイリヒ王国】の王都には普段となんら変わらない日常が広がっていた。

魔王軍の侵攻により受けた損害や悲痛から立ち直らんとする人々が、懸命に復興の音を響かせている。

そんな故人への哀悼と前へ進もうとする活気が混ざり合った一種独特の雰囲気に満ちた王都を見渡せる王宮のテラスにて。

七人の生徒が丸テーブルを囲んで昼食を取っていた。

特に重苦しい雰囲気というわけではないが、どこか物寂しさの漂う空気感である。

この世界に召喚された当時はクラスメイト全員で食事を楽しんでいたことからすれば、確かに今は随分と少なくなってしまった。

おまけに、クラスメイトの多くが部屋に引きこもってしまっている。その原因であるあの夜の裏切りと悲劇を思えば無理からぬことだ。

美味《おい》しい食事を用意されても、浮かれた気分になれないのは当然。

とはいえ、黙々と作業のように食するのも気まずいわけで。

「あ～、そっちは今日、どんな感じだった？」

玉井《たまい》淳史《あつし》が、刈り上げた髪を片手で逆撫《さかな》でしながら会話の口火を切った。

「どんなって……まぁ、いつも通りだな」

フォークでサラダを突きながら会話に応じたのは、対面に座る野村健太郎《のむらけんたろう》だ。

視線で、右隣に座るパーティーリーダーにして寡黙な巨漢柔道家、老け顔が悩みの永山《ながやま》重吾《じゅうご》に「な？」と同意を求める。

律儀にナイフとフォークを置いて頷《うなず》く重吾。

「いつも通り、復興の手伝いだ」

永山パーティーはもっぱら外壁の修復などに協力していた。

天職〝土術師〟の健太郎はもちろん、天職〝重格闘家〟たる重吾の膂力《りょりょく》も土木作業には重宝されている。そこに天職〝付与術師〟の吉野真央《よしのまお》と天職〝治癒師〟の辻綾子《つじあやこ》のサポートが加われば尚更《なおさら》に。

「プッ、何その会話。久しぶりに会った親戚の子供とおじさんじゃん？」

「やめてよ、真央。ふふっ、スープ吹き出しちゃったよっ」

ケラケラと、元気に跳ね散らかしたセミロングの毛先を更に跳ねさせながら真央が笑い声を上げ、綾子は髪留めで前髪を上げて晒《さら》した立派なおでこと目元を両手で覆い、にやついている顔を隠そうとする。

二人の笑い声で明るい雰囲気になった代償に、「それは俺が親戚のおじさんに見えるということか」と重吾の機嫌が急降下した。

苦笑いしつつ、今の雰囲気を壊さぬよう会話を続ける健太郎。

「で、そっちはどうなんだ。今の王都は何かと荒れがちだし……巡回警備は大変だろ？」

「まぁ、そうだな」

「けど、こっちには園部《そのべ》がいるからなぁ」

「なんか最近アイドル化してない？ってくらい人気がある園部さんに諌《いさ》められたら、そりゃあ暴れられないよね」

焦げ茶色の頭の後ろで手を組みつつ、王都の中央広場へ視線を向ける相川昇《あいかわのぼる》。

スープの湯気で曇った眼鏡を外して拭きながら、仁村明人《にむらあきと》が肩を竦《すく》める。

自然と誰もが視線を転じた。王都の中央広場へ。

人だかりが見える。王都の活気向上に一役買っている最近の催しが目当ての集まりだ。

すなわち、園部優花《ゆうか》の大道芸である。

天職〝投術師〟たる優花は、ジャグリングの類いも天才的だ。地球で披露しようものなら、たちまちに話題沸騰となること間違いなしの神業のオンパレードである。

世間一般では、総本山は崩壊すれども〝勇者率いる神の使徒〟は健在という認識だ。リリアーナ王女が、そのように説明したが故に。

つまり、王都の人々からすれば、使徒の一人である優花が自ら信徒を慰問してくれていると思うわけで。

大切な人や物を亡くした人々にとって、何よりの励ましであることは間違いない。

「奈々《なな》ちゃんと妙子《たえこ》ちゃんも空気読むの上手《うま》いもんね」

「そりゃあ、同じパーティーでも男子はお呼びじゃないってなるじゃんねぇ？」

「「「うるさい」」」

淳史、昇、明人の三人が不貞腐《ふてくさ》れたような顔でハモった。が、反論はない。

事実、男子三人は少々お邪魔であった。

見た目から、ともすれば不機嫌そうな不良少女と誤解されがちな優花だが、実際は物凄《ものすご》く真面目だ。

半面、宮崎《みやざき》奈々と菅原《すがわら》妙子は軽薄に見られがちで、実際にノリは軽い。明るさが前面に出ている、まさに無敵なギャルといった感じ。優花もよく揶揄《からか》われている。

それが優花の見た目のとっつきにくさを緩和していて、しかも常に三人一緒にいるものだから、余計に王都の人々に親近感を与え和ませているのである。

つまり、女の子同士で仲良くしているところに、あんまり空気が読めない男三人が入るのはちょっと……みたいな感じなわけだ。自他共に。

「ま、実際凄いよね。警備に慰問に、そのうえ、あの子達の世話も焼いてるじゃん？　大丈夫かなぁ？　優花が倒れたら、それこそヤバいでしょ」

「愛子《あいこ》先生が、なんだか凄い魔法を習得したらしいから、いざとなればメンタルケアも大丈夫らしいけど……ちょっと頑張りすぎな気はするよね」

サンドイッチの最後の欠片《かけら》を口に放り込み、真央は再び視線を転じた。

その視線の先にあるのは、王宮の一角にある自分達の居住区だ。

「……情けないものだな」

重吾が自嘲を多分に孕《はら》んだ溜息《ためいき》を吐《つ》いた。

その言葉が彼自身に向けられていると気が付けない者は、この場にはいない。多かれ少なかれ、この場の全員が自分にも思っていることだ。

「遠藤《えんどう》の奴《やつ》、相変わらずか？」

淳史が遠慮がちに尋ねる。

「普通に浩介《こうすけ》のことが思い浮かぶ時点で分かるだろう？」

「精神的に不調になればなるほど存在感が増す、だっけ？　ほんと、都市伝説みたいな奴だな」

昇が真夏の特番でも見ているような顔になると、明人はなんとも言えない曖昧な笑みを浮かべた。

「でも実際、普段は遠藤の名前を言われて初めて〝そう言えば〟ってなるよね。自発的にあいつのこと思い浮かべた記憶は……ないんだよねぇ」

仲間内で、地球産ファンタジーなんて言われる男――遠藤浩介。

生来影が薄く、家族にさえ忘れられてリアルホームアローンすること幾十度。

実は監視カメラにさえぼやっとした影しか映らず幽霊騒動が起きたことがある、なんて真偽不明の噂《うわさ》もあるほど。

そんな彼には不思議なことに、昇が言った通りの例外があった。

親友である健太郎や重吾以外の人間が、普通に浩介を気にすることができている。それが、彼のメンタルが極度に落ち込んでいることの何よりの証拠だった。

「メルドさんのこと、慕ってたからな。あいつ」

健太郎が暗い表情で呟《つぶや》くように言う。

「パーティーメンバーの浩介すら励ましてやれないんだ。他の連中にも、そりゃあ気の利いた言葉の一つも贈ってやれねぇって話だよ」

「俺達も中野《なかの》や斎藤《さいとう》達には声をかけてるけど……難しいよな」

「心が完全に折れちまってる。部屋に入れてくれるようになっただけでも進歩っちゃあ進歩だけど、それも愛ちゃん先生と園部のおかげって面が強いしなぁ」

淳史と昇は顔を見合わせて、重吾や健太郎と同じように深々と溜息を吐いた。

中村恵里《なかむらえり》と檜山大介《ひやまだいすけ》による、まさかの裏切り。それにより、近藤礼一《こんどうれいいち》やメルドのほか多くの騎士・兵士達が帰らぬ人となった。

目の前で起きた惨劇は、大介や礼一と仲の良かった斎藤良樹《よしき》や中野信治《しんじ》含め、かつてハジメが奈落に落ちたショックで引きこもってしまった生徒達に止《とど》めの如《ごと》き心的傷害を与えていた。

恐怖、絶望、疑心暗鬼。それらで心を病む寸前まで追い詰められていて。

そんな彼・彼女等《ら》と、あの日から向き合い続けているのが畑山《はたやま》愛子先生と優花だった。

カウンセリングなんて立派なものではないが、一日たりとて対話を欠かしたことはなく、食事の提供も侍女達に任せず彼女達自身で行っている。

一日に一度は絶対に顔を見て話をするのだと。

たとえそれが心であっても、もう一人も死なせはしないのだと。

どれだけ邪険にされても、癇癪《かんしゃく》を起こされても、時には理不尽に罵倒されても。

揺らぐことも弱ることもなく、心を配り続けている。

「女子は結構持ち直したんだよね？」

明人の問いかけに、綾子が頷いた。

「うん。優花ちゃんが毎日女子会を開いてくれるからね。時々、和食モドキとか、お手製のお菓子まで用意していっぱい話を聞いてくれるんだよ」

「流石《さすが》は洋食店の娘じゃんって感じ。あれ、本当に美味しいんよ。裁縫なんかも得意で服をアレンジしてくれたり、可愛《かわい》いアクセとかプレゼントもしてくれるし」

自身も参加している女子会を思い浮かべ、「雫《しずく》に代わって第二のお姉様になりそうだよねぇ」と笑う綾子と真央。

実際、その迫力のある美人顔に反して豊かな女子力というギャップは、多くの人達を魅了しているようだった。使用人や兵士達に告白されることも多々あるらしい。

「ちなみに、優花に話題を振ると自然に南雲《なぐも》君の話になるんだよね。本人、自覚ないみたいだけど表情がねぇ」

「そうそう！　みんな、最初は南雲君の名前が出ると恐がっていたんだけど、最近は生暖かい目で見ちゃうんだよね！　可愛くて！」

「「ああ、そう」」

　また淳史と昇、明人の声が重なった。「まぁ、ウルの町で再会した時から分かってますけどね」と死んだような目になっている。

　引き籠もりの生徒達《たち》にとってハジメは、既に死んでいたとはいえ躊躇《ためら》いなく兵士達をミンチにした男だ。おまけに、何かわけの分からない道具で魔王軍を消し飛ばしたりもした。はっきり言えばトラウマの半分くらいはハジメが原因である。

　だがしかし、優花が話すのだ。

『あんな奴のこと気にする必要ないわよ。あっちだって、私達のことなんて眼中にないでしょうし……むしろ、あいつの毒牙にかからないよう距離を取った方がいいわ！　どうせ、今も旅をしながらあちこちの女の子を意識させてるんでしょうし！』

　なんて不機嫌そうなのに、どこか拗《す》ねたように唇を尖《とが》らせたり。

『リリィも雑に扱われてたくせに妙に楽しげに南雲のこと愚痴るし……先生は、いや、まさかね？　でも……』

　なんて一人の世界に入ってしまったり。挙げ句の果てには、

『まぁ、大丈夫よ。あいつは日本に帰る方法を見つけるわ。その時は、一緒に帰れるように頼みましょう。……なんだかんだ言って、それくらいなら受け入れてくれるわよ。あいつなら、ね』

そんなことを言って、やたらと信頼の滲《にじ》む微笑を浮かべるのだ。

それはまぁ、聞いてる側もハジメへの恐怖が薄れていくというもの。

むしろ、逆にいろいろ気になってしまうのも仕方のない話だ。愛子先生がハジメを擁護するような話を事あるごとにするので尚更に。

そんな優花の言動が多くの生徒のハジメに対する意識改革になっていて、それがまた精神的ケアになっていたりもするのだが、本人は完全に無自覚である。

「ま、あいつの思惑がなんであれ助けられてんのは事実だからなぁ。確かに恐《こわ》いんだけど……期待はしちまうよ。あいつなら、俺達を連れ帰ってくれるんじゃないかって」

「天之河《あまのがわ》は神と戦うつもりのようだが？」

健太郎が苦笑い気味に言うと、重吾が横目に問うた。一瞬、場に沈黙が降りるが、健太郎は直《す》ぐに肩から力を抜き、苦笑いを深めて首を振った。

「無理だよ、俺には。帰れるなら帰りたいに決まってる。もう……命がけの戦いはうんざりだ」

召喚当初の〝剣と魔法のファンタジー〟に対する憧れや興奮なんて、今はもう欠片もない。現実の残酷さを、自分の力不足を、これでもかと叩《たた》き込まれたから。

健太郎《けんたろう》の心持ちは、強く共感できるところだったのだろう。

光輝《こうき》やこの世界の人達に対する罪悪感はあれど、重吾《じゅうご》達もまた心は故郷に向いていた。

傷ついて、疲れていたのは彼等も同じだったから。

このまま何事もなく、帰還の方法を手に入れたハジメが自分達も連れ帰ってくれることを祈る。それが、偽りのない本心だった。

けれど。

どうやら世界は、そして神は、そんな祈りを踏み躙《にじ》ることこそを好むようで。

「「「「「──ッ!?」」」」」

唐突に襲い来た強烈な悪寒。

肌が粟立《あわだ》ち、呼吸が乱れる。まるで引き寄せられるかのように天を仰ぐ。

「あれって……」

呟いたのは誰か。確かめる余裕はなかった。

王宮の上空に、いつの間にか銀の光に包まれた存在が出現していた。

遠く離れているのに分かる。見られていると。このプレッシャーは自分達にこそ向けられていると。

その銀の人影が、落ちた。仲間がいる王宮の一角、自分達の居住区へ。

「っ、呆《ほう》けるな！　行くぞッ」

重吾の叩き付けるような怒声で我を取り戻した淳史《あつし》達は、血相を変えて駆け出した。

その胸中に、尋常ならざる嫌な予感を覚えながら。

時間は少し遡る。

王宮の外れに、王国の守護に身を捧《ささ》げた騎士達の名を刻むための忠霊塔がある。その前に、黒一色の戦闘服のまま佇《たたず》む浩介の姿があった。しょぼくれた背中だ。忠霊塔の根元に設置された献花台を見つめたまま悄然《しょうぜん》と肩を落としている。

「メルドさん……」

ぽつりと呟いたのは、浩介にとってこの世界で最も信頼する大人であり兄貴分の男。王国騎士団団長メルド・ロギンスの名だ。

「あの夜……俺が異変に気が付いていれば……」

もう何度同じことを思い、呟いただろうか。浩介の心中は今、重い後悔と悲痛の念に押し潰されそうになっていた。

生前のメルドと、襲撃者以外で最後に話をしたのが浩介だったからだ。

偶然だった。訓練での無茶が祟《たた》ったせいで夕食を寝過ごし、そのことに誰も気が付かなかったせいで自分の分をまかないとして食べられてしまい、夜中になって空腹のあまり適当に厨房《ちゅうぼう》の食材を漁《あさ》った結果、腹痛によりトイレで激闘するはめになって、挙げ句の果てには紙を求めて彷徨《さまよ》い、最後には疲れ果てて自室に戻る、その途中で会ったのだ。

で、前を歩くメルドに声をかけた直後、振り返り様に殺意たっぷりの斬撃を貰《もら》った。

危うく首ちょんぱされかけて腰を抜かした浩介に、メルドは慌てて謝罪しつつも夜中に何をしているのかと問うて、それに答える形で少し話をしたのだ。

今思えば、あの夜のメルドは特にひりついた雰囲気だったように思う。

いくら自分の気配が薄くて驚いたとはいえ、いきなり斬りかかるのは明らかにおかしかった。

「なんで何も聞かなかったんだよっ」

自分の話ばかりで、メルドの異様な緊張の理由を聞こうとしなかった。

王宮自体がおかしな空気に包まれていたのに、当然のように明日も会えると妄信して背を向けた。

結果、その夜にメルドは殺されたのだ。

「恩も何もっ、返せてないのにっ」

ぐっと握った拳から血が滴り落ちたことに気が付かないで、むしろ血を絞り出すような声音で後悔を口にする。

思い出されるのは【オルクス大迷宮】で、魔人族のカトレアと魔物の軍団による襲撃を受けて全滅しかけた時のこと。

メルド率いる騎士達は命を捨てて浩介が逃げる時間を稼いでくれた。あの日のメルドの言葉を、浩介は一時たりとも忘れたことはない。

無力ですまないと。

選ぶことしかできなくてすまないと。

いざという時は光輝だけは生かしてくれと頼んだことに歯がみして。

それでも必要ならば躊躇わずに、真っ先に自分達の命を捨てて時間稼ぎに身を投じ、浩《こう》介《すけ》に「生きろ」と、そう叫んでくれた。

非情な現実を前にした〝選択〟の必要性と重みを、浩介はメルドに学んだ。

自己犠牲の、本当の意味での気高さを知った。

仲間は、王宮の人達は、ハジメを連れてきた浩介を褒め称《たた》える。大迷宮の深層を、魔物を総スルーして踏破し救援を呼んだ偉業を称賛する。

けれど、浩介は一度だって、これっぽっちも誇らしいなんて思わなかった。

あの時の英雄は、浩介にとってのヒーローは、紛れもなくメルドであり、そして殉職した誇り高き騎士達だったから。

「すみません……ごめんなさい……」

自分でも、もう何に対する謝罪か分からない。せっかく一緒に生還できたメルドが、あまりに唐突にいなくなってしまったことに心が追いつかなくて、現実味があまりになくて、ただ謝罪の言葉が溢《あふ》れ出る。止められなかった。

と、その時だった。

「遠藤《えんどう》さん……」

「っ、リリアーナ姫……」

　唐突にかけられた声に驚いて振り返る。

　献花に来たのだろう。リリアーナ姫が一輪の花を持って佇んでいた。その後ろにはダークブラウンの長髪をシュシュでまとめた侍女服の女性と、金髪紫眼の騎士服を纏《まと》った女性もいる。侍女長のへリーナと新たな騎士団長であるクゼリー・レイルだ。

　最前線で戦ってきたパーティーの斥候役が、お姫様や侍女にすら背後を取られたという事実に、いよいよ己が情けなくなって自嘲の笑みが口元に浮かぶ。

「……酷《ひど》い顔です。永山《ながやま》さん達に聞きましたが、ほとんど眠れていないそうですね？」

「あ、いや……それは……」

「愛子《あいこ》さんの沈静の魔法を受けてみては？」

「……考えておきます」

　頭を下げ、まるで逃げるように踵《きびす》を返す浩介。鬱々とした表情を見れば、言葉通りにするつもりがないのは明白だった。後悔と自責の念を、浩介自身が薄れさせたくないのだ。

　俯《うつむ》いたままリリアーナ達の横を通り過ぎる浩介。

　親友達ですら未《いま》だに癒やせない心の傷に、己がどんな言葉をかけられるというのかと、リリアーナはもどしかく思いつつも止めることができず。

　代わりに、そして意外なことに、

「メルド・ロギンスの代わりは、誰にもできません」

クゼリー新団長がにわかに口を開いた。それを糾弾と感じたのか、浩介は怯《おび》えたように身を竦《すく》め足を止めた。

「偉大な方でした。騎士や兵士のみならず市井の者達にも慕われていました。戦う者達の憧れであり、王国騎士の象徴でした」

忠霊塔を真っ直ぐに見つめていたクゼリーはそこで言葉を切り、長い金髪を翻すようにして浩介の方へ体を向けた。

アメジストを嵌《は》め込んだような切れ長の目が、浩介を真っ直ぐに見つめる。元よりクゼリーが高身長な美人であることもあって迫力がある。浩介は気圧《けお》されたように後退《あとずさ》った。

だが、次に告げられた言葉は浩介が想像したものとは異なり、まさかの弱音だった。

「あの方の後継など、私には荷が勝ちすぎます。人望も、実力も、何もかもが及ばない。その重責を思うだけで膝が折れてしまいそうです」

「クゼリー、そんなことは──」

「姫様、今は」

心底、自分には分不相応な地位だと思っていることが伝わって、思わずリリアーナが訂正しようとするが、何かを察したらしいヘリーナに首を振られて口を噤《つぐ》んだ。

「何が……言いたいんですか？」

「ロギンス様は亡くなりました。けれど遺《のこ》してくれたものがある、ということです」

視線を合わせようとしなかった浩介が、少しだけ顔を上げた。

「遺してくれたもの？」

「はい。それは剣の理《ことわり》であり、騎士のなんたるかという心であり、そして、遠藤様。あなた方です」

「俺達《たち》……」

「そうです。だから、私は身に余ることを理解してなお、この地位に就くことを決めたのです」

　あの方が守ろうとしたものを、あの方に教わった全てで守るために。

　そう締め括《くく》って、クゼリーはふと表情を和らげた。

「生前、あの方はよく貴方《あなた》の話をされていました。……わけが分からない奴《やつ》だと。直ぐに見失うし、いつも驚かされるし、なんだか大抵不憫《ふびん》な目に遭っているし、生まれてこの方、あいつほど不可思議な存在には会ったことがない、と」

「そ、それは……え、ディスられてた？」

　だとしたら、ちょっとショックすぎて泣かずにはいられない。浩介は早くも涙目になるが、クゼリーはそれにくすりと笑って、穏やかな表情のまま続きを口にした。

「だが、頼りになる」

「え？」

「目立たない奴だが一皮向けたら化けるぞ。それこそ、あいつらにとっての切り札になるほどに。浩介の将来が一番楽しみだよ――そう、仰《おつしや》っていました」

「だん、ちょうが……そんなことを……」

視界が滲《にじ》んで、声が震える。言葉に詰まって何も言えなくなった浩介に、クゼリーは歩み寄って、その手を取った。

そして、血の滴る掌《てのひら》に回復魔法をかけながら、静かな声音で問いかけた。

「貴方の中にもあるのでは？　メルド・ロギンスの遺したものが」

浩介は歯を食いしばった。胸中にメルドと過ごした時間が駆け巡る。

「俺は……俺も……」

ある。兄貴分がくれたものはたくさんある。

それが、少しだけ凍《い》てついた心に薪《まき》をくべてくれた気がした。しょぼくれている今の自分が情けなくなって、こんな自分をメルドが見たらどう思うかと恥ずかしくなって。

少しだけ、後悔と自責に押し潰されかけていた心が起き上がろうとする。

だが、少しばかり、立ち直るのは遅かったらしい。

銀の閃光《せんこう》が天を衝《つ》いた。この場所とは王宮を挟んで反対側から。

一拍遅れて、死者の魂すら叩《たた》き起こしそうな轟音《ごうおん》が静寂を吹き飛ばす。

「な、なんだ!?」

弾《はじ》かれたように視線を転じる浩介。クゼリーが素早くリリアーナの正面に立ち、驚愕《きょうがく》の声を漏らす。

「まさか……襲撃!?　だが、どこから!?」

「姫様、直《す》ぐに避難を！」

「待って、ヘリーナ！　あの場所は……いけない！　愛子さん達が！」

険しい表情で懐剣を取り出すヘリーナの傍らで、リリアーナが青ざめる。

その時には既に、浩介は駆け出していた。

意識した行動ではなかった。背後からの自分を呼ぶ声も聞こえない。

ただただ焦燥に駆られて、

「みんなっ」

体は勝手に動いていた。


ほぼ同時刻。

歓声に包まれる中央広場では、いよいよ優花《ゆうか》の大道芸も佳境に入っていた。

今や宙を舞うのはナイフだけではない。掌サイズの果物も美しい放物線を幾重にも描いている。ナイフは十二本、果物は十八個。総数三十個の大ジャグリングだ。

「さぁ、優花お姉さんが大技を披露するぞ！　手拍子手拍子！」

「元気に応援してくれた子にはご褒美があるよ～っ」

奈々《なな》と妙子《たえこ》が優花の周りをスキップしながら楽しげに盛り上げれば、広場はより一層の歓声に満たされた。

最前列に並ぶ子供達の目はキラキラと輝き、大人達も噴水のように舞い上がるナイフと果物に興奮している様子。

ほんの一時でも悲しみから解放されてほしい。

そんな優花の想《おも》いを込めた芸は、確かに効果があったようだ。

実は、優花をしても三十個のジャグリングは割といっぱいいっぱいなのだが、まぁ失敗しても道化役よろしく笑いに変えればいいかと開き直り、最後の一芸。

「よっ、ほっ、とぅ！」

ちょっと頑張って戯《おど》けた声も響かせつつ、空中でナイフと果物を交差させ切り分けるという神業を披露する。

それを奈々と妙子がわたわたしながらお皿に載せていき、子供達に笑顔で配っていく。

「優花っちってば、どんどん上達してんねぇ！」

「そう、ね！　ある意味！　鍛錬に！　なってるかも、ね！」

数が減れば余裕も出る。奈々の称賛に優花の頬も緩み、

「きっと南雲《なぐも》君も感心するよ！　良かったね、優花！」

「別に良くないけど⁉」

緩んだまま真っ赤に染まった。ミスしてナイフが奈々の脳天を直撃しそうになる。

一応、十二本で一つのアーティファクトナイフであり、一本でも手元にあれば呼び寄せることが可能なので悲劇は起こらなかった。が、恐ろしいものは恐ろしい。

あわや事故が！　と息を呑《の》んだ観衆だったが、元気に愛嬌《あいきょう》を振りまく奈々に演目だったかと一安心。若干涙目になっていることには気が付かずに。

「優花っちぃ、怒るなら妙っちにしてよぉ！　死ぬかと思ったっ」

「ごめんね、優花！　いじるにも時と場合を考えなきゃだよね！」

「そもそも揶揄《からか》うな！」

なんて、観衆に笑顔を振りまきつつも普段と変わらぬやり取りをして、最後のナイフを一際高く上げてフィニッシュを決める――

「ん？……なんだろ、あれ」

視界の端に入った光景に気を取られた。

王宮の上空に何かが……と目を細めて確認しようとした直後、銀の光が王宮の一角に墜《お》ちる光景を目撃する。

そう、頑丈な石と金属で作られた屋根をすり抜けるみたいに消し飛ばして。

「ッッ、奈々！　妙子ォッ!!」

「え？　なに!?　どうしたの!?」

「優花!?　ごめんて！　そんな怒らなくてもっ」

割れんばかりの拍手と歓声が響き渡る中、しかし、観衆が目撃したのは優花の素敵な笑顔ではなく、血の気の引いた危機感に塗《まみ》れた表情だった。当然、先の光景を見ていない奈々と妙子も戸惑っている。

そんな観衆と二人の心情を置き去りにするようにして、優花は最後のナイフをキャッチするや駆け出した。

「通してください！　それから、王宮から少しでも離れて!!」

あまりの剣幕に海を割るが如《ごと》く道を開ける観衆達。その間を、優花が凄《すさ》まじい速度で駆け抜けていく。慌てて後を追う奈々と妙子。

「ちょ、ちょっと優花っち!?　ほんと、どうしたのさ！」

「説明してよぉ！」

「襲撃！　銀色の光が、私達の居住区に落ちたのよ！」

ハッとして優花の指さす方向に目を凝らせば、二人の顔色も一変した。

屋根と壁の一部がごっそりと、それも恐ろしいほど綺麗《きれい》に消失している。音一つない破壊には息を呑まざるを得ない。

「体を変えた香織《かおり》の魔力光と同じ！　愛ちゃん先生は言ってた！　先生を浚《さら》って南雲が戦った奴は、対象を分解する魔法を使ってたって！」

低い建物の屋根に飛び乗り、そのままトータス人を遥《はる》かに凌《しの》ぐ身体能力で屋根から屋根へ、最短距離で仲間のもとへ駆ける。

それに追従しながらも、妙子と奈々が青ざめていく。

「それって……」

「で、でも……南雲っちが倒したじゃん！」

奈々の悲鳴じみた当然の指摘に、優花は答えなかった。

答えられないまま、ただ膨れ上がる焦燥感と危機感に顔を歪《ゆが》める。

そうして、王宮の外壁に辿《たど》り着いた時だった。

轟音が響いた。居住区からよく知る魔力光が幾つも溢《あふ》れ出し、大きな石槍《せきそう》が壁を粉砕しながら飛び出し、結界の輝きが見えてくる。

あまりに静かな襲撃で、しかも直上という死角からだったこともあり、気が付くのに遅れた王宮の警備兵達が今更ながらに慌てている。

足は止めず、彼等《ら》に幾つか伝言を飛ばしつつ、

「奈々！」

「任せてっ――〝氷柱〟！」

目標は居住区に開いた穴。高さ十メートル以上あるが、天職〝氷術師〟の奈々であれば問題ない。足元から勢いよく突き出した氷の柱に乗って、一気に乗り込む。

そうして見えたのは、

「っ、みんな！　愛ちゃん先生！」

各部屋の壁が冗談みたいになくなって一つの広間みたいになっている居住区と、その奥で一塊になって怯えている信治《しんじ》や良樹《よしき》達。

そんな彼等の前に、健太郎《けんたろう》だけが庇《かば》うようにして立っていた。大量の冷や汗を流しながら鬼気迫る表情をしている。

それもそのはずだ。頼りの前衛組は既に壊滅していた。

重吾《じゆうご》と淳史《あつし》が少し離れた場所で血溜《ちだ》まりに沈んでいる。ぴくりとも動かない。

綾子《あやこ》が泣きながら回復魔法をかけているが……愛子《あいこ》が必死の形相で見たこともない複雑な魔法陣を展開していることからすると、あるいは、命を繋《つな》ぎ止めなければならないレベルなのか。

愛子達の前には盾にならんと昇《のぼる》が立っているが、砕けた戦斧《せんぷ》を杖《つえ》代わりにして、明人《あきと》にも支えられて辛うじてといった様子。

惨状の下手人――白崎《しらさき》香織の新たな体になったはずの〝真の神の使徒〟が、無機質な瞳を肩越しに優花達へと向けた。その瞬間、

「お前等ッ、合わせろぉおおおっ――〝石槍〟ッ!!」

真央《まお》の支援を受けながら、健太郎が喉を裂くように詠唱した。

周囲の床が波打ち無数の鋭い石槍を生やす。

「妙子!　奈々!」

「分かってる!」

「――〝氷槍《ひようそう》・七連〟!!」

優花がナイフに光を纏《まと》わせて投擲《とうてき》し、妙子が茨の如き鞭《むち》を抜き打ちし、奈々が氷の槍《やり》を連射した。全方位からの物理と魔法の包囲攻撃だ。

だが結果は――銀翼の一打ち。それだけで全てが無に帰した。

　そして、

「さて、あなた方の選択は？」

　意味不明な言葉と同時に使徒の姿がぶれる。刹那、その拳が優花の鳩尾《みぞおち》を突き上げた。

　体が直上へ跳ね飛ぶ。形容し難い衝撃で呼吸が止まり、意識が明滅した。

　視界に、同じく殴打を受けて左右に吹き飛ぶ奈々と妙子、そして、一枚の銀羽に腹部を貫かれて膝から崩れ落ちる健太郎の姿が入る。

　ともすれば暗闇に意識を呑まれそうになる優花だったが、

　――お前は根性のある奴《やつ》だ
　なんて、憎たらしいあいつの声が聞こえた気がしたから。

「ぁあああああああっ!!」

　カッと目を見開き、血反吐《ちへど》を吐きながらも雄叫《おたけ》びを上げた。無意識レベルで片手に三本のナイフを握り、空中から投擲する。

「――〝纏雷《てんらい》〟！」

　ナイフが電撃を帯びる。普通なら触れただけで感電死しかねない威力を込めた。

　着地と同時に、最初に投げたナイフを呼び戻し追撃を――

「――あ？」

　トッと軽い衝撃が腹部に。不思議に思って視線を下げれば、そこには自分のナイフが深々と突き立っている光景があって。

信じられない思いで顔を上げた途端、トットッと今度は両太ももに。

普通にキャッチされ、優花の知覚能力を超えた速度で投げ返された。ただそれだけ。と理解した時には足から力が抜けた。

一拍遅れてやってきた激痛に汗が噴き出し、呼吸が浅く速くなる。悲鳴だけは意地でもあげなかった。

「優花っ、この！」

先の一撃で片腕が折れたのか。苦悶《くもん》の表情ながら親友を救うべく鞭を振るう妙子。天職〝操鞭師《そうべんし》〟の才は、鞭の先端を容易《たやす》く超音速の世界へ導く。しかも、正確無比に。両目を薙《な》ぐ完璧な一撃だった。

「え？　あ――」

指先で摘《つま》むなんて馬鹿げた動作で、あっさりと止められたが。挙げ句、そのまま凄まじい勢いで引き寄せられ、強烈な踵落《かかとお》としを食らってしまう。

「妙子！」

固い床をバウンドし、跳ね飛んだ先で呻《うめ》き声《ごえ》を上げる妙子。指先が辛うじて床を引っ掻《か》くが、それが精一杯の様子。

激高した奈々が手を突き出す。

「凍れよっ、このクソ女ッ――〝凍柩《とうきゅう》〟!!」

歩み寄ってきていた使徒が瞬く間に氷漬けとなる。が、次の瞬間、バリンッと何事もなかったみたいに氷の檻《おり》は砕け散り、使徒は変わらず悠然と歩を進めてきた。

「こ、このっ」

奈々《なな》の瞳に恐怖が宿った。がむしゃらに〝氷槍〟を連射する。

だが、その尽《ことごと》くを片手の手刀で斬り落とされ、あるいは弾《はじ》かれる。

優花《ゆうか》が残りのナイフを投擲し、健太郎が痛みに痙攣《けいれん》しながらも〝石化の白煙〟を放ち、愛子や明人、真央までもが治療と並行して火炎弾を放つ。

だが、通じない。石化の煙など気にした様子もなく、手刀の動きさえ追えない。辛うじて残像だけが見えて、その度に全ての攻撃が無効化される。

「ば、化け物……」

絶望が蔓延《まんえん》した。正真正銘、目の前にいるのは神が造り出した化け物なのだと理解させられた。

そんな中、

「あんたっ、何が目的なのよ！」

優花だけが咆《ほ》えた。体からナイフを引き抜き、激痛に震えながらも立ち上がる。

「選択を。主は、あなた方を盤上に招いております」

「盤上？」

「ただし駒にもなり得ぬ者に、その資格はありません。私が見るに――」

使徒の目が、最初から最後まで立ち上がることもできず、壁際で震えているだけの信治や良樹、引きこもっていた生徒達《たち》を見やる。

「あれらは資格がない」

「何を好き勝手なことをっ」

吐き捨てるような優花の言葉を無視して、使徒は無感情に続ける。

「故に処分じようとしましたが、畑山《はたやま》愛子以下、彼等はそれを拒否し、交戦を選択しました。大人しく主の決定に従えば危害は加えないと説明したのですが」

使徒は優花達をどこかへ連れて行こうとしている。ただし、戦う意志のない生徒達は不要で殺していくつもりだった。と、そこまで理解すれば〝選択〟の意味も察せられる。

「ふざけないで！　見捨てるわけないでしょっ」

「やはり、あなた方もそれを選ぶのですね？」

使徒の視線が、優花を、奈々を、顔だけを辛うじて起こしている妙子《たえこ》を、そして健太郎や愛子達を巡る。

「価値のない無能を庇って、勝ち目のない戦いに身を投じると言うのですね？」

信治達の縋《すが》るような目が優花を見ている。

彼等の目には、きっと、恐怖で泣きそうな顔になっている自分が映っていることだろうと、優花は奥歯を噛《か》み締めた。

力が足りない。道化になって笑ってもらったり、話を聞くなんて簡単なことしかできない自分が酷《ひど》く情けない。

恐《こわ》い、恐い。目の前の存在が恐ろしくて腰が抜けてしまいそうだ。

でも、知っているから。こんな恐ろしい存在に勝ってしまう人を。

「おかしな奴ね」

「はい？」

「あんたの仲間は、無能と呼ばれていた人に負けたじゃない」

「……」

表情一つ動かない。瞳は相変わらずガラス玉みたい。おぞましさに体が震える。

けれど、精一杯虚勢を張って、必死に頭を回して挑発してやる。彼の、あの不敵な笑みを真似《まね》ながら。

「従え？　ハッ、冗談じゃない！　神の決定なんてクソ食らえだわ！」

さぁ、自分に注目しろ。そう念じる。祈る。

視界の端に映る人影を決して気取られるなと。起死回生の一手に全てを懸けて、真《ま》っ直《す》ぐに使徒を睨《にら》み付ける。

「なるほど」

だが、その必死さが、優花に失念をもたらしていた。

その人影に気が付けた時点で目論《もくろ》みは破綻しているということを。

「これで、異世界人は全員ですね」

「ぐあっ!?」

振り返りながら放った使徒の裏拳に頬を抉《えぐ》られ錐揉《きりも》みしたのは、全力の隠形《おんぎょう》で忍び寄り一撃必殺の暗殺を決めようとした浩介《こうすけ》だった。

「遠藤《えんどう》っ――きゃぁっ」

奇襲が通じなかったことに歯がみしつつも、即座にナイフを放つ優花。

眉間を貫いた！　と見えた刹那、背後から衝撃。床に叩《たた》き付けられる間際に視界に入ったのは、正面の使徒がぶれて消えるところ。残像だったらしい。

知覚速度を超えて背後に回った実体に背中を踏みつけられる。

そして、足掻《あが》く暇もなくゴキッと。

「えぁ……」

背骨から何か致命的な音が響いた。あまりの激痛に悲鳴も出ない。視界の中に星が散り手足から嘘《うそ》みたいに感覚が消える。

「くそっ、このやろうっ」

浩介が大量の鼻血を流し、微妙に歪んだ頬骨をそのままに閃光《せんこう》の魔法を放った。同時に再び隠形状態になって使徒の斜め後ろへ。

ダガーを、脇腹から心臓を貫くつもりで突き上げ――

「いいでしょう。あれらも使い道はあると判断します」

至極当然のように察知され、鞭のようにしなった超速の蹴りで迎撃された。

右腕、右肩、右側の肋骨《ろっこつ》がまとめて砕ける。

ピンボールみたいに弾き飛ばされ、信治《しんじ》達がいる場所を掠《かす》めるようにして奥の壁に激突。

生徒達から喉が引き攣《つ》ったような悲鳴が上がる中、そのまま壁にべっとりと血を塗りつけるようにして崩れ落ちた浩介は、

「……やっぱ、俺、ダメ……だよ、だんちょぉ……」

体だけでなく戦意すらも砕かれたような弱音を吐き出し、そのまま意識を閉ざした。

「お願いですっ、もうやめてくださいっ」

とうとう、愛子からただの懇願が飛び出す。

もう、まともに戦える者が一人もいない。

最前線組が、まるで相手にならない絶対的な強さ。

文字通り、鎧袖一触《がいしゅういっしょく》。

残りの生徒達の心を完膚なきまでにへし折るに、それは十分以上の光景だった。


その絶望が群れをなしている光景を、今、優花達は仰ぎ見ていた。

世界が、赤黒く染まっている。

空気はねっとりとへばりつくようで、崩壊した【神山《しんざん》】の上空にはヘドロのような黒い瘴気《しょうき》を噴き出す空間の亀裂がある。

およそ、この世のものとは思えない悪夢の如《ごと》き光景だ。

その悪夢を終わらせるために、ハジメ達が黒い空間の亀裂――【神域】への〝ゲート〟【神門】を突破したのは今し方のこと。

優花の鼓膜が、人類連合軍の上げる歓声に震えている。

体も、震えている。武者震いと言いたいけれど、本当のところは恐怖だ。

これから、人類の存亡を、自分達の未来を懸けた戦いが始まる。

死闘になるだろう。もしかしたら、数秒後にはあっさり死んでいるかもしれない。

神か、人か。

生存の権利を懸けた、正真正銘の戦争だ。

ハジメ達がいてくれれば、どんなに心強いか。【神門】を突破できたことは嬉《うれ》しい。けれど、傍《そば》にいないことが、どうしようもなく不安を生み出す。

でも、

(戦え、戦うのよ私。蹲《うずくま》ってるだけじゃ、人任せじゃ、何も守れないってもう分かってるでしょ?)

カチカチと鳴りそうな歯を、奥歯を噛み締めて押さえ込む。

魔王城で魂に火をくべられてしまったから。

決して諦めない人に、あの強い彼に、お前ならと任されてしまったから。

だから、大丈夫。

自分に言い聞かせるように心の中で呟《つぶや》き、瞑目《めいもく》して深呼吸を一回。長く、深く。

（問題は……ない！）

視界も頭もクリアだ。ハジメが全員に支給してくれたアーティファクトのネックレスを片手に握り締め、落ち着いて周囲を見渡す。

砦《とりで》の屋上であるから、戦場全体がよく分かる。

砦正面の北側にはガハルド皇帝と帝国軍が。

東はクゼリー騎士団長率いる王国軍、西には砂漠の戦士集団たるランズィ公と公国軍。

南にフェアベルゲン戦士団の半数がいて、残りは東西に伸びる防壁上の歩廊に、または戦場の各地に立つ防壁上や塔に。

そこにはアドゥル率いる竜人達もスタンバイしている。

遊撃部隊の冒険者達は各軍の後方で均等に。必要に応じて援軍に行くのだ。後方へ抜けてきた敵を足止めする役割もある。

種族、国を超えて集った総数十万の軍勢だ。

そして、肩越しに振り返った先には、大きな魔法陣が刻まれた一段高い場所に新教皇シモンと聖職者の集団が厳かに控えている。

前任者とは似ても似つかない、神より人を重んじるひょうきんな老人は、優花の視線に気が付くとパチンッと見事なウインクを返してくれた。

過去に亜人族との融和を口にして辺境に飛ばされていたところ、リリアーナ自らの推薦で新教皇となった異色の聖職者だからだろうか。

彼が集めた老若男女の聖職者達は皆ふてぶてしさすら感じる落ち着いた様子だ。むしろ、彼等《ら》を守護するデビッド達神殿騎士団の方が緊張しているように見える。

「勝てる、よな？」

最後に、視線を手前へ。

仲間《クラスメイト》が生唾を飲み込んで上空を見上げている。誰も彼も、緊張に顔も体も強張《こわば》らせていた。

優花と同じく、あの蹂躙《じゅうりん》劇を思い出したのだろう。引きこもっていた九人の生徒達など真っ青になっている。

無理もない。たった一体でも怪物的だった存在が星の数ほどいるのだ。

優花達が必死に戦ったから、〝優花達にとっての人質になり得る〟と判断されて生かされただけで本来なら虫を踏み潰す容易《たやす》さで殺されていたのだ。

ハジメが魔王の招待に応じてくれたから良かったが、そうでなければ優花達はハジメを招く駒として利用され、それを強要するために一人ずつ殺されていた可能性もある。

ハジメ達がいなくなった戦場で、怯《おび》える心が蘇《よみがえ》っても何もおかしくはない。

「大丈夫！　みんな私が死なせないからね！」

威風堂々。そんな表現が似合うくらい胸を張って断言したのは、この戦場に残った最強の戦力にして最高の治癒師――香織《かおり》だ。

「南雲《なぐも》君達が必ずやってくれます！　互いに守り合って、彼が神を倒すまで生き残るんです！　皆なら必ずできますっ」

愛子《あいこ》の動きは相変わらず小動物チックで可愛《かわい》らしい。けれど、どんな状況でも寄り添ってくれた大人であり、自分達の先生の言葉だ。心に響く。

頼もしい二人の言葉に、生徒達の瞳に力が戻ってくる。

けれど、そんな彼・彼女等が、この場で最後に視線を向けるのは、たった一人。

誰もが認める〝自分達のリーダー〟――園部《そのべ》優花《ゆうか》だ。

その理由を理解しているから、香織も愛子も微笑と共に優花の傍らに、まるで副官のように控えて頷《うなず》く。優花もまた力強い頷きを返し、一拍。

「うん、私達は勝てるわ」

まさか、ああもあっさり突破されるとは思いもしなかったのか、【神門】を見つめて停滞していた使徒の意識が、遂《つい》に地上へ向いたのが分かった。

だが、動揺はない。恐怖はあれど、決意と覚悟は揺るがない。揺らがないことを再確認できた。だから、声に力も込められる。

「南雲の容赦のなさは、みんな知ってるでしょ？　私達には、その奈落の化け物の加護がついてる」

しっかりと一人一人に視線を合わせる。誰もが自分に与えられた新しいアーティファクトを握り締めた。

『『『『神の裁きを』』』』

脳内に直接降り注ぐような無情の宣言を、優花は知ったことかと不敵な笑みで笑い飛ばす。精一杯、ハジメを彷彿《ほうふつ》とさせるように。

「恐くないといえば嘘になるけど、でも、ねぇ、みんな。私はね、それ以上にむかついてるわ。誘拐して、勝手に価値を決めて、挙げ句には用済みだから死ね？　ふざけんじゃないわよ！　私達《たち》は、あんな連中の玩具《おもちゃ》じゃない！　そうでしょ！」

次々に「そうだ！」「その通りだ！」と憤怒に燃える声が返ってくる。

恐怖を、理不尽を強いる神の軍勢への怒りで上塗りする。

本心からの言葉と分かるから、その怒りは伝播《でんぱ》し、怯《ひる》みかけた魂を再び燃え上がらせる最高の燃料となった。

「仲間はもう傷つけさせない。もう誰も失わない！　あいつらぶっ倒して、それで――」

使徒の群れが飛来してくる。

一体で世界を滅ぼせる怪物が、五千近い流星群となって迫ってくる。

それを背に、優花は一転、ハッとするほど優しい笑顔を浮かべて、

「家に帰りましょうよ。皆で」

そう、締め括《くく》った。

応えは当然、闘志に満ちた瞳と力強い雄叫《おたけ》びだった。

その直後。

『司令部より各軍指揮官へ。第一作戦に変更なし。砲撃、来ます！　備えてください！』

リリアーナからの迸《ほとばし》るような号令が戦場を駆け抜けると同時に、遂に人類の存亡を懸けた最終決戦の火蓋が切られた。

開幕のゴングは、空に瞬く無数の銀光にて。

飛翔《ひしょう》襲来しながらの分解砲撃による乱れ撃ちだ。それは本来、ハジメ達のようなイレギュラーが存在しない戦場においては、まさに〝神の裁き〟というべきもの。抗《あらが》い得ない絶対の破壊だった。

故に、初手にて〝神山崩し〟を受け、魔物の軍勢を失い、使徒すら多数撃墜され、【神域】への突破を許すという失態を犯そうとも、人類の結末に変わりはなし。

これから始まるのは〝戦争〟ではなく、ただの〝蹂躙〟。

……そう、なるはずだったのだ。

『〝天蓋〟、発動してください！』

本来の三重のドーム型ではない。頭上のみ、かつ一枚に集約された〝大結界・集束モード〟が展開される。

人類連合軍の頭上を丸ごと覆う二キロメートル四方の巨大な輝く屋根は、莫大《ばくだい》な魔力を消費する代わりに空間遮断と再生効果を併せ持つ〝改良型大結界〟の本領だ。

人類至上最高の盾は、天より降り注ぐ銀の暴雨を確かに受け止めた。

「無駄なことを」

一瞬、目を細めた使徒達だったが無表情は変わらず。〝天蓋〟の上空数百メートルの位置に滞空するや、分解砲撃による空爆状態に入る。

術者がリアルタイムで調整するならともかく、アーティファクトでの展開では連合軍側の攻撃――電磁加速式超長距離狙撃砲なども遮断された空間の壁に止められてしまう。

カウンターを放てないなら、いかに神代の防壁といえど分解魔法の集中攻撃に耐え続けることなどできはしない。

案の定、幾ばくもしないうちに、ガラスが割れたような破砕音が轟《とどろ》いた。

破滅の光がスコールとなって容赦なく地上へ降り注ぐ。

だがしかし、次の瞬間、

『カウンター、今です！』

再びリリアーナの号令が響き渡ったと同時に、使徒達は瞠目《どうもく》した。

砦や壁上歩廊に設置された無数の狙撃砲、ミサイル、ロケット、ガトリングが一斉に咆《ほう》哮《こう》を上げたのはいい。そんなことは予想済みだ。

だが、今、視界いっぱいに迫る銀の閃光《せんこう》は――

「「「「転移防御ッ」」」」

奇《く》しくも、それは【神域】にてハジメが〝大型可変式円月輪《オレステス》〟によるカウンターを放ったのと同時だった。

地上より逆再生のように戻ってくる己の攻撃を回避する使徒達。

その隙を物理の弾幕が逃すはずもない。何せ、人類連合軍は数が強みだ。

万を軽く超える弾丸と弾頭の嵐。その中には八キロメートル先を射貫《いぬ》く変態《ハウリア》スナイパー共も紛れている。

当然、香織の分解砲撃や、愛子が操作権を引き継ぎ、ハジメ達の【神域】突入に使徒達が気を取られている間に地上へ降ろした〝太陽光集束レーザー《ヒュベリオン》〟七機の攻撃も加わる。

使徒といえど無視などできようはずもない。

故に、回避、双大剣での切り払い、銀翼による集中防御を余儀なくされ、それでもなお撃墜される個体が続出する。

「っ、なるほど。先程の障壁は着弾地点を割り出す時間稼ぎですか」

弾幕の狭間《はざま》に見えた光景に、使徒が剣呑《けんのん》に目を細める。

ハジメのように自在に円月輪《えんげつりん》を飛翔・展開させることは、魔力の直接操作技能がない常人には不可能だ。

だが、着弾地点に駆け込み、三人一組で物理的に円月輪を展開させることなら可能だ。

後は詠唱で〝ゲート〟を発動できるようにすればいい。

そうすれば、連携する別部隊ないし防壁に設置された〝ゲート〟から、そっくりそのまま攻撃を返せるというわけだ。〝天蓋〟はその時間稼ぎのためでもあった。

そして、砦の最下層では。

「四番と十二番、さっさと持ってこい！　七番の修復、遅いぞ！」

「今すぐ！」

「七番、修復完了！」

王国筆頭錬成師ウォルペンの怒声が木霊し、彼と彼の部下による〝改良型大結界〟の修復が急ピッチで行われていた。

中央に設置されている大木クラスの透明な円柱こそが、そのアーティファクトだ。

まるで立体パズルのように幾つものブロックで構成されており、負荷で破損した場所を予備ブロックと入れ替えるだけで再発動が可能となる。

パーツと本体の内部に刻まれた魔法陣を繋《つな》ぎ合わせるのに精密な錬成魔法の腕前が必要になるが、それさえできれば神代級のアーティファクトを常人の錬成師でも修復できる仕組みなのだ。

「ウォルペン様！　修復完了です！」

部下の報告に「よしっ」と頷いたウォルペンは直《す》ぐに司令部へ通信する。

『姫様！　大結界の修復、完了してございます！』

『よろしい。直ぐに再発動を。パーツ、魔力共に残量は常に報告してください』

『承知です！』

そんなやりとりの後、〝天蓋〟は即座に再展開された。

「ですが、この程度、損害を無視すれば――」

五千体の使徒だ。しかも群体のようなものだ。仲間意識などない。

複数個体を犠牲にすれば強引な突破も可能だと瞬く間に突撃陣形を作る。その身に、疑似限界突破の証《あかし》たる銀光を纏《まと》う。

そこへ、ハジメが残した次の使徒対策が襲いかかる。

「？　これは……ッ、まさか！」

カウンターの弾幕がもたらす轟音《ごうおん》。それが〝天蓋〟の再展開と同時に止まり、ようやく聞こえてきたもの。否、最初から初手の弾幕がもたらす射撃音を隠れ蓑《かくみの》にすることも作戦の内だったのだ。

なぜなら、使徒はよく知っているから。かつて相対したハジメに使われたもの故に。

「「「「「――♪」」」」」

聖歌だ。敵に行動阻害と衰弱を強いる〝覇墜の聖歌〟。

（神を称《たた》え異端を縛る歌で、神の使徒を堕《お》とす。くくっ、性格悪いのぅ）

厳粛な、これぞ聖職者という雰囲気で、しかし、内心では悪戯《いたずら》が成功した小僧のように笑うシモン新教皇。

だが、愛子や優花に〝茶目っ気たっぷりなファンキー爺《じい》さん〟なんて言われていても、その実力は教皇という地位になんら劣らないから。

『シモン様。どうぞ、邪神の尖兵《せんぺい》共を堕として差し上げてくださいませ』

「ほほほっ、よろしいですとも」

アーティファクトの錫杖《しゃくじょう》をしゃらんっと一打ち。

聖歌の効力を束ね、増幅する台座型アーティファクトと連動するそれで、発動する。

「さて、人類の切り札その一じゃ。存分に味わっておくれよぉ――〝天乱〟」

台座に巨大な真紅の魔法陣が浮かびあがった。

複数の味方の全能力を爆増させる昇華魔法〝禁域解放〟。

逆に複数の敵の全能力を激減させる昇華魔法〝天賦封禁〟。

〝対象の情報に干渉する〟のが昇華魔法の神髄だ。ただ、対象情報に加筆するのと、書き換えでは難易度が段違いなだけ。

だが、今回の対象は使徒だ。何千体といても対象はたった一つで、ハジメの手元にはノイントの素体があった。ならば、香織《かおり》の協力のもとアーティファクト化することも可能。

その効果は、絶大だった。

「ッッ!?　半減!?　いえ、それ以上ッ」

纏っていた銀光が使徒の体よりふっと霧散する。代わりに真紅の光が纏わり付き、スペックが激減。動きの阻害効果まで発揮した。

地上では人類連合軍が雄叫びを上げている。使徒の目は否応《いやおう》なく看破した。連合軍全兵士のスペックが激増しているのを。

「ですが、結果は変わりません」

四割程度に落ち込んだスペックでも、人類にとっては桁違いに変わりなく。

とはいえ、〝天蓋〟とカウンターのコンボを強引に突破するには些《いささ》かパワー不足なのは否めない。できないことはないが、

「ならば、横から攻めれば良いだけです」

別にする必要もない。〝天蓋〟が強力なのは頭上の一点のみを集中して守るからにすぎないのだから。

使徒の群れから約二千体が分離した。変わらず上空から砲撃する部隊と、横から〝天蓋〟の下に回り込む部隊に分かれたのだ。地上強襲部隊が狙うのは当然、聖歌隊だ。

銀の尾を引く流星群が美しい曲線を描いて北側へ降下し低空を飛翔してくる。

『ガハルド総大将、現場判断に任せます。ご武運を！』

「応よっ」

総大将にして皇帝でありながら、最前線にて巨大な軍馬に騎乗する命知らず。

人類連合軍総大将ガハルド・D・ヘルシャーは、正面より迫る使徒に飢えた獣が獲物を見つけた時のような笑みを浮かべ、ヘルメットのバイザーを下ろした。

抜剣し、威風堂々と掲げる。

『各軍射撃部隊に告ぐッ‼　目標前方！　構えぇっ‼』

砦《とりで》や壁上歩廊の射手は当然、最前列に配備された軍団が一斉にライフルを構える。

回転式弾倉かつリロードもシリンダーごと故にシンプル。弾倉自体に六発分の蓄電がされているので電磁加速も可能。おまけに身体強化を前提とした大口径の炸裂弾《さくれつだん》だ。

『喜べ、勇者共！　歴史に名を残すチャンスだッ――てぇっ!!』

怯《おび》えどころか高揚を隠しもしない総大将の号令は、兵士達《たち》の緊張を闘志に変えた。

〝天蓋〟の高さは、およそ六十メートル。

限定高度内での万単位の個人射撃を含んだ弾幕は、もはや壁だった。加えて、重力に逆らう必要がない分、弾丸の威力は据え置きだ。

使い手のスペックに左右されない過剰威力の物理魔法複合兵器《ハイブリッド》が猛威を振るう。

これには、流石《さすが》の使徒もただでは済まなかった。

反撃を考えようものなら容赦なく蜂の巣にされる。大剣で防いでも衝撃で動きを止められ、やはり末路は同じ。銀翼で身を包む最大防御態勢を取って、ようやく少しの間を持ち堪《こた》えられる。

「くっ、イレギュラーッ。どこまでも邪魔を！」

らしくない苛立《いらだ》ちが見えた気がした。

まさか、【神域】では二百体の使徒が秒殺されていて、それが情報共有能力で使徒達に伝わっているとは、もちろん連合軍の知るところではない。

だが、きっと、使徒が語気を荒げた原因は【神域】での敗戦だけを示しているわけではないだろう。

紡錘《ぼうすい》陣形を作り、外部の固体を防壁代わりに突き進むが、空前絶後のレベルで次々と〝神の使徒〟が脱落していくのだから。

「はっはーっ!! 正面から突っ込んでくるだけたぁ芸がねぇ! この必滅のバルトフェルド様が食い散らかしちまうぜぇ!」

ハウリア一の狙撃手〝必滅のバルトフェルド〟――ではなくパル君がヒャッハーすれば、また一体、使徒が銀翼ごと撃ち抜かれて錐揉《きりも》みした。

「弾だっ、早く弾をくれぇ! 一秒だって我慢できねぇ!」

「ヒャッハー!! 汚ねぇ花火だぜぇ!」

なんて、砦の上ではハウリアの射手達が狂喜乱舞している。補給部隊の亜人達は見えないふりをしているが。きっと正気度を減らさないためだろう。あるいは、同じ亜人と認識されたくないのか……

いずれにしろ、限定空間内での対空攻撃の戦果は絶大だった。まるで脆《もろ》い土壁を引っ掻《か》いたみたいにボロボロと使徒が落ちていく。

「ですが、小細工もこれまでです」

圧倒的な弾幕に晒《さら》されてなお、敵陣中程まで突き進むのには数秒で十分。

反撃もせず防御に集中し、かつ頑丈な肉体を盾にしたのだ。犠牲を払った使徒の群れに突破できない道理はない。

という使徒達の目論見《もくろみ》と呟《つぶや》きは、

「殿下! 目標、規定ラインに到達!」

「よろしい。では、数の暴力で対抗するとしましょう」

そんな司令部内でのやりとりと、全体通信の宝玉に手を置いて起動したリリアーナの、

『総軍に警告。作戦第二段階に移行！　〝超重力限定発生機《グラヴ・ファレンセン》〟、起動してください！』

烈々たる号令と同時に叩《たた》き落とされた。肉体と共に。

「重力場っ」

陣地のあちこちに設置されている真紅の宝玉。それらが担当兵により一斉に起動された途端、〝天蓋〟の直下は飛翔《ひしょう》を許さぬ超重力場の層に覆われた。

使徒を地上に引きずり落とす。それは、手の届かぬ高みからの一方的な蹂躙《じゅうりん》を阻止し、数の利を活《い》かすための、この戦争における絶対条件だった。

とはいえ、広大な空域を全て超重力場で覆うことは不可能。多少の影響は出せても、使徒の飛翔能力を潰すには至らない。

故に〝天蓋〟。空域を分断し、超重力場の発生域を圧縮することで使徒にも通用する効果を実現させるのだ。

実際に、使徒は飛翔能力を消失した。そこへ計ったようにミサイル群が殺到し爆裂すれば、頗《すこぶ》る付きの魔力衝撃波も加わって紡錘陣形は完全に崩壊。各固体は槍《やり》が砕け散るように四方八方へ吹き飛ばされ、後続も弾幕から逃れるために散開して地上の広範囲に落ちていく。

そう、決死の覚悟を決めた連合軍兵士達の、ただ中へ。

『来るぞっ！　死を恐れるな！　数で押せ！　殺して殺して末代までの武功としろ！』

総大将ガハルドの気炎が戦場を駆け抜ける。

呼応するように王国、公国、そして亜人戦士団の戦域から凄《すさ》まじい雄叫《おたけ》びが上がった。

直後、爆撃じみた衝撃と轟音を響かせて〝神の使徒〟が地に降り立った。

小さなクレーターの中心で片膝立ち。俯《うつむ》いていて顔は見えない。

「囲め！　一斉に行くぞ！」

「うぉおおおおおっ」

周囲の帝国兵が一斉に飛び掛かる。〝神の使徒〟何するものぞと意気軒昂《けんこう》に。

刹那、銀の礫《つぶて》がドーム状に放射された。羽だ。分解魔法を付与された銀の羽が破片手《しゅ》榴弾《りゅうだん》の如《ごと》く全方位を襲ったのだ。

悲鳴が重なる。飛び込んだ帝国兵が逆再生のように吹き飛ばされる。

「怯《ひる》むな！　勝てない相手じゃない！」

小隊長の怒声を聞くまでもなく、次の帝国兵達が殺到した。

「人間如きが……」

ゆらりと立ち上がる使徒。刹那のうちに召喚される双大剣。

たとえスペックを激減させられようと、飛翔を封じられようと、人間と使徒ではアリとゾウほどの差があるのだと。

存在の格が違うのだと。

まるで、次々に突きつけられる策に苛《いら》ついているみたいに低い声音で呟いて。

銀の斬線が虚空を薙《な》いだ。

舞踏のような回転と共に放たれた斬撃は、またも帝国兵をまとめて薙ぎ払った。凄まじい衝撃音が木霊し、フルアーマーの兵士が小石のように吹き飛び、後続を巻き込んで地を転がる。その結果に、

「？　なぜ……」

むしろ、使徒の方が戸惑った。

当然だ。分解魔法を纏った斬撃である。両断されていないことがあり得ない。

衝撃音などあるはずがない。吹き飛ぶはずもない。

その場に二分割された死体が転がることこそ、本来の光景のはず。

「……がふっ……防げてる……防げてるぞ！」

「攻撃は見えた！　速いが致命傷は避けられるっ」

帝国兵達が起き上がってくる。先程、銀羽を受けた兵士達も、顔面を穿《うが》たれた運の悪い者は別としてほとんどが重傷にもなっていない。

傷ついたのは鎧《よろい》のみ。深い傷は入っているが、確かに生身を守り抜いている。そして、その切り傷も真紅の光を帯びて徐々に再生されつつある。

その光景を見れば、答えは言わずもがな。

「まさか……」

視界の端に巨体。軍馬の突進を認めて、咄嗟《とつさ》に一之大剣を突き出して分解砲撃を放つ。

軍馬がつんのめるようにして転倒。その勢いを利用して騎乗者が襲来する。

「ゼェアアアアアッ」

裂帛《れっぱく》の気合いと共に放たれる胴へ斬撃。それを弐之大剣で防ごうとして、しかし、鞭《むち》のようにしなった剣は軌道を変更してするりと首へ伸びた。

使徒でさえ瞠目《どうもく》する奇剣の極致。

ガハルド・D・ヘルシャー、実力至上主義の軍事国家で最強を誇る男の必殺が、使徒の首を捉える。

問題ない。使徒の肉体強度は鋼鉄並だ。人間の力や武器では傷一つ付けられない。

そのはずだった。

「――」

「油断大敵、いや、慢心大敵ってな」

ニイッと牙を剝《む》くようにして笑うガハルド。

その表情を、使徒は空中から見下ろすことになった。そう、宙を舞う頭部から。

なぜ、という疑問は抱かなかった。

振り抜かれた長剣が真紅の光を纏《まと》い、更にはヴヴヴッと振動音を響かせて刀身をぼやけさせている光景を見れば。

首のない使徒の体が、それでもなお動く。魔力がある限り、首を落とされたくらいでは即死しないのだ。頭部が離れていても状況を視認できる限り、正確な戦闘も可能。

双大剣が翻る。ガハルドの首を落とし返さんとハサミのようにクロスされて。

「っ、あっぶねぇ！」

凄まじい速度で繰り出されたそれを、ガハルドは凄まじい反応速度でかわしてみせた。

それどころか同時に剣を突き出してカウンターまで放つ。

「聞いてるぜ？　てめぇの〝心臓〟はそこなんだろう？」

見事、ガハルドの剣は使徒に無限の魔力を供給する〝核〟を貫いていた。

「やはり、全ての装備が神代級のアーティファクト、ですか」

地を転がる使徒の頭部から、そんな呟きが漏れる。

事実であった。

超高密度金属製の鎧には、〝三重の金剛《こんごう》〟〝衝撃吸収〟〝自動復元〟〝体力回復〟〝重力魔法による軽量化〟が、兜《かぶと》には〝瞬光《しゅんこう》〟〝先読〟が、脚甲には〝縮地〟と〝空力《くうりき》〟、手甲には〝豪腕〟が付与されている。

そして、刀剣類には〝空間切断〟〝魔力刃の形成・衝撃変換〟〝超高速魔力振動による対象魔力の分散〟が付与されており、敵の魔法をある程度は斬ることもできる。

まさに破格の装備。十万の軍勢全てに与えられた奈落の化け物の加護の一つ。

ガハルドが剣を引き抜くと同時に、使徒の体はどうっと崩れ落ちた。

『邪神の使徒が一体、このガハルドが討ち取ったぞぉっ』

全軍に奔《はし》った通信。人が、〝神の使徒〟を下した。

そのたった一つの勝利は、しかし、連合軍にとって値千金の価値があった。

士気が爆発する。総大将に続けと、恐れを振り払った兵士達が気炎を上げる。

「陛下！」

ガハルドの視界の端で銀色が瞬いた。

使徒の別の個体が分解砲撃を放ったのだ。発生点近くの帝国兵が消し飛ばされ、射線上にいた者達が〝縮地〟でどうにか逃れる。

だが、ガハルドは避《よ》けなかった。その前に、彼が選《え》りすぐった精鋭達が飛び込んできたから。

「大盾、構え！」

ガハルドが号令をかけた時には既に、盾持ち達は準備を終えていた。二段三列の防壁に分解砲撃が直撃する。

たった数秒のうちに塵《ちり》にされていく大盾。

だが、それは逆に言えば最凶の攻撃を前に数秒を凌《しの》げているということだった。

これもまたアーティファクトであるが故に。

それだけあれば周囲の兵士が殺到するのに十二分だ。

「鬱陶しい」

思わず零《こぼ》れ落ちたといった様子の言葉だった。

もはや油断も慢心もなく、兵士達の持つ武器が自分達を殺し得る破格の武器だと認識して一瞬のうちの情報共有。

そうすれば、途端に殺し難い怪物に戻る使徒達《たち》。兵士達が次から次へと宙を舞い、手足を飛ばされ転がっていく。

「無駄な足掻《あが》きだと言うのです」

大盾部隊を突進からの蹴りで吹き飛ばし、一瞬でガハルドへ肉薄。

超速度で双大剣を振り下ろせば、ガハルドには避ける余裕もなく、辛うじて剣で受け止めるので精一杯。

「ぐぉっ、この馬鹿力がぁっ」

膝が折れる。地面が陥没する。ギシギシと骨が軋《きし》む音さえも鼓膜を突く。

「陛下をお助けしろ！」

親衛隊達が飛び掛かるが、銀羽の放射で正確無比に顔面を撃ち抜かれて倒れていく。

「見なさい。あの結界も、砦《とりで》も、直《す》ぐに落ちます」

直ぐ殺さないのは、絶望にでも沈めようというのか。

血走った目で頭上を睨《にら》み返すガハルドの視界に、再び砕け散った〝天蓋〟が見えた。

いくら数と威力を減じようとも、やはり分解砲撃は脅威だ。耐えられる時間を数秒から数分に引き延ばすことしかできなかったらしい。

無数の銀光が地上に降り注ぎ、特に集中して聖歌隊へ放たれるのが分かる。

更に、数十体の使徒が進撃に成功し、砦の屋上へ跳躍する姿も見えた。

だが、その戦況をひっくり返し兼ねない光景を見てもガハルドの口元には、不敵な笑みが浮かんだ。

「ハッ、そう簡単に落ちるかよ」

使徒が度し難い者を見るような冷めた目を向け、止《とど》めを刺さんと力を込める――寸前。

『みんなぁ！　頑張ってーーっなの！』

戦場には場違いな可愛《かわい》らしい幼女の声が通信機越しに響き、数十体の使徒が一斉に地面へ叩き返される光景が見えた。

砦の屋上・正面の縁付近。

小さな主から命令が下った《おねがいされた》瞬間、目の部分をギンッと光らせて立ち上がった多脚ゴーレム七体は、威風堂々と、かつそれぞれ気ままに香ばしいポーズを決めていた。

使徒が墜落したのは、まさに彼等《ら》〝ミュウのお友達〟が原因だった。

『大罪戦隊、デモンレンジャーッッッ！　け〜〜んざんっなの!!』

ポージングもさることながら、わざわざ背面から七色の爆煙をドパァンッと噴き上げ演出している姿は意味が分からない。

けれど、その展開された背面のアームとパラボラアンテナのようなものが局所的な超重力場を発生させて使徒を追い返したのは事実。

『みんな！　やっちゃってぇ！　なの！』

　これまた可愛らしくもギャングみたいな恐ろしい言葉をミュウが響かせた途端、デモンレンジャーは「合点承知！」とばかりにノリノリの様子でサムズアップ。

　ガシャンガシャンとギミック音を響かせながら全武装を――六腕に持つガトリングレールガン二門、電磁加速式狙撃砲二門（残り二腕は近接戦闘用）、胸と腹から三十六連ミサイルを出し惜しみなしでぶっ放した。

　砦の直ぐ下。撃ち下ろしの攻撃だ。友軍に被弾する心配もないので遠慮も躊躇《ためら》いもない。

　おまけに、使徒は局所型重力場で満足に動けない状態。

　ならば結果は一つだ。使徒数十体は一瞬で肉片も残らないほど木《こ》っ端微塵《ぱみじん》に粉砕されてしまった。

「意気込んだのに出番ねぇじゃん」

「南雲《なぐも》の奴《やつ》、過保護が過ぎるだろ。娘になんてもん与えてんだよ」

「っていうか、あのネーミングセンス、南雲かな？」

　なんて淳史《あつし》、昇《のぼる》、明人《あきと》が唖然《あぜん》としたまま思わず感想を漏らしてしまうほど、それは中々にショッキングな光景だった。

「ここからどんどん来るわよ！　気を抜かないで！」

　優花《ゆうか》からお叱りが飛ぶ。各軍が一部の部隊を除いて大型可変式円月輪《オレステス》による〝転移カウンター〟を成功させ、銀光が天へ遡る。

同時に、聖歌隊を狙った集中攻撃も香織《かおり》の分解砲撃による相殺と、デビッド達神殿騎士団が〝空力〟で聖歌隊の頭上に陣取り、同じく〝転移カウンター〟することで凌げていた。

それを見て、やはり空爆戦術は効果が薄いと判断したのだろう。使徒の地上部隊も北方で乱戦状態になっている。

自力の差がある故に突破は時間の問題だろうが、使徒に下された命令は人類の殲滅《せんめつ》。

「このままでは、あまりに効率が悪い」

必然、使徒は新たな動きを見せた。

それは、人類連合軍にとって完全に予測通りの動きだった。

『敵、更に部隊を分け東西及び南側から進軍を開始。各軍、備えてください！　香織、そして、アドゥル殿！』

「うんっ」

『待っていたよ』

リリアーナから指示が飛んでくる。

『作戦第三段階です！　ご武運を！』

「ありがと！　それじゃあ、優花ちゃん、先生、みんな。行ってくるね！」

ドンッと爆音を響かせて香織が一発の砲弾の如《ごと》く黒銀を纏って空へ飛翔《ひしょう》していく。

聖歌隊を狙い撃ちにしている部隊の相手をするためだ。

『五百年前の迫害。忘れようはずもない。あの時を生き残り雪辱を誓った同胞よ。後に生まれ隠れて生きる理不尽に嘆いた若者達よ。――時は来た』

温厚を絵に描いたようなアドゥルからは想像もできない、聞いた者の心胆を寒からしめる唸《うな》り声《ごえ》のような声音が通信越しに響く。

それは、彼の口角が凶悪なまでに釣り上がっているだろうことが容易に想像できるような、五百年越しの戦意を感じさせる恐ろしき声音だった。

『遠慮容赦一切無用っ！　猛《たけ》るままに咆哮《ほうこう》を上げよ！　空は我等の領域！　天空の覇者とは何者か。今一度、教えてやろうではないかっ。全竜人族……出るぞっ!!』

「「「「オォオオオオオオオオオオオオッッ!!」」」」

大気が弾《はじ》けるような咆哮が戦場を駆け抜けた。それは魂の雄叫《おたけ》びだ。

逆鱗《げきりん》にならう、遥《はる》か昔に触れられている。

誇り高き一族の、その誇りを踏み躙《にじ》った代償、今こそ払わせん。と、五百年以上をかけて醸成された想《おも》いが、各地より色とりどりの魔力光となって噴き上がった。

グラヴ・ファレンセンの重力場が僅かな間、解かれる。その瞬間、戦場に出現した三百体もの竜が空へ飛び立っていく。

同時に、天空を無数の〝咆哮《ブレス》〟が貫いた。

壮観にして圧巻。

五百年の時を超えて表舞台に飛来した〝天空の覇者〟の名を冠する一族。その積年の想いを宿した〝咆哮〟は、使徒でさえ無視し得ない意志と破壊力を秘めていた。

分かたれた三つの流星群が数を減らしながらも東西と南側へ降り注ぎ、北と同じく弾幕と重力場で地上戦を強制され、各軍が本格的な戦闘へと突入する最中。

「ハッ、随分と手こずってるようだなぁ？」

ガハルドは盛大に使徒を煽《あお》っていた。

「……もう消えなさい」

使徒がガハルドの処分を決定する。

「陛下をお救いしろっ」

大盾部隊が復帰。彼等を先頭に親衛隊が決死の特攻をかける。

片手間のように分解砲撃を放つ使徒。同時に、銀羽の曲射で首を撃ち抜く。

大盾持ちの兵士がくずおれ、後続が分解砲撃の直撃を喰《く》らって塵と化す。

「……我等を地に落とそうと、アーティファクトで身を固めようと、所詮はただの人間。我等に勝てる道理などないのです。大人しく跪《ひざまず》き、主の断罪を受け入れなさい」

こうして強制的に跪かされ、今から処刑される貴方《あなた》達の王と同じように、と言外に告げる使徒。

だが、帝国兵は止まらない。

その目に絶望はなく、ただ敵を倒さんとする必死さだけがあって。

「俺の国の兵士を甘く見過ぎだぜ？」

若い帝国兵が一人、仲間の屍《しかばね》を盾に踏み込んできた。

片腕を失い、鎧《よろい》の隙間からおびただしい量の流血をしている。致命傷に違いない。

それでも、彼の表情は凄絶だった。吐血で口元を真っ赤に染めて、それでもなお敵に食らいつかんと獰猛《どうもう》な笑みを浮かべていた。

それをくだらなさそうに一瞥《いちべつ》し、使徒が止めの銀羽を放った――刹那。

「限界っ、突破ッァアアアアアッ」

「なっ」

爆発的に膨れ上がる青年兵の魔力。一瞬で加速する肉体。銀羽は虚空を貫くに終わる。

あり得ないことだった。〝限界突破〟は、それこそイレギュラーな存在でない限り、勇者にしか発現しない力だ。

あまりに予想外だったせいで使徒の動きが一瞬遅れる。

死に物狂いで振り下ろされた唐竹割りの一撃を、思わず一之大剣で受け止めてしまう。

「なぜ、その技能を……」

「よくやった」

ハッとした時には遅かった。ガハルドが脱力する。剛力で以《もっ》て彼を押さえつけていた大剣が一つ減ったことで受け流すことに成功する。

そして、

「限界――」

「まさか、あり得ない」

「突破だぁああああっ!!」

ガハルドのスペックが爆発的に上昇した。奇剣が未《いま》だかつてない速度を以て使徒を襲う。

「その輝きはやはり――」

〝核〟に迫る〝突き〟を回転しながら辛うじてかわす使徒。だが、言葉は途中で止まる。

止められてしまう。

蛇のようにうねって軌道を変えた剣が見事に〝核〟を捉えていたから。

そこにはやはり、人類にとってレア中のレア、原則的に一人しか持ち得ない技能を二人も持っていたことへの驚愕《きようがく》もあったのだろう。

全身から血のように魔力を流出させる使徒に、ガハルドは片手で小さな紅《あか》い宝玉がついたネックレスを引っ張り出しながら不敵に笑ってみせた。

「これは人類の存亡を懸けた戦いだぞ。限界の一つや二つ、超えられなきゃ嘘《うそ》ってもんだろう?」

剣を引き抜きながら通信機を起動する。倒れゆく使徒の視線などもはや気にした様子もない。

『連合軍総大将の名において、全勇者に告げる!!』

それは合図であり、許可だった。

実のところ、開戦の火蓋が切られると同時に成していた〝一度目の限界突破〟。

それに体が馴染《なじ》むまで、今少し時間がかかるところ。

だが、あれだけ手札を揃《そろ》えてなお使徒は強すぎたから。

魂の損傷という取り返しのつかないリスク？

継戦能力への不安？

馬鹿馬鹿しい、と決断する。青年兵士が身命を賭して無茶を押し通したように、この戦場で何を惜しめというのか。全身全霊を尽くさずして死なせるなど、それこそ戦士の魂を穢《けが》す所業！

故に、命じる。

『今こそ限界を超えて――戦えッッ!!』

命の一滴、魂の欠片《かけら》まで捧《ささ》げて勝利をこの手に！

作戦上の時間よりずっと早く、ガハルドの大号令が轟《とどろ》いた。

その直後。

「限界突破ッ!!」

東の戦場で、クゼリー騎士団長が限界を超えた。

「限界突破だ」

西の戦場で、ランズィ公が限界を超えた。

「やれやれ、老骨には堪《こた》えるな――限界突破せよ」

魔力を持たないはずのアルフレリックが限界を超えた。

「いよいよね。みんな、行くわよっ――限界突破!!」

迎撃方向が増えて上空への弾幕が薄くなれば、当然、降下強襲に成功する使徒も多数でてくる。相対する使徒達《たち》を睨《にら》みつけながら、優花が限界を超えた。

その声に応えて、

「「「「限界突破ッ!!」」」」

淳史が、昇が、明人が、奈々《なな》が、妙子《たえこ》が、重吾《じゆうご》が、健太郎《けんたろう》が、浩介《こうすけ》が、真央《まお》が、綾子《あやこ》が、信治《しんじ》が、良樹《よしき》が、そして九人の仲間が限界を超えて。

王国軍も、公国軍も、帝国軍も、フェアベルゲン戦士団も、竜人部隊も、冒険者も、一兵卒に至るまで、

「限界突破!!」

「限界突破!!」「限界突破!!」

「限界突破!!」「限界突破!!」「限界突破!!」

「限界突破!!」「限界突破!!」「限界突破!!」「限界突破!!」

「限界突破!!」「限界突破!!」「限界突破!!」「限界突破!!」「限界突破!!」

「限界突破!!」「限界突破!!」「限界突破!!」「限界突破!!」「限界突破!!」「限界突破!!」

「限界突破!!」「限界突破!!」「限界突破!!」「限界突破!!」「限界突破!!」「限界突破!!」

「限界突破!!」「限界突破!!」「限界突破!!」「限界突破!!」「限界突破!!」「限界突破!!」

「限界突破!!」「限界突破!!」「限界突破!!」「限界突破!!」「限界突破!!」「限界突破!!」
「限界突破!!」「限界突破!!」「限界突破!!」「限界突破!!」「限界突破!!」「限界突破!!」
「限界突破!!」「限界突破!!」「限界突破!!」「限界突破!!」「限界突破!!」「限界突破!!」
「限界突破!!」「限界突破!!」「限界突破!!」「限界突破!!」「限界突破!!」「限界突破!!」
「限界突破!!」「限界突破!!」「限界突破!!」「限界突破!!」「限界突破!!」「限界突破!!」
「限界突破!!」「限界突破!!」「限界突破!!」「限界突破!!」「限界突破!!」「限界突破!!」
「限界突破!!」「限界突破!!」「限界突破!!」「限界突破!!」「限界突破!!」「限界突破!!」
「限界突破!!」「限界突破!!」「限界突破!!」「限界突破!!」「限界突破!!」「限界突破!!」
「限界突破!!」「限界突破!!」「限界突破!!」「限界突破!!」「限界突破!!」「限界突破!!」
「限界突破!!」「限界突破!!」「限界突破!!」「限界突破!!」「限界突破!!」「限界突破!!」
「限界突破!!」「限界突破!!」「限界突破!!」「限界突破!!」「限界突破!!」「限界突破!!」
「限界突破!!」「限界突破!!」「限界突破!!」「限界突破!!」「限界突破!!」「限界突破!!」
「限界突破!!」「限界突破!!」「限界突破!!」「限界突破!!」「限界突破!!」「限界突破!!」
「限界突破!!」「限界突破!!」「限界突破!!」「限界突破!!」「限界突破!!」「限界突破!!」
「限界突破!!」「限界突破!!」「限界突破!!」「限界突破!!」「限界突破!!」「限界突破!!」
「限界突破!!」「限界突破!!」「限界突破!!」「限界突破!!」「限界突破!!」「限界突破!!」
「限界突破!!」「限界突破!!」「限界突破!!」「限界突破!!」「限界突破!!」「限界突破!!」
「限界突破!!」「限界突破!!」「限界突破!!」「限界突破!!」「限界突破!!」「限界突破!!」

これぞ、ハジメが講じた最後の強化策。

――人類総戦力・限界突破
魂魄《こんぱく》に干渉し、強制的に〝限界突破・覇潰《はつい》〟に至らせるアーティファクト。

その名を〝ラスト・ゼーレ〟。

肉体を強化する服用型アーティファクト〝チートメイト〟の摂取と、愛子《あいこ》の魂魄魔法による対軍用常時魂魄強化・回復魔法がなければ五分で死にかねない劇物だ。

予定よりずっと早い行使に、愛子が砦《とりで》の上で大慌てしている。

ハジメに与えられたロザリオ型アーティファクトを胸の前で握り締め、聖歌隊の傍《そば》で祈りを捧げるように魔法を行使する姿は女神というより聖女か。

いずれにせよ、総戦力限界突破を支えるための専用アーティファクトは問題なく効果を発揮した。

愛子の薄桃色の魔力が戦場全体に巨大な波紋を打ち、発動中の〝ラスト・ゼーレ〟という目印を元に一人一人の魂を特定してパスを繋《つな》ぐことに成功する。

敵を分断し、己のフィールドに引きずり込み、極限まで衰弱・阻害して、味方だけは諸《もろ》刃《は》の剣《つるぎ》となりかねないほど強化しまくる。

聞いた時は、その徹底ぶりにガハルドのみならず誰もが表情を引き攣《つ》らせたものだ。

とはいえ、これで戦場は整った。

ここまでの策は全ては、〝神の使徒と戦える状況を作る〟という最低限のものに過ぎない。ここからが本当の意味での死闘の始まりだ。

だからこそ、ガハルドは新たに対峙《たいじ》した使徒に剣を突きつけながら、人類を代表してその言葉を響かせた。

「人間を、舐《な》めるなっ!!」

使徒が僅かに瞳を揺らした、ように見えた。

まるで、遠い昔にも同じ言葉を叩《たた》き付けられたみたいに。

第二章◆それぞれの戦場

――戦場東側・ハイリヒ王国軍

王国軍が布陣する戦場に、竜人部隊と最前線のライフル部隊による一斉射撃を潜《くぐ》り抜けた使徒の群れが飛来した。

「流石《さすが》に対応が早いな」

王国騎士団団長にして、此度《こたび》は王国軍・軍団長の任についているクゼリー・レイルが険しく目を細める。

砦や壁上歩廊からの攻撃を絞らせないよう分散かつランダム軌道で飛翔《ひしょう》し、かつ、どうせある程度進めば超重力場で落とされるのだからと割り切ったのだろう。兵達の頭上ギリギリを超低空で飛来してくる。

こうなると狙撃砲はともかく、ミサイルやロケット弾は使い辛《づら》い。地上の兵士達を巻き添えにしてしまうからだ。

おまけに、銀羽のスコールと分解砲撃で地上を薙《な》ぎ払うなんて真似《まね》まで。

大盾部隊や装備がもたらす回避能力で凌《しの》げた者は多いが、それでも少なくない兵士達が一戦交えることもなく塵《ちり》と化す光景には歯がみせずにはいられない。

だから、彼等《ら》の無念を声音に乗せて咆《ほ》える。

「王国の守護者ここにあり！　騎士よ！　兵士よ！　本懐を果たせ!!」

クゼリーの凜《りん》とした声音に、王国の勇者達が雄叫《おたけ》びで応える。

直後、広く布陣した王国軍のあちこちに銀の流星が着弾した。

ここまでの情報は全て共有済み。

幾つもの初見殺しの策に上手《うま》くはめられ、〝神の使徒〟ともあろう存在が数百単位で落とされたのは業腹であり、屈辱。あってはならないことだ。

だから、戦法を変える。〝神の使徒〟はスペックだけではないことを証明する。

「主の命令を完遂します」

王国兵の一人が「おぉおおおおっ」と雄叫びを上げて飛びかかった。

銀光一閃《いっせん》。大剣が纏《まと》う魔力が銀の光芒《こうぼう》を引いて虚空を薙げば、王国兵は腰から上下を分断されてしまった。

反対側から同時に襲いかかっていた者も、弐之大剣で正確無比に首を斬り裂かれる。

殺到する兵士達を銀羽の全方位攻撃で牽制《けんせい》しつつ、地を割る踏み込みで砦の方角へ進撃。

道中の障害を分解砲撃で吹き飛ばし、飛来する数多《あまた》の魔法を銀翼で防ぐ。

「もらったぁっ」

騎士の一人が肉迫する。双大剣には二人の兵士が体を分解されながらも死に物狂いでしがみついて封じている。完璧なタイミングだ。

と思われたが、使徒はあっさりと双大剣を手放し、逆に騎士の方へ踏み込んだ。

大上段からの一撃は、使徒が近すぎたが故に根元を肩口に埋めるに留《とど》まり、逆に、使徒の手刀が騎士の首を刈り取ってしまった。

更に、そこへ飛び込んできた兵士を回し蹴りによって腕ごと半身を砕き、足を狙って放たれた別の兵士の薙ぎ払いも、銀翼による一瞬の浮遊で回避する。

そのまま超低空で弾《はじ》かれたように飛翔し、銀翼を分解の刃のようにして殺到する兵士達を斬り裂いていく。

悲鳴が重なる中、地面すれすれを飛翔したまま双大剣を回収。

防具のおかげで即死は免れた兵士達から死に物狂いで繰り出された斬撃が体を掠《かす》めて鮮血を撒《ま》き散らすも、表情一つ変えずカウンターを放つ。

人に、主より賜った肉体を傷つけられる。

圧倒的なスペックによる蹂躙《じゅうりん》ではなく、人と同じ武技を使って泥臭く勝利を得る。

本来なら許し難い使徒にあるまじきそれを許容する戦い方。

本気も本気。紛れもない使徒の全力戦闘だった。

【神域】での敗北と、リベンジの禁止。そして、この地上戦での損害から、もはや形振《なりふ》り構わなくなったのだろう。

「ちくしょうっ、強すぎだろっ！　こっちは二度も限界超えてんだぞっ」

「化け物がっ！　いい加減死にやがれっ」

ここまで策を講じても、実のところ人と使徒では三倍から四倍のスペック差があった。

それはもう種としての超えられない壁だ。

数の差でそこを埋めるということも事前に聞かされていたことではある。

だが、実際に戦って理解した使徒の怪物ぶりは想像の更に数段上を行った。各地で上がる使徒討伐の雄叫びより、倒れゆく友軍の方が圧倒的に多い。

その事実に王国兵達から悪態が飛び交う。込み上がる畏怖を少しでも振り払うために、そうせざるを得ないのだ。

と、そこへ、

「怯《ひる》むな！」

ビリビリと空気が震えるような叱咤《しった》が響いた。

飛び込んできたのは美麗にして勇壮な騎士団長様。支給されたばかりで使いこなせる者の少ない脚甲の〝空力《くうりき》〟を使い宙を駆けてくる。

使徒の刺すような視線がクゼリーを捉えた。瞬間、その両腕に光の鎖が巻き付き、無数の光の剣まで体中に刺さる。

「団長ぉっ、今ですっ」

コモルド副団長以下、騎士団の精鋭達が繰り出す全力の捕縛魔法。

本来なら意味をなさないそれも、今の相互の状態ならば数秒を稼ぐ確かな拘束となる。

「ハァアアアアッ」

裂帛《れっぱく》の気合いが迸《ほとばし》った。

弓を引くような構えからの細剣による〝突き〟が繰り出される。

最初から近衛《このえ》騎士団を目指していた彼女の剣技は屋内で利するものが多い。故に、〝突き〟こそクゼリーの基本にして奥義。

それ一つで王女殿下の専属近衛隊隊長の地位まで上り詰めたのだ。限界を超えた状態で放った必殺の一撃はもはや閃光《せんこう》と見紛《みまが》うほどで。

「――っ」

「借りは返したぞっ」

寸分の狂いなく、クゼリーの細剣は使徒の〝核〟を貫いていた。

細剣を引き抜くと同時に、クゼリーは拡声と通信のアーティファクトを起動しながら高らかに声を上げた。

「強く想《おも》え！　我等の後ろには誰がいるのか！」

その意味を履き違える者はいなかった。

家族だ。恋人であり、友であり、子供達《たち》だ。遠き地へ避難し、自分達の勝利を信じて祈ってくれているだろう大切な人達だ。

「想像しろ！　彼等が蹂躙される様を！　この手が届かぬ悲劇を！」

それは何よりの恐怖だ。神造の怪物などより、よほど恐ろしい！

何より、怒りで魂が滾《たぎ》る！

「守って守ってっ、守り抜けっ!!　彼等の――未来のためにッ!!」

「「「「未来のために!!」」」」

クゼリーの鼓舞に、団長が使徒を討ち取った事実に、兵士達の中から畏怖が消える。

激闘が更に苛烈さを増していく。

『クゼリー、良い言葉でした。第七隊が使徒三体の連携により押されています。援護を』

「御意に!」

転身し、部下からも戦況を聞いて指示を返しながら駆けるクゼリーは、リリアーナの声を聞いて剣を握る手の力を強めた。

戦場に集中しながらも否応《いやおう》なく思い出されるのは、使徒が王宮を襲撃した時のこと。

あの時、浩介《こうすけ》に遅れて騎士団と共に現場に駆けつけたクゼリーは、何もできなかった。

使徒がリリアーナの同行を求めた時も、だ。

リリアーナ自身が交戦を禁じたというのは言い訳にもならない。その命令自体、クゼリー達では状況を打開できない、つまり力不足と断じられた結果なのだから。

悔しかった。敬愛する王女殿下が死地に赴くのを黙って見ているなんて、あまりの無力感に頭がどうにかなりそうだった。

無事に帰還した時は、恥ずかしながら安堵《あんど》のあまり腰が抜けてしまった。

だから、これは奇蹟的《きせきてき》に与えられたチャンスなのだ。

あの魔王より魔王らしいと称される青年が与えてくれたチャンス。

一体を倒し、主を奪われるという借りは返した。

ならば、ここからは証明の時間だ。王国の騎士団は守るべきを守れるのだと。

「二度目はない。一体たりとて殿下のもとへは通すものかっ」

猛《たけ》る想いと鋼の如《ごと》き決意を胸に、友軍の頭上の虚空を踏み締めて精鋭部隊と共に一気に戦場を駆け抜ける。

そうして、

「ふんぬらばぁああああああああああっ」

「ふわぁ!?」

あっさり二の足を踏んだ。ちょっと可愛《かわい》らしい声を上げながら。

それはコモルド副団長達も同じで、むしろ彼等の方が酷《ひど》かった。めちゃくちゃ腰が引けている。見れば周囲の兵士達も同じ様子だ。

無理もない。だって、戦場に別系統の怪物が君臨していたから。

「ぬっふぅ〜〜っ。綺麗《きれい》な顔してお転婆なんだからぁ♡」

バシューッと噴出される鼻息。全身から立ち上る湯気。呆《あき》れるほどの巨軀《きよく》と、鎧《よろい》越しでも分かる人外レベルの筋肉。兜《かぶと》の隙間からは劇画のような濃い顔面と肉食獣のような眼《め》が覗《のぞ》き見え、兜の天辺《てっぺん》からは三つ編みにした長髪がちょろんと。可愛らしいピンクのリボン付きだ。

そんな彼また彼女の足元には、胸部を陥没させた使徒の一体が、手足をあらぬ方向に曲げた悲惨な状態で転がっていた。

近づき難いほどの戦意と威圧を放っている。なのに、なぜかくねくねしている。

わけが分からない。そのうえ、

「さぁ、次はどの子があたしのパトスを受け止めてくれるのかしらんっ!?」

雷鳴のような声量でオネエ言葉を使い、いかにも「獣王様！」と畏怖されそうな表情でパチリッとウインクまで。

「ひぃっ、ごめんなさい！」

自分に向けられたわけでもないのに、兵士の一人が泣きそうな顔で謝罪した。誰も疑問には思わなかった。むしろ、気持ちは分かると頷《うなず》いた。

その圧倒的な存在感は使徒にも通じているようだった。

三体で連携を取っていた使徒のうちの二体が、僅かに後退《あとずさ》りするほどに。

凄《すご》い警戒心だ。あるいはハジメに見せたそれより強いかもしれない！

だからだろう。背後にぬるりと出現した巨体二つに気が付くのが遅れたのは。

「捕まえたぁわよぉ～～～っ」

もはやホラーだった。使徒二体が振り返ると同時に、覆い被《かぶ》さるようにして腕ごと抱き締める新たな巨漢、否、人の理《ことわり》を超越した存在（byハジメ）――漢女《おとめ》二体。

【ブルックの町】の服屋に巣くうクリスタベル店長の愛弟子《まなでし》達は、その常人では身につかない剛力を以《もっ》て使徒二体を鯖折《さばお》りしにかかる。

使徒二体が分解魔力を纏った。折れるより先に相手の肉体を塵《ちり》にすべく。

だが、鎧は頑丈だった。使徒の体が逆くの字に折れるのが先か、鎧が塵となるのが先かのチキンレースとなる。

軍配は、やはり最凶の魔法に傾いた。……傾いてしまったというべきか。使徒にとっては。ちょっとした悲劇（？）が起きてしまう。

「「――っ」」

「脱がしてくるなんて、だ・い・た・ん・ねぇんっ」

「刺激的な子は好きよぉんっ♡　でもねぇ――」

尋常でない汗の飛沫《しぶき》が使徒二体の顔面を襲ったのだ。更にはぬるぬるてかてかの胸筋に顔を押しつけられる。ずるヌチャァという擬音が聞こえてきそう。

なぜだろう。分解魔法が消えた。直後、バキィッと砕ける使徒の腰。そして、

「「ぬぉおおおおおりゃあああああああっ」」

そこから放たれるバックドロップ。対面かつ腰が折れているので、しなりながら顔面を地面に叩《たた》き付けられる使徒達。ついでに首が砕ける生々しい音も重なった。

素早く反転した漢女二体は、至近距離から放たれた銀羽で一瞬のうちに血塗《ちまみ》れになりつつも、凄絶な笑みを浮かべて手刀を突き落とした。

格闘系の冒険者や兵士のために用意された〝空間切断〟付き手甲が威力を発揮し、背中から使徒の胸を貫く。

ビクンッと痙攣《けいれん》する使徒から勢いよく引き抜かれる大きな手には、砕けた核の欠片《かけら》が握られていて。

先の「でもねぇ」の続きを、血と汗を撒き散らしながら「「ぶるぁあああっ」」と勝利の雄叫《おたけ》びを上げる漢女二体の代わりに、クリスタベル店長が響かせた。

「人形遊びの趣味はないのよねん？」

腰をくねくね、首をぐりんっ。血走った目が、兵士達の頭上すれすれを飛翔《ひしょう》して通過しようとしていた使徒を捉える。

目と目が合う……

「くっ、まさか他にもイレギュラーがっ」

そのまま飛んで行けばいいものを、なぜか即座に着地して臨戦態勢を取る使徒。双大剣を前面に突き出し、バッテンするような構え……見たことがない。

クリスタベル店長率いる冒険者の遊撃部隊。

その中でも漢女の集団は今この瞬間も各地で凄《すさ》まじい戦果を上げている。

いろんなものに塗れたり、いろんなものを押しつけられたり、パトスやらベーゼやらを受けて悲惨な最期を遂げたり。

各個体が受けたそれらは余すことなく使徒全体に共有される。今は、その情報共有能力が恨めしい……と思っているが故の構えかどうかはさておき。

「さぁ、踊りましょう、人形ちゃん。私の筋肉は、まだ足りないと言ってるわよぉっ」

両手を広げて、立ちはだかるような構えを取るクリスタベル店長。

ゴゴゴゴゴッ!! という擬音《オノマトペ》の文字が可視化されて見えるのは気のせいか。

なんにせよ、一つだけ確かなことは。

『で、殿下! 第七隊は問題ありません! 新たな戦況をお聞きしたく!』

『あ、はい!』

クゼリーの力は、この場には必要なさそうだということだった。

――戦場西側・アンカジ公国軍
「戦えっ、戦え! 勇壮なる砂漠の戦士達よ! 我等《ら》は神話の中にいる! この戦場で剣を取った全ての戦士が神話の紡ぎ手ぞっ。今こそ歴史に名を残せ!」

ランズィ・フォウワード・ゼンゲン公の鼓舞が拡声されて戦場に響く。

なるほど。人類の存亡を懸けた戦いだ。確かに、後の世から見れば最新の神話となるだろう。この戦場に立つ者は、その神話の登場人物なのだ。

そんなことを言われれば、戦士の魂が震えるというもの。

とはいえ、気概だけで戦争ができるほど現実は甘くない。

まして、彼等は砂漠の戦士だ。脆《もろ》く、柔らかく、流動的な足場と熱砂の中での戦いに習熟してきた。

普段なら問題はない。魔人族や魔物との戦いなら気にもならなかっただろう。

けれど、相手は使徒だ。

刹那の瞬間、ほんの少しの違和感が致命的になり得る極限の戦場では……

「ランズィ様！　想定よりも押されています！」

「左翼の被害甚大！」

「どうやら、グリューエンより出たことのない若手の脱落が多いようですな」

腹心の部下からの報告に、ランズィは歯がみした。

視線の先、戦場のあちこちで冗談のように人が宙を舞っている。

勝利の歓声も聞こえるが、戦力の減少の方が圧倒的に多い。

「他の軍団は奮戦している。我等が預かる西だけ瓦解しては顔向けできんぞっ」

この戦争は、ランズィにとっては恩返しのチャンスでもあった。

病魔に侵された公都を救ってくれたハジメ達への。

特に若手は、献身的に治癒を続けてくれた香織《かおり》に熱狂的とさえ言える恩義を感じている。

息子を筆頭に〝香織様にご奉仕し隊〟なんて頭の痛くなる組織を作っているほど。

だから、ハジメが残していく同胞を、戻ってくる場所を、せめて守る一助になれればと思っていたのだが……

ランズィは頭を振った。

「我欲を出している場合ではないな。司令官殿に救援要請を――」

——その必要はない

「む!?」

「いけない！　盾部隊！　囲めっ」

屋外にもかかわらず反響しているような謎の声が聞こえた直後だった。

使徒が人壁を吹き飛ばして出現した。片腕だ。指揮官《ランズィ》を殺すため、強引に突破してきたらしい。

ランズィが身構え、副官の指示が響く。使徒の大剣の切っ先がピタリとランズィを捉え、銀光が集い——

「まず一人」

「え？」

その呆《ほう》けた声は、まさかの使徒から。それも宙を舞う頭部からだった。

首なしとなった使徒の胸からは艶消しされた黒色の刀身が突き出している。〝核〟を貫いているのは明白だった。

一拍おいて刃が引き抜かれれば、途端に噴出する血の飛沫。

鮮血のベールの奥に、そいつはいた。

口元まで覆う黒装束にワンレンズ型のサングラスを身につけ、細く鋭利な短剣——小太刀を逆手に持った男。頭上にはふぁさりとウサミミがなびいている。

「この赤黒い世界と同じく、お前の血色は薄汚い……」

小太刀の血糊《ちのり》をビッと払いつつ、反対の手の中指でサングラスをクイッと押し上げる。

覆面部分の動き的に、たぶん、フッとニヒルな感じに口元を歪《ゆが》めている。

そこはかとなく感じる香ばしさ。軽く天を仰ぐ姿からは、「今の自分、めちゃ輝いてる！」という歓喜の雰囲気が滲《にじ》み出ている。

いったい誰なんだ！　とは問うまい。

「使徒の首、この〝深淵蠢動《しんえんしゅんどう》の闇狩鬼〟カームバンティス・エルファライト・ローデリア・ハウリアが確かに貰《もら》い受けた」

はい、カムである。ただの兎人《とじん》族ハウリアの族長カム・ハウリアである。

誰もが、いろんな意味で驚愕《きょうがく》し呆ける中、別の使徒が低空飛行で急迫。

だがしかし、ハウリア達《たち》は既にこの戦場に蔓延《はびこ》っているようで。

戦士達の狭間《はざま》からスッと小さな影が飛び上がった。青年戦士の頭部を踏み台に更に跳躍し、音も気配もなく真横から使徒の上を取る。

そして、背中に乗るようにしてトスッと。

それはそれは、とても静かな一撃必殺だった。〝核〟を貫かれ、ついでに首もちょんぱされた使徒が落下。

地を滑る使徒の遺体をサーフボードのように乗りこなし、ちょうどランズィの前で優雅に地へ足をつけたのは……

「……貴女《あなた》ならこんな時こう言うのかしら？　〝全ては主の御心《みこころ》のままに〟って。奇遇ね。

私もよ?」

もっとも、私の主《ボス》は世界で一番素敵な人だけれど。なんて、サングラスを外して肩越しに使徒の遺体へ流し目を送る。

そして、ランズィ達へ視線を戻し、なんだか恐《こわ》くてビクッとする彼等に、

「外殺のネアシュタットルム、ボスのために貴方《あなた》達に力を貸してあげる」

そんなことを言いつつ再びサングラスをスチャ！　口元にはフッと笑みを。

いつだって覚悟ガン決まりのウサミミ少女、ネアちゃん（十歳）である。

それに続くようにして、戦場のあちこちで使徒の首が舞い始めた。

人混みから人混みへ。敬愛するボスのため死ぬ気で鍛えてきた〝気配操作〟を、そのボスが与えてくれたハウリア専用装備で更に極限まで引き上げた彼等の暗殺戦法は、この傾きかけた戦況を一時的に立て直すのに十分な働きだった。

ただ……

ただ、である。

「悪いな。今宵《こよい》のジュリアは少々大食いなんだ」

中年のおじさんハウリアが、小太刀を愛《いと》しげに撫《な》でていたり、

「貴女が悪いのよ?　もう一人の私を目覚めさせてしまうから……」

二十代前半くらいの女ハウリアが、片手で目元を覆いながら哀《かな》しげな微笑を浮かべていたり、あるいは十代中頃くらいの妹っぽいハウリアっ子が、

「……これが世界の意思なのね。なら、私はそれに従うだけ……」

と、まるで途轍《とてつ》もない使命を帯びた冷徹なる戦士、みたいな雰囲気を出していたり、

「くっ、また勝手にっ、鎮まれ！　俺の左腕っ！」

なんて苦しそうにしているハウリアは数知れず。

こわい。これもある意味、完全別種の怪物というべきか。

一拍おいて、互いに顔を見合わせる首刈りウサギ達。

誰もが死地と定めた戦場で、どうしてそんなにも満足そうな表情になれるのか。

いや、ほんと恐い。未知ほど恐ろしいものはないというが、その通りである。

心なしか、使徒が苛立《いらだ》っているように見えなくもない。

この野郎ふざけやがって、とは無感情らしいので思っていないだろうが、その視線は確実に優先目標としてハウリア達を捉えていた。

なので、スッと人混みに消えていくカム達。自分達に意識が向いたと察知するや否や、いっそ見事なほどあっさり退いていく。

「兎人族《とじん》……逃がしません」

消えた場所に突進する使徒。そうすれば当然、進路上の戦士達も応戦するわけで。

結果的に、足止めされてハウリアを捉えることはできず。

かと思えば、使徒が構っていられないとハウリアを意識から外した途端、それを読んだみたいに絶妙なタイミングでスッと現れ、香ばしく一撃必殺。

『ゼンゲン公、そちらに援軍を送りました。兎人族《とじん》ではありますが、私は彼等の実力をこの目で見て知っております。どうぞ、憂いなく――』

「あ、皆まで言わなくてよろしいです、はい」

『そ、そうですか……では引き続き、ご武運を！』

微妙な空気が流れる。流れるが、そこはやはり砂漠の国の主なわけで。

「東の果ての戦友に遅れを取るなぁ！　砂漠の戦士達よ、我に続け！」

自ら前に出ることでなんとも言えない微妙に痛々しい空気を払拭。

公国軍は再び戦況を盛り返したのだった。

――戦場南側・フェアベルゲン戦士団
砦《とりで》の裏手にあたる戦場は今、どこよりも特異な場所になっていた。

樹海だ。砦から南側へ百メートルほどの位置を境界線に、向こう側一キロメートル四方の範囲に亘《わた》って突如、凄まじい数の大木が生えてきたのだ。

平原だった場所は今や限定的かつ疑似的な樹海となっており、高度を取れない使徒にとっては鬱陶しいことこの上ない状況になっていた。

何せ、この戦場を預かっているのは、

「シィッ」

樹海でこそ本領を発揮できる亜人族だったから。

木々を足場に立体機動しつつ、死角から凄《すさ》まじい速度で刃が迫る。

咄嗟《とっさ》に分解魔法で迎撃する暇もなく、大剣でガード。一撃必殺を可能とする破格のアーティファクトが大剣に嫌な音を立てさせる。

武器破壊を嫌って膂力《りょりょく》で振り払うが、相手は豹人族《ひょうじん》の青年戦士。信じられない身のこなしで自ら飛び、あっという間に木々の狭間に消えていく。

かと思えば、逆サイドから熊人族が突貫してくる。

「オオオラァアッ」

巨大なハルバードの一撃を弐之大剣で受け止めるが、亜人種の中で最強の膂力を誇るという評判は伊達《だて》ではなかった。

使徒の膝が僅かに折れ、衝撃が伝播《でんぱ》して腕が痺《しび》れ、口からは堪《こら》えようもなく「くっ」と声が漏れ出す。

弐之大剣を斜めにしてハルバードを流し、同時に蹴りを放って熊人族を吹き飛ばすが、鎧《よろい》の防御力は元より、その体重と脂肪、奥に突き詰められた筋肉の防壁は、彼の表情を苦《く》悶《もん》に歪めるだけで膝すら突かせなかった。

(地形を活《い》かした不規則な戦法……何より、単純に強い……)

魔力を持たない代わりに身体能力に優れる彼等は、使徒の魔力耐性の高さ故に属性魔法が通じ難く、アーティファクトによる近接戦が主体となるこの戦争で、ある意味、最大の脅威だった。

「ならば、森ごと滅すれば良いだけのこと」

銀翼で己を包んで防御しつつ、分解砲撃をチャージする使徒。

今の状態で放てる最大威力にて、包囲してくる亜人戦士達を樹海ごと消し飛ばす。

「っ、砲撃が来る！　退避だ！　盾持ちは踏ん張れよっ」

相対していた熊人族――ハウリアにトラウマを植え付けられて、すっかり精神安定のお薬を手放せなくなったレギンが怒号を響かせる。

周囲の木々の狭間からザザザッと慌ただしい音が鳴り、レギンもまた一目散に退避した。

背後に伏せていた土人族の盾持ちの背後で身を伏せる。

直後、銀翼がばさりと広がり――トッと軽い衝撃が使徒に。

「ぁ……このタイミングを狙って？」

〝核〟に一本の金属矢が見事に突き立っていた。射手を探すが見当たらない。探知にも引っかからない。

それもそのはずだ。それを射た者は四百メートルも離れた森の奥にいるのだから。

急所だけを守る軽鎧に袴《はかま》のような戦装束の老人――森人族の長アルフレリック・ハイピスト。彼が木々の隙間を縫うような、かつ使徒の意識が攻撃一点に向いた刹那という完璧なタイミングを計ったうえで狙撃を成功させたのだ。

そこには、敵の位置を正確に探知し視覚系の能力を軒並み増大させるゴーグルと、爆増した身体能力があって初めて使えるアーティファクトの強弓の助けが確かにあった。

だが、同じ装備を持つ他の弓兵でも同じことができるかと言われれば、不可能としか言いようがない。

フェアベルゲンの歴史の中でも片手で数えるほどしか存在しない、最高の弓使いに贈られる〝神弓の射手〟の称号を持つ彼だからこそできる神業だ。

『一体撃破……いや、二体だ』

『お見事です、アルフレリック様。東五番より三体侵入。追い込みます』

『了解した、ギル戦士長』

狙撃部隊の隊長として報告の合間にもまた一体撃ち落としたアルフレリックに、何かとハジメと縁があることから新たな戦士長に抜擢《ばってき》された虎人族のギルは、

(やはり、アルフレリック様が指揮をされた方が良いのでは？)

という気持ちを消せないでいた。狙撃に集中したいとのことだったが、まるで使徒の方から当たりに行っているかのような精密長距離射撃には冷や汗が噴き出す思いだ。

と、そこで、使徒の一体が分解砲撃を放った。

流石《さすが》に誰もが発動前に止められるわけではない。阻止できず放たれた砲撃は扇状に森を消し飛ばし、退避の間に合わなかった戦士が幾人も塵《ちり》にされてしまう。

一気に開けた戦場で戦士達が身構える。平地でも当然戦えるが、それでも得意なフィールドが消されて正面戦争となると顔が強張《こわば》るのは避けられない。

だが、元よりこの戦場は作られたものであるからして。

砦屋上の南側。聖歌隊の背後に立つ小さな人影が高らかに唱える。

「何度消されても、また生み出すだけですっ――〝樹海顕界《げんかい》〟!!」

全戦力の〝限界突破〟を魂魄《こんぱく》魔法で支える者――畑山愛子《はたやまあいこ》。

発動さえしてしまえばロザリオが自動で維持してくれるので、愛子自身にも余裕が出る。

その一手こそが、新魔法〝樹海顕界〟だ。

これまた愛子専用のタクト型アーティファクトにより、予《あらかじ》めフィールドに散蒔《ばらま》かれていた大量の種子が天職〝作農師〟の力と相まって急成長する。

分解砲撃で消し飛ばされた場所が瞬く間に元に戻ってしまった。

亜人戦士の領域が消えない。そう理解すれば当然、枝を足場に樹上を跳んでいこうとする個体が続出するわけだが、それはそれで狙い目だった。

愛子が手にする宝珠が輝く。屋上の端に浮遊させているヒュベリオンだ。それが水平方向を向き、太陽光集束レーザーによる迎撃を行う。

更に、皆の背後を守るのは私だとお目々ギンギンでやる気を迸《ほとばし》らせ、

「よし、これで行けるはずです……」

少し時間はかかったものの、最後の手札も出し惜しみせずに放つ。

「畑山愛子の名において命じます! 仮初の命よ、今一度立ち上がり敵を討ち滅ぼしなさい!――〝疑魂憑依《ひょうい》〟!!」

愛子から幾つもの薄桃色の光が流星のように飛び出した。

それらは疑似樹海のあちこちで倒れ伏す使徒に降り注ぐ。

すると一拍おいて、〝核〟を潰され機能停止したはずの使徒達《たち》がゆらりと立ち上がり、味方であるはずの使徒達に襲いかかっていった。

――魂魄魔法　疑魂憑依
自分の魂魄から擬似的な魂魄を複製し、それを遺体に憑依させて操る魔法だ。

ゴーレムなどを除けば屍《しかばね》にしか使えない魔法であり、死者の魂を縛って意のままにした中村恵里《なかむらえり》のそれとは異なるものの、外法の類いであることに違いはない。

生徒達の見本であらねばならない教師として、または一人の大人としても子供達に見せてはならないやり方だ。

だが、できると知った以上、もう躊躇《ためら》いはない。

道理を守って命を守れない現実なんていらないから。

生徒ばかりが傷ついて、それを見ているだけなんて耐えられないから。

それに……

「彼が戻ってくるまで、絶対に負けませんっ！」

教師としての使命や矜持《きょうじ》のほかに、ちょっぴり私欲もあるから。

そう、ダメだと分かっていながらも心を寄せずにはいられない彼のために、絶対、負けられないのだ。

そんな愛子の決意に満ちた言葉を、直《す》ぐ傍らにいる生徒達が聞いていないはずもなく。

「あははっ、愛ちゃんってば、もう隠す気ゼロじゃん？」

「雫《しずく》ちゃんとリリィもだし、それに……」

真央《まお》と綾子《あやこ》の視線が肩越しに背後へ。そこには指示を飛ばしている優花《ゆうか》の姿。

本人は頑《かたく》なに否定しているが、まぁ、ねぇ？　と訳知り顔を交わし合ってしまう。

「他の子も何人か怪しい、というかヤバそうだし」

「南雲《なぐも》君のこと様付けしてる子とか、ペットならワンチャンとか言ってる子がいたね」

「ほんと、リアルハーレムとかマジ魔王様って感じじゃん？」

「おい、二人共！　雑談はそれくらいにしとけ！　来るぞ！」

隣で微妙な顔をしていた健太郎《けんたろう》が注意を促す。

もちろん、言われるまでもなく二人の集中は途切れていない。

後衛職かつ支援職である二人は、皆が戦っている中で未《いま》だ出番がない故に膨れ上がる緊張を紛らわせていただけだ。

だから、即座に動ける。

天職〝付与術師〟吉野《よしの》真央が、腕に付けた可変式小円盾を操作した。

回転する中心部をルーレットのように目的の位置に合わせるだけで、セットした魔法が破格の効果を発揮する真央専用のアーティファクトだ。

「――〝纏光衣《てんこうい》〟〝剛来〟〝魔装・土属性〟」

光の障壁を纏《まと》う魔法、身体能力を底上げする魔法が砦の下の平地に布陣を敷く後詰めのフェアベルゲン戦士団と重吾《じゅうご》に更なるスペックの上昇を与え、健太郎には土属性魔法の効果を増大させる魔法が付与された。

同時に、疑似樹海の境界線から使徒が数十体、突破してくる。

放射された数千規模の銀羽がスコールとなって降り注ぐ。

「――〝聖絶《せいぜつ》〟!!」

天職〝治癒師〟の彼女には結界魔法の適性はそれほどない。だが、彼女に与えられた白い金属製の短杖《たんじょう》は、その適性の壁を強引に超越させる。

展開された結界は、銀羽の威力を確実に減衰させ、戦士団が大盾などで防御する時間を十分に稼いだ。

〝聖絶〟が破壊され、威力の減じた銀羽が降り注ぐが戦士団に混乱は見られない。損害もそれほど大きくはない。

もちろん、全て防げたわけではないので負傷者は多数出たが、それも、

「――〝聖典〟!!」

ワンワードで発動される最上級の対軍用回復魔法により直ぐに癒やされる。

一瞬、使徒の視線がこちらを向いた。明確に、真央と綾子を見た。二人の体が思わずビクリッと跳ねる。

「大丈夫だ、辻《つじ》さん。俺達は勝てる。リーダーがそう言ったろ」

「野村《のむら》君……うんっ、そうだね！」

戦場を真っ直ぐに見つめ、同じく白い金属製短杖を中心に魔力を練り上げていた健太郎の言葉に、綾子はふっと肩の力を抜いた。

「……ちょい、お二人さんよ。あたしをお忘れでないかい？」

「─！　そ、そんなことないけど？・」

あ～、はいはい。もういいよ。と真央は投げやりに手をひらひら。

この決戦には勇敢に挑んでいるくせに、互いの気持ちを打ち明ける勇気はないらしい友人二人に溜息《ためいき》を一つ。

三度目の〝天蓋〟崩壊の音が轟《とどろ》く。

竜と友人が壮絶な空中戦を繰り広げているが、全ての使徒の降下強襲を防げるわけではない。砦《とりで》の屋上に降り立つ使徒が出てきた。

背後で、優花達に緊張が走るのが分かる。

「いよいよじゃん？　はは、あたしってば楽に生きたい性分なんだけどなぁ」

なんてうそぶきつつも、真央の表情は鋭かった。

そうして、愛子と同じくらい強い気持ちで仲間の背後を守るのだと心に誓い、更なる支援魔法を仲間と眼下の戦士達へ送るのだった。

その南側の戦場にて。

これ以上、後ろへは行かせまいと最後の砦のつもりで奮戦するフェアベルゲン戦士団の中で、重吾達は一線を画す戦果を上げていた。

「うぉおおおっ!!」

全身鎧《よろい》の巨漢がダンプカーもかくやの勢いで突進する。

狼人族《ろうじんぞく》の戦士が命を捧《ささ》げて稼いだ一瞬で使徒に体当たり。使徒は重吾を受け止めるようにして数メートルほど地面に溝を刻みながら後退するが、倒されることなく堪えきった。

そして、勢いが減じた瞬間に至近距離から分解砲撃を放とうとして、

「セェアッ」

「！」

それは、高所から地へ水が流れが如《ごと》く流麗な一本背負いだった。

銀翼で浮遊し技を外すなんて余裕もなく、刹那のうちに地面へ叩《たた》き付けられる。技のキレもさることながら、その威力と言ったら。

地面に蜘蛛《くも》の巣状の亀裂が走り、小型のクレーターができるほど。そのうえ、顔面には鋭角に尖《とが》った鎧の膝部分が打ち落とされ、同時に腕もへし折られる。

一連の動作が淀《よど》みなく、同時に完遂された。

柔道家たる重吾が異世界で磨き抜いた人体破壊の技は、いっそ惚《ほ》れ惚《ぼ》れするほど実戦的に昇華されていた。

「邪魔です」

それでも痛覚などない使徒にとっては軽傷だ。動きが制限されるだけ。

直ぐさま、もう片方の手が分解砲撃を放つ。脇の下という鎧の防御力が薄い場所へ。

普通なら瞬時に肩ごと腕を消し飛ばされるであろう一撃だ。

だがしかし、重吾の天職は〝重格闘家〟。格闘系天職の中でも、直接的な攻撃力に劣る分、最も防御力に秀でた才能を発揮する天職であるが故に。

「起動しろっ」

使徒が目を見開く。腕を消し飛ばせない。関節部の鎧自体は崩壊したが、そこに集束する彼自身の魔力が時間を稼いでいるのだ。

防御系技能の〝金剛《こんごう》〟。その発展系〝重金剛〟。龍太郎《りゅうたろう》も使えるこの技能だが、重吾のそれは元々、密度・防御力共に桁違いだ。

それが、専用の全身鎧型新アーティファクトによって別次元クラスまで引き上げられている。使徒の分解砲撃といえど、スペック六割減では突破に十数秒はかかるレベルだ。

だから、柔道特有の押さえ込みで動けぬ使徒の胸に、片腕を突きつける余裕がある。

前腕鎧に外付けされた一点集中破壊機構――〝小型パイルバンカー〟。

「何度も敗けてたまるかっ」

激発の轟音《ごうおん》が響き渡る。射出ではなく突出型の杭《くい》打ち機が、空間穿《うが》ちの能力付きで使徒の胸部を粉砕した。

仰《の》け反《ぞ》るようにして一度だけ痙攣《けいれん》する使徒。そのまま反撃なく力を失う。

寡黙な彼には珍しい雄叫《おたけ》びが上がった。

突き出したパイルがカシュンッと引っ込み再装填される。

と、そこで「危ないっ」と正面にいた猫人族の女戦士が警告を放った。彼女の視線は重吾の背後に向いている。

殺意の風が吹いた。別の使徒が急迫し、大剣を唐竹割りに振るう——寸前。

「カハッ……お前はっ」

「これで二度目だ。あんたらの背後を取るのは！」

まったく察知できなかった。ハウリアの〝気配操作〟の厄介さを共有し、警戒をしていたのにもかかわらず。

（いえ、そんな話では……私達は……忘れていた？）

引き抜かれる黒い小太刀。ハウリアの獲物とよく似たそれ。戦い方もよく似ている。

けれど、〝気配操作〟なんて次元の話ではなかった。

くずおれながら、使徒は最期に背後を凝視した。

けれど、まったくもって理解し難いことに。

（認識、できない……!?）

いる。そこにいるのは分かる。見えている。なのに、顔が判然としない。存在を確信できない。まるで、投射されただけのモザイク映像でも見ているかのよう。

「助かったぞ、浩介《こうすけ》。どこにいるのか分からんが」

「目の前にいるんだよ、馬鹿やろぉ」

天職〝暗殺者〟。異世界《トータス》に召喚される前から気が付いてもらえない男――遠藤《えんどう》浩介。

彼はここにきて完全に本領を発揮していた。

今の浩介が本気で隠形《おんぎょう》すれば、もはや存在の希薄化というべき状態となり、警戒以前にそもそも認識上から消えてしまう。

人が、見えていても雑草や路傍の石を意識しないのと同じ。

いや、それ以上というべきか。使徒でなければ、目の前でゆっくり刃を近づけても、それを脅威と認識することさえできないかもしれない。

「お前等《ら》、しゃべってる暇はないぞ！――〝白威吹〟!!」

戦場を白煙が駆け抜ける。大蛇のようにうねるそれが、重吾と浩介の周囲を守るようにとぐろを巻いた。挟撃しようとしていた使徒二体がそれに呑《の》み込まれる。

「石化など」

効くはずがなかった。使徒の魔法耐性は、弱体化してなお属性魔法を無効化するはずだったが、白煙が吹き抜けた後に残ったのは芸術的な真白の彫像のみ。

「もう仲間はやらせねぇよ！」

石化の白煙が膨れ上がる。四体の巨大な白蛇、と見紛《みまが》う白煙が使徒を追尾する。

使徒達は必然、回避するか、銀翼で吹き飛ばすか、分解魔力を纏うことで防御するかの選択を強いられた。

どうしようもなく意識を割かれてしまい、ならば。

「もう一体！」

「ぐぅっ、お前はっ、いったいなんなのですか！　本当に人間――」

「人間ですが何か⁉」

分かってはいる。全力で隠形しているのは自分だ。戦士達《たち》を隠れ蓑《かくれみの》にしてまで暗殺による一撃必殺を徹底している。

けれど、だ。それはそれなわけで。

異世界の神が造った最凶の敵にすら本気で気が付かれず、それどころか人間かどうか怪しいなんて言われてしまうと……

「あれ？　おかしいな、視界が滲《にじ》みやがる……」

いや、問題はない。むしろ、喜ばしいことだ。

ほら、また一体討伐した。特に必要なく首ちょんぱもしたけど、別に八つ当たりじゃあない。敵を惑乱するためだ。急所だけを狙っているわけじゃないと。うん。

影も踏めない何者かに次々とやられて、実際に警戒心から動きが鈍っているから効果はあるはずだ。うん。

どうだ、凄《すご》いだろっ、南雲！　俺、ちゃんと〝切り札〟できてるよっ。

「また意識から外れて⁉　主に報告をっ」

「まさか、異世界から呼び込んだ者の中に人間以外が紛れて――」

「だから人間だって言ってるでしょぉっ⁉」

なんて涙目で抗議しながらも、背中合わせで警戒していた使徒二体の真横にぬるりと現れて、地を這《は》うような姿勢から小太刀二刀を突き上げる浩介。

脇腹から寸分の狂いなく同時に〝核〟を貫かれた使徒二体が、あり得ない存在を見るような目をしながら倒れゆく。

あまりに鮮やかな暗殺術に、戦士団から喝采が飛ぶ。もちろん、仲間からも。

「流石《さすが》だ、浩介！」

「すげぇぞ、浩介！　どこにいるのか分からんが！」

「こうすけ？　あっ、遠藤君！　やばっ、支援魔法かけるの忘れてんじゃん、あたし！」

「え？　使徒が勝手に倒れていくのってそういう……遠藤君、すごい！　何してるのか分からないけど！」

「褒めるか刺すかどっちかにしてくれませんかねぇっ」

パーティーメンバーからの言葉に、とうとうホロリと一滴、水気が頬を流れ落ちた。どうやら雨が降り出したらしい。雨と言ったら雨だ。

（まぁでも……）

大柄な牛人族の戦士の背後にひっそりと潜んで使徒の隙を窺《うかが》いつつ、少しだけ想《おも》いを馳《は》せる。きっと、この戦場に立ちたかったであろう敬愛する兄貴分のことを。

(ちっとは顔向けできてますよね？　メルドさん)

あの日、生かされた意味も。

将来が一番楽しみだと言ってくれた、その期待にも。

今、自分はきっと応えられている。

この先も応えてみせる。戦争を生き抜いて、ずっと先の未来でも。

そう内心で呟《つぶや》いて、小太刀を握る手に力を込める。浩介の視線はまるで、その小太刀の刃の如き鋭さを宿していた。

「ふふ。君ってとっても気配操作が上手なのね？」

どこか妖艶な、それでいて可愛《かわい》らしさも感じる女性の声音が耳朶《じだ》を打った。

浩介は最初、それが自分に向けられた言葉だと気が付けなかった。当然だろう。使徒さえ認識できない全力の隠形中なのだ。自分に気が付く人なんているはずがない。

だから、すっと横顔を覗《のぞ》き込まれて、その視線が間違いなく自分を捉えていると理解した時の衝撃と言ったら……

絶句は当然。心臓は飛び出しそう。

「流石はボスに〝切り札〟なんて呼ばれる人だわ。私じゃ敵《かな》わないわね」

敬意と親近感に溢《あふ》れた瞳だった。ウサミミがひょこひょこしている。

というか、物凄い美人だった。こんな年上の美人に至近距離から覗き込まれた経験なんて皆無の浩介である。きゅ～っと顔が赤く染まっていく。

そんな浩介に、ウサミミ女性はにっこり笑いかけて名乗った。

「我が名は〝疾影のラナインフェリナ〟。疾風のように駆け、影のように忍び寄り、致命の一撃をプレゼントする、ハウリア族一の忍び手！」

ハウリアだった。サングラスをかけて中指でクイッと押し上げながらフッと笑い、なぜかキレッキレのターンをした。

浩介から「お、おおぅ」なんて返事とも呻《うめ》き声《ごえ》ともつかない声が漏れる。

もちろん、ラナさんはハウリアなのでお構いなしだ。

「と言いたいところだけれど、貴方《あなた》を見ていたら、この二つ名を名乗るのが恥ずかしくなったわ。だから、悔しいけど〝疾影〟の名は譲る。君の名前は？」

「……遠藤浩介、ですけど」

二つ名を名乗っていること自体が恥ずかしい、とは言えない浩介。

綺麗《きれい》なお姉さんは好きですか？　浩介の答えは一択だ。

「じゃあ、君こそが今日から〝疾影〟……いえ、私を超えているのだから……〝疾牙影爪のコウスケ・E・アビスゲート〟と名乗るといいわ！　本当に悔しいけれどね！」

「い、いえ、遠慮しときま――」

ツッコミどころは満載だ。アビスゲートって何だよっと今すぐ問いたい。

というか、中学時代の黒歴史的なあれこれが掘り返されるので、そういう言動はやめていただきたい、と少し思ったが……

全て、些細《ささい》なことだ。全て、吹き飛んだ。

「貴方にこれをあげるわ！」

そんなことを言って、自分が身につけていたサングラスを浩介の顔に手ずからそっとかけてくれて。その指先が浩介の耳に触れて。

「ボスの望む未来で、また会いましょう？　疾牙影爪のコウスケ・E・アビスゲート！」

ダメ押しに輝くような笑顔と再会を願う言葉なんて贈られたら。

浩介は、幻視した。己のハートに刃が突き立った光景を。

そして、確かに聞いた。頭の中で何かが弾《はじ》けた音を。

「……」

あの笑顔は反則だ、とか。

彼女いない歴イコール年齢の思春期男子に、美人お姉さんが簡単にボディタッチしちゃいけないとか。

いろいろ理由はあるけれど、何よりも嬉《うれ》しかったのはやはり、使徒さえ気が付けない全力隠形中の浩介を、なんでもないことみたいに見つけてくれたこと。

「ラナ、インフェリナ、さん……素敵だ……」

戦場で芽生える恋はあるらしい。

それが今、浩介に才能の最後の壁を超えさせる！

意識が塗り変わる。力が溢れる。

湧き上がる衝動のままにサングラスをクイッと。口元にフッと笑みを。

無意味にキレッキレのターンを！

「疾牙影爪のコウスケ・E・アビスゲート——推して参る!!」

その日、この世界にまた一人、人の限界を自力で超越できる化け物が生まれ落ちた。

痛々しくも香ばしい言動を撒《ま》き散らしながら。


一方、砦《とりで》の屋上でも。

「すごい……」

呟いたのは神殿騎士の一人だ。

それに、隊長たるデビッドは頷《うなず》かざるを得なかった。

自分達の役割——聖歌隊の守護として、大型可変式円月輪《オレステス》による〝転移カウンター〟や、大盾による防御に徹しているため、屋上全体の戦況がよく分かる。

「次、来るわよ！　斎藤《さいとう》！」

「散らせよぉっ——　〝極大・嵐帝《らんてい》〟ッ」

一度は心が折れた斎藤良樹《よしき》が、優花《ゆうか》の指示に従い裂帛《れっぱく》の気合いを迸《ほとばし》らせた。普段は閉じているようにしか見えない狐目《きつねめ》をカッと見開き、膨大な風を纏《まと》いながらスティレット型の新アーティファクトを突き上げる。

天職〝風術師〟の才能を、更に爆発的に引き上げる神話級アーティファクトにより、頭上より聖歌隊目掛けて降下強襲してきた使徒四体が吹き飛ばされた。屋上の端に辛うじて着地する。その瞬間、

「あの時と同じと思うなよってねっ――〝局所集柱・凍獄《とうごく》〟だぁっ」

アクアマリンの珠《たま》を連ねたような数珠型ブレスレットを付けた腕を真《ま》っ直《す》ぐ伸ばし、奈々《なな》が氷属性最上級魔法をノータイムで放つ。

しかもそれは、本来広範囲殲滅《せんめつ》タイプのものを極一部の範囲に集束して威力を増したもの。比喩なく絶対零度に至った冷気が、使徒の足下から天を衝《つ》く。

出来上がったのは巨大な氷の柱。王宮の時とは異なり、使徒が動く気配はない。

「そのまま砕けちゃえよっ――〝砕〟ッ」

響く言霊に従って、体内まで完全氷結した使徒が氷柱と共に砕け散る。

「効いてるっ、やっぱり俺の幻術は効いてるよ！　淳史《あつし》！　昇《のぼる》っ、頼む！」

「任せろって！」

「わーってらぁっ」

明人《あきと》が、開いた金属製の本を輝かせながら叫ぶ。

天職〝幻術師〟。視覚や認識作用系の魔法に才能を有する彼の幻術は、魔王城の時とは別物だった。

使徒の二体が互いを相手に鍔《つば》迫《ぜ》り合いをしている。そのことに気が付いて目を見開いた

直後、それぞれの背後から淳史と昇が飛び掛かった。

「何度も同じ手が通用すると?」

「知るかよ!」

使徒の銀翼が淳史の双曲刀を受け止める。〝空間切断〟が効果を発揮して銀翼を斬り裂いていくが、使徒は直ぐさま振り返り双大剣を振るってきた。

「ォオオオオオッ」

「ここまで上がりますか……」

切り結ぶ。切り結べている。天職〝曲刀師〟の才能が完全開花したように、二振りの曲刀と大剣が凄《すさ》まじい剣戟《けんげき》を繰り広げる。

他方、昇の方も。

「オラァアアアッ」

天職〝戦斧士《せんぷし》〟の才能を遺憾なく発揮し、超重量武器を高速回転させることで遠心力も威力に変えて猛攻を繰り出している。

瞬殺された王宮の時とはパワーもスピードも段違い。使徒が一時とはいえ防戦に集中するほど。

そこへダメ押し。

二人が相対する使徒へ、それぞれ一本ずつナイフが超速で飛来する。

銀羽で迎撃しようとした二体だったが、それぞれのナイフが途中でカクンッと高度を落としたことで迎撃に失敗した。

魔法的な軌道変更ではなく、野球の変化球と同じ純粋な技術による変化であったが故に読み切れなかったのだ。

ナイフは使徒の足に突き刺さった。やはり〝空間切断〟が付与されていて殺傷力は凶悪だ。だが、急所ではない。使徒にとっては蚊に刺されたようなもの。

という考えは直ぐに改められることになった。

「重力魔法の付与っ」

ガクンッと片足が膝を突く。二体揃《そろ》ってだ。

当然、その致命的な隙を淳史と昇は見逃さない。

「「ラァッ」」と声を重ねて、曲刀と戦斧が肩口から胸部まで一気に斬り裂いた。

「ナイスフォローだ！　園部《そのべ》！」

「流石はリーダー！」

「称賛は戦後によろしく！　妙子《たえこ》！　中野《なかの》！　そっちは――」

淳史達《たち》を見ることもなく片手だけを突き出す優花。使徒に刺さったナイフ二本があっという間に彼女の手に収まる。

「ひゃーはっはっはっ、燃えろ燃えろぉ！――〝集束・蒼天《そうてん》〟んんっ!!」

「優花ぁっ、なんか中野君ハイになってて気持ち悪いよぉっ」

炎属性最上級魔法を集束して用いることで、使徒を銀翼の繭による防御状態のまま釘付《くぎづ》けにしているのは天職〝炎術師〟の信治《しんじ》だった。

銀羽による反撃が飛んでくるが、恐怖やら怒りやら緊張やら、いろんな感情が飽和していろんな脳汁がドッパドッパ出ているらしい信治は避《よ》けようともしない。

メイス型の魔法杖《まほうじょう》を振り回しながらゲラゲラと笑う姿は、質の良いローブに小太りした体型も相まって、才能にだけは溢れる悪徳貴族の馬鹿息子のよう。

なので、代わりに妙子が鞭《むち》で銀羽の全てを打ち落としていた。

手元の〝宝物庫〟で数キロメートルの長さまで伸張するうえ、任意で枝分かれさせたり、空間を裂くことも可能な新アーティファクトだ。まるで、空中に無数の触手が蠢《うごめ》いているような光景で他の生徒達が少し引いているが、絶技であることに違いはない。

「許可するわ！　妙子、ぶっ叩《たた》いて正気に戻しなさい！」

怒号を響かせつつ、優花はナイフを投擲《とうてき》した。山なりを描いたナイフは使徒の背後に飛び、その直後、呼び戻される。

銀翼の繭といっても、両翼の根元の間までカバーはしてない。そこをナイフが貫いた。

「──〝衝破《しょうは》〟！」

体内に侵入したナイフが体内で魔力衝撃波を放つ。〝核〟までは届かなかったようだが、体内を蹂躙《じゅうりん》されて使徒は銀翼を解いてしまった。

当然、襲い来る蒼《あお》き炎。妙子に鞭打たれて少し頬を染めつつも正気に戻った信治は、炎を槍《やり》の形に変えて今度こそ〝核〟を撃ち抜いた。

四体の使徒を撃破。累計ならば既に十体。

先程の四体以前に、既に優花達は六体を撃破していた。

デビッド達から思わず感嘆が漏れ出すのも当然だろう。

しかし、状況は少しずつ変わっていく。

『みゅっ。優花お姉ちゃん！　るーちゃん達だけじゃあ抑えきれなくなってきたの！』

地上から飛び上がってくる使徒を重力場で叩き落とし、屋上からの圧倒的火力で寄せ付けなかったミュウの生体ゴーレム達。

だが、時間が経《た》つにつれ戦線を突破してくる使徒が増加し、遂《つい》に手が追いつかなくなったようだ。

『大丈夫よ、ミュウちゃん。できる限りで良いから！』

言ってる間に、デモンレンジャーの猛攻を潜《くぐ》り抜けた使徒達が次々と屋上に上がってくる。心なしか、険しい表情で聖歌隊を睨《にら》み付けているように見えた。

「やるわよ！　互いのカバー、忘れないで！」

両手に十本ずつ、扇状にナイフを持つ。今や神代魔法を付与されたうえに百本一組に増えているそれを薙《な》ぎ払うように投擲する。

いったい、どう投げればそんなことになるのか。

それぞれ別の軌道を描いたナイフは、それでも当然のように双大剣に弾かれるが、淳史や奈々達が迎撃に出る一瞬を稼ぐには十分だった。

別の個体が、お返しとばかりに信じ難い量の銀羽を放ってくる。

「通さないわよっ」

投げる投げる投げる。両腕の金属製防具兼ナイフホルスターに付加された〃宝物庫〃から虚空に次々とナイフを召喚しては、霞《かす》む速度で引っ摑《つか》み、踊るように回転しながら投擲し続ける。

その全てが、正確無比に銀羽を迎撃し、敵の弾幕を投擲ナイフの弾幕で無力化し続ける。

投擲ナイフが尽きることはない。

呼び戻しの機能で戻ってくる道中のナイフをも迎撃に利用する。キャッチするや即座に放ち、また呼び戻し。

それは、優花を中心に繰り広げられる水平方向への常軌を逸したジャグリングだった。

あるいは、剣撃の結界ならぬ投擲ナイフの結界とでも言うべきか。

「俺達だってっ」

「園部さん！　少しは通していい！　俺が防ぐから！」

「拘束していくわ！　優花さん！　優先順位があるなら指示を！」

「優花！　必要なら言って！　あたしも前に出るから！」

戦闘慣れしていない九人の生徒達も、仲間の奮闘に刺激され闘志を滾《たぎ》らせる。

経験が圧倒的に足りなくても、彼等《ら》もまた異世界より召喚された破格の才能を有する者達だ。

天職〝狙撃手〟の男子生徒は本来弓での遠距離攻撃を得意とするが、今その手にはライフルがある。狙撃という点では同じだ。仲間を避けて的確に狙い撃っている。

天職〝盾術士〟の生徒は巧みに使徒の攻撃を受け流して前線組が有効打を当てる支援を行い、天職〝水術師〟と〝雷術師〟の女子生徒二人も連携して使徒の進撃を阻んでいる。

他にも捕縛系魔法の天才たる天職〝封縛師〟の女子生徒が光の鎖や剣で足止めを行い、炎属性の中でも爆破系の魔法に破格の才能を持つ〝発破師〟の男子生徒が接近する使徒を爆撃して吹き飛ばしている。

近接系の攻撃職――〝魔法剣士〟〝戦棍士《せんこんし》〟〝拳士〟の生徒達は少し腰が引けているが、神殿騎士と協力しながら時間稼ぎができている。

誰も彼も鬼気迫る表情だ。まるで際限なく湧き出しているかのような敵を前にしても、もう折れる気配はない。

その根本的な要因は、やはり魔王城でのハジメの言葉であり、姿だろう。

あれは、ただの演説などではなかった。

中身のないハリボテの意識誘導などではなかった。

たとえ本人がただの扇動だったと言ったとしても、そんなこと、もはや生徒達にとっては関係なかったのだ。

だって、みんなハジメを見ていたから。

片腕と片目を失い、人相どころか髪の色まで変わってしまった姿。

それだけでも、どれだけ凄絶な経験をしたのかと息を呑《の》まざるを得ないというのに、あの魔王城での慟哭《どうこく》は見ている方も胸が張り裂けそうだった。

手も足も出ず、死んでいない方がおかしい傷を負わされ、最愛の恋人まで奪われて。

けれど、それでも立ち上がったのだ。

全て叩き潰し、必ず故郷に帰るのだと揺るぎなく宣言したのだ。

その姿は、心折れた者達にとってあまりに鮮烈だった。恐怖と絶望で冷たく凍えていた心の中が、一瞬で猛火に満たされたみたいに熱くなった。

あの時、確かに魂に火をくべられたのだ。ひび割れた心は焼き直されたのだ。

そして、真に理解した。

家に帰りたいという願い。友人を死なせたくないという想《おも》い。

たったそれだけのことを叶《かな》えるのに、人は時に死力を尽くして戦わねばならないのだと。

ハジメが、そうしてきたように。

「絶対にっ、家の料理をご馳走《ちそう》するんだからっ」

何度も救ってくれた憎たらしい彼を、お礼に実家の洋食店へ招待する。

そこには、ハジメがこの世界で出会ったかけがえのない人達もいないといけない。

もちろん、クラスメイトも一緒だ。

そうして、この世界で経験した全てのことを笑いながら語り合えれば良い。

日常、彼が望む日常。

その未来に辿《たど》り着くことが優花《ゆうか》の望み。彼の目が自分を見ていなくても構わない。ただ、彼の日常の中に自分もいることができれば、それはとても素敵なことだと思うから。

「だからっ、さっさと帰ってきてよねっ」

脳が沸騰しそうなほど集中しながら百本のナイフを乱舞させる中、〝天蓋〟が四度目の崩壊を迎えた。

分解砲撃が降ってくる。神殿騎士達が対応するが、しかし、今度の標的は聖歌隊だけではなかったらしい。当然と言えば当然に、使徒も手を変えてくる。

「やっば！　頭上注意！　狙われてるわよ！」

分解砲撃が優花達に分散して放たれてきた。

一応、分解砲撃対策は全員に、かつ戦闘スタイルに合ったものが支給されている。例えば、優花はナイフ同士をワイヤーで繋《つな》いで〝転移カウンター〟を展開できる防御用投擲ナイフを持っている。

とはいえ、使徒との激闘の最中だ。対応の隙を狙われないわけがなく負傷者が続出する。

優花も銀羽に片腕を深々と抉《えぐ》られてしまった。

そうなれば必然のこととして、戦闘経験が不足している九人の生徒が難を逃れきれるはずもなく。

大半は神殿騎士達がカバーに入ってくれたが、少し離れていたせいで、女性生徒の一人が足に重傷を負ってしまった。苦悶《くもん》の表情を浮かべて蹲《うずくま》っている。

誰も咄嗟《とっさ》に駆けつけられない状況で、使徒の一体が肉迫した。止《とど》めを刺さんと大剣を振りかぶる。

「――ぁ」

目を見開く女子生徒。その視界に、

「フッ……我、参上！」

なんか入ってきた。振りかぶった使徒の腕が大剣ごと宙を舞う。胸からも刃が突き出していた。

「遠藤《えんどう》、ナイス！」と冷や汗を噴き出しつつも称賛する優花。そう、救援は浩介《こうすけ》だった。

「フッ、リーダーよ。我のことは〝疾牙影爪のコウスケ・E・アビスゲート〟と呼んでくれたまえ！」

浩介ではないかもしれない……。なんかサングラスをクイッとしながら、無駄にキレのあるターンをしているし。

「愛ちゃん先生！　遠藤に魂魄《こんぱく》魔法をお願いします！」

「遠藤君っ、なんて有様に！　これが戦場で受ける心的傷害《PTSD》の恐ろしさ！」

精神を正常に戻す魂魄魔法がペカーッと浩介を輝かせる。

「フッ、我は正常であるぞ？　むしろ絶好調であるっ」

治らなかった。そして、そのセリフは、まったく別のところから響いてきた。

「え、遠藤？　え、なんで？　二人？　誰？」

淳史《あつし》が混乱している。自分と相対していた使徒が、いつの間にか首を失い〝核〟も貫かれていたのだが、その背後にも浩介がいたから。

「我は深淵《しんえん》より来たりし闇の貴族。深淵はどこにでも存在する。フッ、つまり、そういうことだ」

「どういうことだ？」

まったく分からない。分からないまま、背後から迫った使徒に頭から股下まで両断される二人目の浩介。全員の血の気が引く。が、両断された浩介は次の瞬間、ぽんっとコミカルな音を立てて消えてしまった。

そして、

「フッ、それは残像だ」

絶対に残像ではなかったが、何事もなかったように使徒の背後へ現れた浩介は次の瞬間、更に二人に分裂した。そして、顔を歪《ゆが》めた使徒の首と〝核〟を二人で同時に斬り裂いた。

使徒達《たち》が動きを止める。警戒しているのがよく分かる。

「ど、どうなってんの？」

優花の呆然《ぼうぜん》とした呟《つぶや》きに答えたのは、南側の戦場を見ていた健太郎《けんたろう》だった。

「浩介のことは気にするな！　なんか分身能力？　みたいなのに目覚めたみたいだ！　その痛々しい言動は……たぶん代償的なやつだと思う！」

「フッ、我は深淵に目覚めた――」

「とにかく、全員浩介だから大丈夫だ！」

「フッ」

無駄に香ばしいポーズを取っている今の姿のどこが大丈夫なのか分からないが、というか、生き残っても正気に戻った瞬間、精神的に死ぬんじゃないかと思うが……

とにかく、新しい能力に目覚めたらしいということは理解して、全員気にしないことにした。

「……結果は変わりません。あなた方は滅びを免れない」

更に十数体、屋上へ新手の使徒が上がってきた。

「どれだけ足掻《あが》こうと、そうして少しずつ終焉《しゅうえん》に向かうのです」

確かに、今の優花達は負傷者だらけだ。連合軍も善戦はしているが、既に死傷者多数。

こうして突破を許す使徒の数も増えてきている。

手足の端から削り落とされるような戦いなのは、誰の目にも明らか。

「それでも足掻くわよ」

片腕からダラダラと血を流し、激痛に顔を歪めながらも優花は凛《りん》と背筋を伸ばした。

もう、先程までのような戦いはできないだろう。

それでも、片手に握ったナイフを突きつける。

呼応するように、淳史や奈々《なな》達も構えを取った。誰一人、絶望に囚《とら》われてはいない。

その事実に、使徒が微《かす》かに顔を歪めたように見えた。

優花はニッと笑って、

「それに、忘れてない？」

「？」

訝《いぶか》しむ使徒へ、追撃するように殊更明るい口調で言い放った。

「私達には、最凶の聖女様がついてるのよ」

その直後だった。黒銀に輝く妖しくも美しい光が地上を照らしたのは。

使徒が目を見開く。

その視線の先には、「まだまだここからよ！」と気炎を吐き、両手でナイフを構える優花の姿があった。

第三章◆戦乙女の矜持

銀光と色とりどりの閃光《せんこう》が飛び交う空の戦場。

地球人からすると、SF映画に出てくる宇宙戦争でも見ている気分になるだろう。

分解砲撃と〝竜の咆哮《ブレス》〟が乱れ飛ぶ壮絶な空戦だ。

数多《あまた》の竜と有翼の戦乙女が激戦を繰り広げる光景は、まるで神話の一ページの如《ごと》く。

その中でも一際巨体を誇る勇壮な緋竜《ひりゅう》が怒号を上げた。

『複数体で魔力を集束している者達を優先して叩《たた》け！　〝天蓋〟への負担を少しでも減らすのだ！』

彼等《ら》竜人族の役目は、まさにそれ。加えて、〝天蓋〟が砕けた際に少しでも地上への攻撃を減らすことと、地上への援軍を極力減らすことにもある。

空戦が激化すればするほど、使徒は優先して竜人達を討つ必要が出てくるからだ。

「アドゥル・クラルス！　まさか生き延びていたとは！」

かつて相対したのとは別の個体だろう。だが、抹殺命令が出た相手を殺し切れていなかった事実は、使徒全体にとって恥以外の何ものでもないに違いなく。

失態を修正せんとする分解砲撃がアドゥルに放たれる。

『そうとも。悲劇に目を瞑《つぶ》り、恥を忍んで生き延びた！　今日、貴様等を滅ぼすためにっ』

仰《の》け反《ぞ》り、胸部を膨らませ、放つ。

緋竜アドゥル・クラルスの〝竜の咆哮〟。

千年を生きた古き竜にして、かつての竜王が放つ緋色《ひいろ》の閃光が真っ向から分解魔法を迎え撃つ。

本来なら押し負けて終わりだ。少なくとも五百年前はそうだった。

だが今は違う。

二色の閃光が空中で衝突し凄絶な衝撃を撒《ま》き散らす。拮抗《きっこう》は一瞬だけだった。

あり得ないことに、〝咆哮《ブレス》〟が分解砲撃を呑《の》み込んでいく。

「そこまで引き上げますかっ」

『ここまで引き上げるのだよっ。魔王殿の贈り物はな！』

竜の巨体を覆うのは、強靭《きょうじん》なる鱗《うろこ》だけではない。全ての竜人にもまた〝竜化時専用装備〟が支給されている。

基本性能は連合兵士のそれと同じ。そこに加えて〝咆哮〟の威力を激増させる昇華魔法が組み込まれている。

当然ながら全員がラスト・ゼーレで〝限界突破〟状態だ。

〝咆哮〟の威力は今や普段の十数倍。古き竜王たるアドゥルのそれなら山一つ消し飛ばせるほどの威力に至っている。

その極限まで圧縮され高威力化された〝咆哮〟を分解するなら、数十秒以上の時が必要だろう。そして、戦場にそんな悠長な時間は存在しない。故に、

『できるならば神に伝えるがいい。時は来たと。貴様の終わりの時が！』

返答はなかった。その前に緋色のブレスが使徒を呑み込み、灼熱《しやくねつ》を以《もつ》て焼滅させたから。

『族長！』

別の個体が、〝咆哮〟を放った直後のアドゥルを狙って砲撃を放ってくる。

それを、藍色の若き氷竜リスタスが氷の盾と自らの体で防ぐ。

致命的な傷も覚悟したが消し飛んだのは竜鱗《りゆうりん》まで。鎧《よろい》が威力の大半を殺したのだ。

『助かったぞ、リスタス』

再度〝咆哮〟を放ち、カウンター気味に使徒を討ち取るアドゥル。

『……いえ、あの小僧の装備に助けられました……』

物凄《ものすご》く不服そうだった。全身で認めたくない！　と訴えている。

だが、戦場を見れば一目瞭然だ。

竜翼用の装備に付与された重力魔法は飛翔《ひしよう》を破格レベルで補助し、まるで戦闘機の如き空戦を可能にしている。

爪や尾の装備は、容易《たやす》く使徒の肉体を斬り裂く空間切断機能付き。

弱体化しているとはいえ、アドゥル達が請け負った使徒の数は自軍のおよそ二倍だ。

それだけの戦力差があってなお未《いま》だに脱落した竜人が少ないのは、どう考えてもアー

ティファクトのおかげだった。

『くっ。あの仲睦《むつ》まじさを見て、まだティオを諦められないのか。難儀だな』

『わ、私は別に……』

不服が、ハジメに対する嫉妬から来ていることなどアドゥルにはお見通しだった。

祖父的に、孫娘のあの痴態を見ても未練を持ってくれているリスタス青年は非常に嬉《うれ》しい存在ではある。

『と、とにかく！　装備と姫様のことは別問題です！　私はまだ、あの小僧を認めてはいませんから！』

なんて言い捨てて、リスタス青年は空を駆けていった。八つ当たりするみたいに使徒の後ろを取り、追尾しながら〝咆哮〟の乱れ撃ちを放っていく。

『アドゥル様！　おしゃべりをしている暇はございませんよ！』

瑠璃色のスマートな竜が傍らに寄ってきた。ティオの従者にして第二の母ヴェンリだ。

『なぁに。ただ話していただけではないよ』

事実だ。そろそろ〝天蓋〟の限界が来ることを見越して、力を溜《た》め込んでいたのだ。

滞空するアドゥルの頭上に炎輪が浮かび上がる。

ドクンッドクンッと脈打つような音と共に、炎輪が輝きを増していく。

使徒数体が何かまずいと判断して襲い来るが、ヴェンリが体を張って時間を稼いだ。

そうして、〝天蓋〟が砕けた瞬間。

『回れ、赫灼《かくしやく》たる円環よ。緋色の滅びたれ――〝緋陽《ひよう》の殲輪《せんりん》〟』

それは、極めて変則的な〝咆哮〟だった。極限まで圧縮した灼熱の閃光を円環状に回転させることで溶断力を激増させる技。

竜王のみが使い得る最高難度の全方位〝咆哮〟が今、放たれた。

一瞬で弾《はじ》けたように膨れ上がる緋色の円環。進路上にいた使徒が軒並み輪切りとなり、更には切り口から業火が噴き上がってみるみるうちに炭化していく。

『……全ては防げなかったか』

『仕方ありません。数が数です。今は地上の者達を信じ、私達は私達にできることを』

『分かっているとも』

降下強襲しようとしていた使徒や、地上へ砲撃しようとしていた使徒達の多くを削り落としたが、少なくない数の攻撃や使徒が地上に届いてしまった。

戦力差が痛い。全ては防げない。数で上回られている戦場で使徒相手に善戦できていることは凄《すさ》まじいことなのだが、歯がゆさはどうしようもない。

唸《うな》るアドゥルに、ヴェンリは苦笑いを浮かべながら、

『大丈夫ですよ、アドゥル様。彼女がいますから』

明後日《あさって》の方向へ視線を向けた。

その先では、この戦場における最強が天衣無縫を体現していた。

竜人族が戦う戦域から少し離れた空に、銀の輝きが混じる黒の閃光が奔《はし》った。

光芒《こうぼう》で一瞬のうちに鋭角な幾何学模様が出現する。

「はや、すぎるっ」

使徒の呻《うめ》き声《ごえ》が響いた。体は既に〝核〟ごと両断されている。

同じ状態の使徒は他にも七体。直《す》ぐに力を失って地上へ落ちていく。

黒銀の閃光が空に軌跡を描く度に、その進路上の使徒がほとんど何もできず次々とバラバラになっていく光景は、とても現実のものとは思えない。

「「「いい加減に！」」」

三体が直線上に重なった。二体が両断されるが、その犠牲のおかげで三体目が連続割断現象を一時的に止めることに成功する。

クロスした双大剣に絶大な衝撃が加わり、空中を凄まじい勢いで押されていく中、使徒は襲撃者に険しい視線を向けた。

「白崎《しらさき》っ、香織《かおり》!!」

黒髪、黒の戦装束、背中には黒銀の翼。まさに堕天使と称するに相応《ふさわ》しい出《い》で立《た》ち。

魔王の戦乙女――白崎香織。

彼女こそが、千体近い使徒を釘付《くぎづ》けにする黒銀の閃光の正体。天衣無縫に空を駆け、使徒を相手取ってなお無双する者だ。

「これでっ、ちょうど百体！」

「──ッ」

声も上げられない。足止めも叶《かな》わない。鍔迫《つばぜ》り合い状態から一瞬だけ力を抜いたかと思えば、刹那、使徒の両腕が宙を舞い、〝核〟も貫かれていた。

過程が分からない。スペック激減状態とはいえ素の身体能力だけで破格の性能を誇る使徒が剣線すら認識できない。ただ、結果だけがそこに出現する。

そのままの意味で〝気が付けば斬られていた〟という状態だ。

香織が貫いた剣を薙《な》ぎ払う。機能を停止した使徒は無抵抗のまま遠心力に乗って吹き飛んでいく。鮮血が尾を引いて後を追う中、血糊《ちのり》を振り払う香織。

そして、再び、

「とめ──」

「──〝神速〟」

全てを置き去りにする世界へ突入した。

止めなさいと言いたかったのか。口になど出さずとも意思疎通などできるだろうに、指揮官の使徒が香織に比較的近い位置にいた個体に声を張り上げたのは、それだけ必死であることの証左だろうか。

何にせよ、結果は変わらない。

即応して香織を止めようとした使徒数体は、自ら全速力でワイヤーに突っ込んだみたいに体をバラバラにされて跳ね飛んでいった。

――香織流・新再生魔法　神速
それこそ、使徒を相手に無双を実現した香織の切り札が一つ。

再生魔法の神髄〝時間への干渉〟による、一つ一つの事象においてかかる時間を短縮する魔法だ。攻撃が相手に届くまでの時間を短縮すれば神速の一撃となり、移動時間を短縮すれば空間転移と見紛《みまが》う速度で移動できる。

そのことに使徒も気が付いたのだろう。

「人に許される範囲を超えています」

「〝限界突破〟と自身の昇華魔法。併用せねば実戦でなど使えない領域のはず」

「どれほどの魔力を消費するのですか？　あと何度使えますか？」

使徒達《たち》が一斉に唱和するように指摘してくる。

全て的を射ていた。

おまけに、対応も早い。空間を超えているわけではなく実際に移動しているのならと、空域全体を爆撃する戦法に変えてきた。

千体の使徒が放つ銀羽の放射。狙いを付けずランダムに薙ぎ払う分解砲撃。

更には銀羽で造る無数の魔法陣により、最上級クラスの雷撃や蒼炎《そうえん》が空間を埋める。

同士討ちしないのは流石《さすが》というべきか。

情報共有可能な群体らしく、どれほど高速で戦闘しようとも全ての個体が完璧な位置取りをし続ける。

「白崎香織。貴女《あなた》はここで必ず排除します」

使徒としては、是が非でも香織を止めなければならない。

でないと地上で乱戦を繰り広げる使徒を直ぐに各個撃破していくだろう。逆に、地上部隊が聖歌隊を排除できれば香織の撃破も可能だから。

「奇遇だね？　私も同じ気持ちだよ。これ以上、地上には行かせない」

香織もまた、一体でも多くの使徒を引き付けたかった。

今でも連合軍は薄氷の上を歩くような戦いをしている。この千体が地上に降りれば戦局が一気に傾きかねない。

一体、十体、五十体、百体――

割断された使徒が血肉のスコールと化して地上に降り注ぐ。

一方で殲滅《せんめつ》魔法の乱れ撃ちが空を炎雷の海に変え、銀の弾幕と閃光《せんこう》が空間を埋め尽くす。

その間にも使徒は香織を捉えんと犠牲を厭《いと》わずカウンターを狙い続ける。

「やぁあああっ」

「ハァアアアアッ」

死闘と呼ぶに相応しい壮絶な空戦の中、いつしか両者は雄叫《おたけ》びを上げていた。

正真正銘、余力を残さない全力全開の戦闘だ。

使徒からすれば悪夢のようなものだろう。

いつだって、一体の使徒を倒さんと数多《あまた》の戦士が手を結び合って挑んできた。

それがどうだ。

今は自分達がたった一人の神敵を討たんと必死になっている。

矜持《きょうじ》が、〝神の使徒〟としての存在意義が、揺らぐような気さえした。

（……いえ、一人だけいましたか。我等《ら》を――）

普段ならあり得ないことに一瞬だけ回想なんてものをしてしまったのは、香織の揺るぎない瞳を見てしまったからか。

遠い昔、一度だけ、自分達を完全に凌駕《りょうが》した存在がいた。彼女とは似ても似つかないのに、瞳の奥に感じる鋼鉄の如《ごと》き固い決意はよく似ていて。

「限界でしょうか？」

遂《つい》に香織が動きを止めた。手足からはボタボタと血を滴らせ、綺麗《きれい》な顔には痛々しい火傷《やけど》の跡も。飽和攻撃は少しずつ確実に香織へのダメージを蓄積していたのだ。

何より、魔力の限界だろう。ただの再生魔法ならいざ知らず、〝時間干渉〟の領域にある魔法を、ここまで連続で使い続けたのだ。

どれだけ莫大《ばくだい》な魔力を保有していようと、使徒のように【神域】から無限の魔力を供給されていない人の身では底をついていなければおかしい。

「我等を相手に、よく戦った方です」

三百体を超える数が、この短時間で撃破された。とてつもない話だ。

両腕をだらんと下げて呼吸を乱す香織に、使徒は冷徹な目を向ける。

「ですがこれまで。いい加減に諦めなさい」

悲劇と絶望は悪辣なる神の大好物。そして、それを献上するのが使徒の役目。

「人間達の〝限界突破〟が切れるのも時間の問題です。畑山愛子《はたやまあいこ》が魂魄《こんぱく》魔法で支えているようですが、本来、常人の魂では耐えられないのですから」

仮に聖歌隊を排除できなくても、もうまもなく連合軍は自滅する。

そう容赦なく非情な現実を突きつける使徒。

しかし、返ってきたのは絶望に歪《ゆが》んだ顔ではなく、これ以上ないほどのにっこり笑顔。

「ふふ、どうあっても絶望させたいの？　でも、ごめんね？　私の辞書に諦めるなんて言葉はないんだ」

「……地上が見えないのですか？　今この瞬間も加速度的に死者は増えています。負傷者なら尚更《なおさら》に。人は手足の一本を失っただけでまともには戦えなくなる。貴女一人が強くとも意味はないのです」

よもや、自分が頑張ればどうにかなると思っているのか。

だとすれば、どれだけ強かろうと戦争を一人で左右することはできないのだと教えてやろう。そんな意思を感じる使徒の言葉に、香織は――ふぅと、一息。

「思い違いが三つもあるね」

「思い違い？」

訝《いぶか》しむ使徒だったが、直ぐに瞠目《どうもく》することになった。

それもそのはずだ。

「喰《く》らって増えてね――〝廻禍の魔剣《アニマ・エルンテ》〟」

香織から尋常でない量の魔力が溢《あふ》れ出したのだから。

香織の持つ双大剣の片割れ、黒の大剣が異様な光を放っていた。魔力は、その黒の大剣から流れ込んでいるように見える。その魔力の質に使徒の感覚が反応した。

「！　まさか、我等の魔力を⁉」

「魔王城の時とは違う大剣だったこと、疑問に思わなかった？」

使徒の推測は当たっていた。

――廻禍の魔剣　アニマ・エルンテ
香織が得意とする回復魔法が一つ。魔力を他者に譲渡する魔法を進化させる魔剣。昇華・重力・魂魄・変成魔法を組み込むことで、斬った相手から魔力を奪い、ストックし、更には使い手に還元する能力を持つ。

「思い違いの二つ目。私はまだまだ戦える――〝聖印〟発動」

魔法を使った気配もないのに、ユエの〝自動再生〟もかくやという速度と鮮やかさで香織の傷が癒えていく。

困惑する使徒達は香織を凝視して気が付いた。胸元に、いつの間にか黒銀の魔法陣が浮き出ていることに。

「それは……」

「私の再生魔法だよ。魔力がある限り常に肉体も装備も復元し続けてくれるんだ」

誰を参考にしたかなど言うまでもなく。

神髄に手を掛けた再生魔法の使い手ならば、疑似的な不死身にくらいなれないわけがない。まして、恋敵《ライバル》でもあり憧れの相手でもある彼女をずっと見てきたのだから。

「……なぜ、今発動したのですか？　最初から使っていれば、あれほどの傷を負う必要はなかったはず」

自分達を倒せば倒すほど魔力は回復し、〝神速〟と〝聖印〟が使い放題となり、それがまた使徒達を打倒することに繋《つな》がって魔力が回復する。

あえて疑問を口にしたのは、戦術の根本的な見直しをする時間稼ぎのためだろうか。

ここに来て更に固まったような無表情は、逆に使徒達の余裕のなさに感じられた。

そんな使徒達に、香織は容赦なく告げる。

「限界だと見れば、こうして止まってくれるかなって」

「何を――」

「思い違いの三つ目。〝限界突破〟のタイムリミットがどうとか、死傷者がどうとか……誰に向かって言ってるの？」

香織には珍しい自信と不敵さに溢れた笑みが顔に浮かんだ。

白い大剣が逆手に持たれる。切っ先が地上へ向けられる。

ちょうど〝天蓋〟が粉砕されたタイミングで、白の大剣が燦然《さんぜん》と輝き出した。

「目覚めて守って――〝福音の聖剣《ベル・レクシオン》〟」

黒銀の雫《しずく》が一滴、切っ先から地上へ落ちた。

それは連合軍のど真ん中、地上数メートルの位置に到達した瞬間、膨大な輝きを放射した。黒銀の波濤《はとう》が一瞬で連合軍全体を呑《の》み込む。

すると、だ。直後である。

負傷者が瞬く間に癒やされていくという光景が地上に広がった。手足の欠損も防具ごと復元され、膝を突いていた者も、倒れ伏し死を待つだけだった者も立ち上がっていく。

それどころか、信じ難いことに。

既に息絶えたはずの兵士達までもが次々に起き上がっていく。

「対軍規模の……死者蘇生《そせい》……」

途切れ途切れの言葉が使徒の驚愕《きょうがく》の大きさを示していた。

死を実感し意識を閉ざした者達は、不思議そうに負傷箇所に手をやり、全快していることに目を瞬かせている。

そんな彼等に戦友達が泣き笑いのような顔で駆け寄れば、自分の身に起きた奇跡を理解したのだろう。

歓声が爆発した。

開戦時の雄叫びよりもなお力強く、希望と闘志に溢れた人の声が大気すら揺るがす。

「たとえ体を変えても、最前線で戦うようになっても――私は白崎香織《しらさきかおり》。〝治癒師〟の天職を持つ、魔王《イレギュラー》パーティーの〝回復役〟だよ？」

逆手に持った白の聖剣を再び順手に握り、見せつけるように突きつける。

――福音の聖剣　ベル・レクシオン
香織の再生魔法と魂魄魔法の行使を強力に補助し、味方だけを選別して超広範囲で回復させる治癒能力特化の剣だ。極限までスペックを上げた状態で、かつ膨大な魔力さえあるのなら、対軍レベルであっても十分以内の死を覆すことさえ可能とする。

流石に、体の大部分を消失しているような者達まで蘇生はできないが、使徒が指摘した〝限界突破〟のタイムリミットも、愛子との二人がかりなら話は別となる。

魔力を奪う魔剣に、味方を癒やす聖剣。

まさに、〝治癒師〟たる香織に相応《ふさわ》しい双大剣だ。

「……それでも……それでも貴女達は勝てません。主の決定は絶対です。決して覆らないこの世の理《ことわり》なのです」

その言葉は本心なのか。どこか、己に言い聞かせているようにも見えたのは気のせいか。

構えを取り、黒銀の翼を一打ち。

香織は貫くような眼差《まなざ》しを使徒に向けて、静かに返した。

「人は滅びないよ。どんな世界でもきっと同じ。たった一人で、大した力もない男の子が奈落の底から這《は》い上がってきたように、人は困難に呑み込まれても必ず活路を見出《みいだ》すの。

人はね、滅び方を知らないんだよ。生きたいと、誰かを守りたいと思う人が一人でもいる限り、その意志が〝絶対〟なんてものを捩《ね》じ伏せてしまうから」

使徒と香織の視線が束《つか》の間《ま》、交わった。

戦場の轟音《ごうおん》が消えたように錯覚する。嵐の前の静けさに似た空気が両者の間に流れた。

「……ズィーベント」

「？」

「意味は〝七番目〟。私の識別番号であり、この戦場における唯一の一桁台です」

「それが……なに？」

どうして名乗ったのか。本人も正確には分かっていなかった。

ただ、どうしてか名乗らずにはいられなかったのだ。

おそらく、きっと、〝神の戦乙女〟としての矜持がそうさせたのだ。

「神の〝絶対〟を証明する者の名です！」

双大剣を切り払い、銀翼を燦然と輝かせるズィーベント。

何かを感じたのか、香織もまた魔力を噴き上げ想《おも》いを響かせる。

「なら、その〝絶対〟を捩じ伏せてあげる！」

〝魔王の戦乙女〟の矜持に懸けて。

次の瞬間、ズィーベント率いる使徒の大群と香織は再び激戦へと身を投じた。

踊る踊る、両勢力の戦乙女が互いの矜持を胸に死闘を演じる。

ズィーベント達《たち》は防御主体で隙を窺《うかが》う戦法に変えたようだ。

香織は確実に一体一体を撃破しながら、地上への大規模回復をし続ける。

そうして、いったいどれほどの時間が経《た》ったのか。

赤黒い世界には太陽の影すらなく、時間の感覚を失ってしまう。

〝天蓋〟の復活スパンが明らかに広がっていく。交換パーツはあっても、修復する錬成師達が限界に近づいているのだろう。

個人兵装分の弾丸は既に尽き、壁上の大型兵器も幾つか沈黙している。

回復が間に合わず、復活しない兵士も多数出てきた。

勝敗の天秤《てんびん》は、どちらに傾いてもおかしくない。

綱渡りのような戦場で、誰もが死に物狂いで戦い続ける。

【神域】へ踏み込んだハジメ達が、連合軍の兵士達にとっては〝女神の剣〟が、全てを終わらせてくれると信じて死力を振り絞る。

と、その時だった。

天秤を傾け兼ねない一手が出現したのは。

最初に気が付いたのはリリアーナだった。

「……え？　なん、ですか。あれは……」

戦場全体を映す外部映像の奥、崩壊した【神山《しんざん》】の麓に異変を見つける。

黒い瘴気《しょうき》、否、ヘドロのような粘体……だろうか？

地面の液状化現象みたいに、霊峰の残骸、王都を呑み込んだ莫大《ばくだい》な量の土石の隙間から滲《にじ》み出てくる黒々とした何か。

直後、

――ォオオオオオオオオオオオオッ
正気を掻《か》き乱すようなおぞましい絶叫が響き渡った。

それで連合軍兵士達も気が付く。名状し難い悪寒に襲われて、弾《はじ》かれたように【神山】を見る。

黒々とした汚泥が噴き上がった。噴火じみた勢いで地上へ舞い戻ったそれは瞬く間に集合し、空中で一つの形を取った。

とても見覚えのある姿だった。香織にとっては。

「うそ……悪食《あくじき》？」

そう、クリオネのような形状の巨大粘体生物。【メルジーネ海底遺跡】でハジメ達を追い詰めた太古の怪物とそっくりだった。

驚愕をあらわにして思わず止まってしまった香織に、使徒《ズイーベント》が僅かに抑揚の感じられる声音で言う。

「やはり生きていましたか。いささか復活が遅いですが……いいでしょう。主のコレクションの一つとして役目を果たしなさい」

まるでこの時を待っていたかのような言葉だった。

香織がハッとズィーベントを見た直後、黒い悪食は動き出した。全身からおびただしい数の触手を全方位に放つ。

それらは瓦礫《がれき》に突き刺さるやドクンッドクンッと脈打つように何かを送り込み始めた。

「あれの名称は〝悪母〟。肉体の一部を他生物に同化させることで配下とする太古の生物です。その能力は対象の生死に関係しません」

「それって……まさか！」

悪食が他者を喰らい自己増殖する怪物なら、悪母は自己を喰わせて他者増殖する怪物。

一度一体化した細胞は対象先の性質に固定されてしまい自己の体積が減るという制限はあるが、それも魔力を献上させれば復元可能だ。そして、浸食された対象は以前の姿と能力を保持しながらも悪母に忠実な子となる。死骸ですら、その損壊を自己の細胞で補うことで疑似的に復活するのだ。

そのおぞましい能力が現実に示される。瓦礫を吹き飛ばして、死んだはずの魔物共が咆《ほう》哮《こう》を上げた。

魔物の軍勢、その第二波が今、連合軍へと雪崩を打った。

「おいおい、ここに来て敵に援軍かよ。上等、と言いてぇところだが……やべぇな」

返り血と自身の血に塗《まみ》れて真っ赤に染まっているガハルドが、流石《さすが》に冷や汗を流す。

更に、悪い知らせが重なった。

何十度目かの〝天蓋〟崩壊と同時に、遂《つい》に錬成師達が限界を迎えたのだ。

天秤が傾き始めた。人類の敗北へ。

『各軍指揮官へ！　師団規模を北側へ配備してください！　魔物まで乱戦に入ったら……絶対に食い止めて！』

余裕のないリリアーナの指示が伝播《でんぱ》した。

ガハルドは直《す》ぐに指示を出した。王国軍と公国軍にも即応した動きが見える。

だが、使徒を相手にしているのだ。

それに背を向けるような陣形変更は、あまりに大きな隙。結果、使徒による被害が一気に拡大する。

「みんなっ」

「貴女《あなた》が行くのなら、こちらは全戦力を以《もっ》て聖歌隊を狙います！」

思わず魔物の軍勢を止めようと飛び出しかけた香織に、ズィーベントの鋭い牽制《けんせい》が飛んだ。香織は奥歯を噛《か》み締めるようにして動きを止める。

止めざるを得ない。たとえ〝神速〟を使っても、魔物の軍勢をある程度討伐して戻るまでに、きっと聖歌隊は瓦解している。何せ五百体の使徒が追加で〝天蓋〟なき砦《とりで》の屋上に集中突貫するのだから。

蘇生は当然できる。だが、させてもらえるのか。聖歌が止まった瞬間に、使徒達は一斉に元の力を取り戻すというのに。

地響きが伝わってくる。巻き上げられる砂塵《さじん》が壁の如《ごと》く広がり迫ってくる。

万に届こうかという魔物の咆哮が兵士達の精神を逼迫《ひっぱく》させる。

しかも、悪母を倒さない限り魔物は刻一刻と復活してくるのだ。今この瞬間も後続が溢《あふ》れ続けている。

悪母のキャパシティは不明だが、〝神山崩し〟の際に【神域】より降り注いだ魔物は数千万にも届こうかという数だったことを思えば……

人類連合軍最大のアドバンテージ、数の差が覆されかねない。

それは、絶望的な未来だ。

『わ、私がやります！』

通信越しに響いたのは愛子《あいこ》の声。

戦場の空を一機のヒュベリオンが駆ける。既に他の六機は内包する太陽熱を使い切っていたが、一機だけ万が一に備えて温存しておいたのだ。撃てるのは一発のみだが、大群の殲滅《せんめつ》は無理でも悪母を滅することはきっとできる。

ただし、射程圏内まで行ければだが。

「そのような鈍重な動きで！」

ヒュベリオンは元より機動兵器ではない。拠点防衛のための迎撃兵器だ。

だから、簡単に追いつかれる。分解砲撃で撃墜されてしまう。

「言ったはずです。神意は〝絶対〟だと！」

「まだ手はある！　あなた達を倒しながら怪物も倒せばいいだけっ」

「できるものなら！」

〝神速〟を発動。隠し切れない焦燥を顔に浮かべながら猛攻を繰り出す香織を相手に、防御と回避に徹し、魔力収奪の効率を少しでも下げにかかるズィーベント達。

隙を見て分解砲撃を悪母に放つ。

だが、遠い。距離がありすぎる。今の香織なら本気で撃てば届くし滅することもできるだろうが、それには十分なチャージ時間と狙い撃ち続ける時間が必要だ。

当然、そんな猶予を使徒達が与えるはずもない。

（足りないっ。あと一手！　あの怪物を倒す手札が足りないっ）

視界がチカチカと明滅するほど思考を回すが、状況を覆す一手が思い浮かばない。

到達まで、目算で一キロメートル。

凄《すさ》まじい勢いで消費される連合軍との距離が、戦線崩壊のカウントダウンに見える。

（お願い！　みんな耐えて！）

遂に、祈るしかなくなった。

だから、〝彼女〟は遂に現れた。

『――〝壊劫《えこう》〟』

大地が消えた。魔物と共に。

そう見紛《みまが》うほど一瞬のうちに、大地が綺麗《きれい》な正方形に陥没した。一キロメートル四方はあるだろう大穴だ。その底で、魔物共は大地の染みになっていた。

「重力……魔法？」

ユエが使っているのを見たことがある。けれど、ユエであるはずがない。

では、誰が？

断末魔の悲鳴すら上げさせない圧倒的な殲滅力。それに連合軍が、あのガハルドですら唖然呆然《あぜんぼうぜん》とした様子で呆《ほう》ける中、香織《かおり》の疑問にズィーベントが答えた。

忌ま忌ましさと、戦慄を交えたような声音で。

「ミレディ・ライセンッッ」

香織が「そういえば」と事前に聞かされていた援軍を思い出したのと、怪物と連合軍の間の空間にスパークが走ったのは同時だった。

空間が渦巻き、歪《ゆが》み、巨大な〝ゲート〟が出現する。そこからザッザッと大地を踏み締めて行軍してきたのは四百体の騎士ゴーレム。

そして、最後に現れたのは全長二十メートルほどの騎士王というべき巨大ゴーレム。

その肩に、ローブを羽織ったやたらとちんまいニコちゃん仮面のミニゴーレムがいて。

『ピンチになったら現れるぅ♪　超絶天才美少女魔法使い！　ミレディちゃ～～ん、参☆上ッ!!』

わざわざ連合軍の方へ振り返り、片足をクイッと上げて、片手は腰に、もう片方の手は横ピースにして目元に添え、バチコンッとウインク。舌ペロだって忘れない。

そう、【ライセン大迷宮】創設者にして、遥《はる》か過去、神に挑んだ組織〝解放者〟のリーダー、いつか神を討つ者が現れることを信じて悠久の時を待ち続けた者、ミレディ・ライセンその人だった。

戦場の時が止まる。使徒でさえも。

ただし、その理由は完全に別だ。連合軍側は「なんだあれは!?」という困惑から。使徒側は、その苦虫を噛み潰したような表情が何より雄弁に内心を物語っている。

『驚いてる驚いてるぅ～。最高のタイミングだったねぇ♪　流石はミレディちゃん！　空気の読める良い女！　連合のみんな～、惚《ほ》れちゃヤダ・メ・だ・ぞ♡』

やたらと響くうえに、凄まじくイラッと来る声音だった。きゃるるるんっ♪という擬音が聞こえてきそうだ。

誰もが絶句したまま、しかし、心の中で思った。

――うぜぇ～～～っと。

神の打倒以外でまた一つ、人類の心が一つになった瞬間だった。

ミレディが騎士ゴーレム達に後続の魔物の相手を指示しつつ、香織の近くに飛んでくる。言動はともあれ、頼もしい援軍に香織は表情を綻ばせた。

「ミレディさん！　私は香織と言います！　あの怪物を――」

「うほっ、使徒の顔で良い子感が滲み出てるとか、ミレディさん脳がバグりそう！」

「あ、いえ、それどころじゃなくて！　ミレディさんには――」

「やっ！　ミレディさんじゃなくて、親しみを込めてミレディ〝たん〟って呼んでくれなきゃ、や！」

香織は思った。

「あ、シアの言う通りだ。本当にうざい」

思うだけでなく、つい真顔で本音を口にしてしまった。背後に般若《はんにゃ》が出そう。

ミレディが「え、普通に傷つく……」とニコちゃん仮面をしょんぼり顔にしていると。

「ミレディ・ライセン！　過去の亡霊が今更！」

使徒が動き出した。分解砲撃が全方位から撃ち込まれてくる。

香織が咄嗟《とっさ》に庇《かば》おうとするが、必要はなかった。

「──〝禍天《かてん》〟」

拳大の重力球が無数に出現した。香織とミレディの周囲を衛星のように回り、全ての分解砲撃を逸《そ》らし、それどころか別の使徒へのカウンターとしてしまう。

「もうっ、ミレディちゃんの邪魔をするなんて許せない！　激おこぷんぷんだぜぇ？　後でお仕置きしてあげるから良い子で待ってなさいっ──〝黒天窮《こくてんきゅう》〟」

おそろしきはギャップか。

どこまでもふざけた言動なのに、詠唱の一瞬だけ絶対零度の声音になるのだ。

そして、その結果もまた無慈悲にして規格外だった。

ミレディから蒼穹《そうきゅう》の魔力が迸《ほとばし》った直後、遠く離れた場所にいる悪母の頭上に黒い星が出現した。

周囲の風が唸《うな》りをあげて渦を巻く。万雷にも似たスパークが迸る。

万物を呑《の》み込み消滅させる重力魔法の奥義を前にしては、太古の怪物といえど抗《あらが》うことはできなかったらしい。

周囲の瓦礫や大気ごと容赦なく呑み込まれ、範囲内にいた魔物達《たち》も一緒くたに黒く渦巻く禍星《まがつぼし》の奥へと消えていく。

『よっし！　これで後は……三千くらいかな？　騎士王ちゃん達で最前線を張ってあげるから、連合軍のみんなぁ～、がんばるんだっぜ☆』

通信機のように連合軍全体に響く軽快な声音。

『か、彼女は〝女神の剣〟が呼んだ援軍です！　未来は我等《ら》にあり！』

タイミング良くリリアーナが断言したことで、呆然と本能的な苛立《いらだ》ちの狭間《はざま》に立たされていた連合軍は息を吹き返したように歓声を上げた。

万単位の魔物も、古代の怪物も、道理で瞬殺できてしまうわけだと納得する。

その間にも、騎士王は後続の魔物を薙《な》ぎ払っていて、騎士ゴーレム達も目の覚めるような勢いで連合軍側へ流れる魔物の数を減らしている。

圧倒的な強さだった。戦闘中でありながら安堵《あんど》を滲《にじ》ませる兵士が見られるほど。

だが、実際のところは少し違ったらしい。

『ごめんね、香織ちゃん』

「え？」

使徒の砲撃を逸らし続けるミレディが、こっそり念話をしてきた。香織が驚いて視線を向けると、仮面に浮き出る眉が本当に申し訳なさそうに八の字になっていた。

『長くは戦えないんだ。だから、本当に必要な時まで力を温存してた。頑張ってる姿は見ていたけど……直ぐに来てあげられなくてごめんね』

使徒には聞かれたくない内容なのだろう。

過去にどんな戦いをしたのか知らないが、使徒達は明らかにミレディを警戒している。

それこそ、香織に匹敵するほど。

ミレディの前で気を抜けば、一瞬でやられると骨身に刻まれているみたいに。

背中合わせになりながら、香織はふっと表情を綻ばせた。

「十分です。来てくれてありがとう、ミレディさん――」

「ミレディ〝たん〟」

台無しだった。香織はすんっと真顔になって、訂正はせず再び飛び出していった。

ミレディの援護もあって、先程までよりずっと戦いやすい。初戦の時と同等の速度で撃墜数を増やしていく。

その姿を見てミレディは、

「メル姉、貴女の魔法を受け継いだ子は私達よりずっと強いみたいだよ」

心の底から嬉《うれ》しそうに呟《つぶや》いたのだった。

ミレディの参戦により、勝敗の天秤《てんびん》は再び均衡を取り戻した。

いや、僅かに人類連合軍側に傾いたというべきか。

使徒達は香織の無双を止められず、聖歌隊にも紙一重のところで手が届かない。異世界より召喚した者達の獅子奮迅《ししふんじん》の防衛戦は格別、分身能力を得た浩介《こうすけ》のスペックが時間経過と共に疲弊するどころか上がっていくからだ。

開戦直後は五千体近くいた使徒が、今や五分の一を切った。

香織の相対する使徒はとうとう百体を切り、ズィーベント自身も片腕片足を失って満身創痍《まんしんそうい》状態。

そこに、使徒達にとっては衝撃的な情報が共有される。

「……シア・ハウリア。ティオ・クラルス……」

不意に動きを止め愕然《がくぜん》とするズィーベントの様子と、その口から零《こぼ》れ出た名前に香織も動きを止める。

「エーアスト達ですら、勝てないと？」

そう、ちょうど【神域】で〝白金の使徒〟と化した〝一番目の使徒《エーアスト》〟以下、五番目までの上位個体がシアに全滅させられ、フリードと魔物の軍勢までもがティオに壊滅させられたところだった。

「シア達、勝ったんだっ」

「へぇ、聞き覚えのある個体名だ。あいつもとうとうくたばったかぁ！　流石《さすが》は兎人《とじん》族の英雄ちゃんだ！　ねぇねぇ、今どんな気持ちぃ？」

朗報に、香織とミレディの声が弾む。

だが、その歓喜は直《す》ぐに改められることになった。

「……与えられた戦力で主の望みを果たす。それはもはや不可能と判断します。白崎《しらさき》香織、歓喜するといい。貴女《あなた》は、見事に我等の矜持《きょうじ》を砕きました」

静かな声音だった。なのに、もはや疑いようもなく感情を孕《はら》んだ声音だった。

嫌な予感が脳裏に警鐘を鳴らす。

身構える香織とミレディに、ズィーベントは無表情というより、追い詰められ凍《い》てついたような能面顔を晒《さら》す。

「何をする気なの？」

「主に願い奉るのですよ」

神に造られた存在でありながら、神命に応えられなかったと助力を願う。

それは使徒にとって、存在意義を自ら捨てるような最悪の選択。

「っ、まずい！　香織ちゃん！　止めてっ」

ミレディの警告が飛ぶが、時既に遅し。

空の亀裂――【神門】から爆発的な銀の光が放たれた。

溢《あふ》れ出てくるのは使徒――五千体。

死力を尽くして戦い抜いてきた相手の戦力と同等の数が更に出現したのだ。

本来は、地球を侵略する際の尖兵《せんぺい》にすべき予備軍。

それらは分解魔法を纏《まと》って密集し、一つの形状を取った。

個体同士の分解魔法を一つの複合魔法として発動したうえで、先の紡錘《ぼうすい》陣形に似ていながらも比較にならない巨大さかつ高密度の陣形だ。

それはもはや、天に出現した巨大な〝神の槍《やり》〟だった。

ゾッと背筋に悪寒が駆け抜ける。血の気が引く。あれはダメだと、連合軍のみならず香織やミレディまで戦慄に身を震わせた。

「ッ、行かせないっ!!」

『全軍に告ぎます！　上空の新手に集中攻撃を！　絶対に止めてください!!』

香織が飛び出すのと同時に、リリアーナの悲鳴のような命令も響いた。

邪魔をしようとするズィーベント達をミレディが牽制《けんせい》し、対空兵器の全てが〝神槍《しんそう》〟の迎撃に全力を注ぐ。

アドゥル達竜人も、相対していた使徒の攻撃に晒されても反撃せず、全力の〝竜の咆哮《ブレス》〟で迎え撃つ。

だが、おそらくきっと、新手の使徒達は【神域】にいる間に最高レベルのチャージを済ませていたに違いなく、銀に輝く巨大な〝神槍〟は――止まらない！

「止めてみせるっ――〝極天・聖絶《せいぜつ》〟!!」

進路に割り込み、双大剣をクロスさせて一点集中の障壁を展開する。ガントレットにつけた〝空間遮断〟の機能が障壁に組み込まれ、かつてない強固さを発揮する。

ミレディもまたズィーベント達を牽制しつつも、

（これで打ち止めかなっ？）

奥義〝黒天窮〟を放った。

〝神槍〟の横腹がごっそりと抉《えぐ》り取られ、後続の使徒も次々と呑み込まれる。

だがしかし、それでもなお勢いは止まらず。

香織《かおり》の〝聖絶〟に直撃する〝神槍〟。再生魔法も使って障壁が消滅する端から再生させるが、

「だ、め……逃げてーーーーっ!!」

粉砕される。余波で吹き飛ばされて直撃は免れたが、香織の右半身が消し飛ばされた。

そして、神の槍が落ちた。

聖歌隊の結界へと突き刺さり、数秒の拮抗《きっこう》の末、あっさりと貫通した。

銀の光が砦《とりで》を中心に連合軍を照らす。

砦の半分が消失した。非力な聖歌隊の半数も消し飛んだ。

香織の障壁で僅かに進路がずれたことと、優花《ゆうか》がいち早く退避を促していたことで全滅こそ免れたものの被害は甚大。

何より、聖歌が止まった。止まってしまった。

使徒達を縛っていた楔《くさび》が打ち壊された。

〝神の使徒〟が、神造の怪物が、その能力を十全に発揮する。

戦場の各地で銀の光が噴き上がり、直後、血風が吹き荒れた。

兵士達の体がバラバラに乱舞する。あっという間に屍山血河《しざんけつが》が生み出される。

あれほど響いていた勇敢な雄叫《おたけ》びが、ただの悲鳴へと変わっていく。

「一時凌《しの》ぎだけど――〝多重・崩陣〟」

ミレディが蒼穹の魔力を噴き上げ、残り僅かな力を振り絞って重力反転の魔法を行使した。標的の選定は銀の魔力を補足するだけなので簡単だ。しかし、その数が膨大である。

相当無理をしたのか仮面に亀裂が入った。

だが、結果は流石の一言。次の瞬間、大半の使徒が一斉に上空へと吹き飛ばされた。錐《きり》揉《も》みしながら一瞬で六百メートル以上、地上から離される。

その数、およそ四千体。

その集団に、ズィーベント率いる使徒達と、アドゥル達が戦っていた使徒達も合流する。

「もう、終わりにしましょう」

ズィーベントが大剣を掲げた。空にいる全ての使徒が呼応し、滅びの光を掲げ出す。

〝天蓋〟はなく、使徒は本来の力を取り戻している。

四千もの分解砲撃を斉射された結果など、火を見るより明らか。

地上からの対空攻撃や竜人の〝咆哮《ブレス》〟が必死に迎撃しようとしているが、十全たる使徒の防御力は凄《すさ》まじく、効果は薄い。

間に合わない。

誰もが天を仰ぎ、空を埋め尽くす数多《あまた》の銀光をただ見つめ――

(温存したかったけど……ここかな？　私の使いどころは)

ミレディが密《ひそ》かに最後の決断をしようとした、その時。

「させないっ、絶対にっ!!」

片腕を再生した香織が、戦場に響き渡るほどの気概を迸《ほとばし》らせた。

連合軍を背に庇《かば》うようにして滞空し、両手を掲げる。

「――〝極大・聖絶〟!!」

全軍を覆うほど巨大な白菫《しろすみれ》色《いろ》の障壁が発動した。

その障壁は変成魔法で変えた黒銀でも、使徒の銀色でもなく、香織の元の魔力の色で出来ていた。

魔力の色は魂の色だ。それすなわち、香織の魂を懸けた守護障壁ということ。

「滅びなさい」

疑似限界突破状態の使徒四千体が放つ全力の分解砲撃。

銀に輝く滅びの暴雨が降り注ぐ。

轟音《ごうおん》。そして、爆光。

世界が、その二つに満たされる。

「ぐっ、うぅうううぅぁあああああっ!!」

香織の絶叫が迸った。

彗星《すいせい》を受け止めでもしたかのような衝撃と圧力。黒銀の翼が明滅し、徐々に高度が落ちていく。

「――〝絶象《ぜっしょう》〟ッ、〝神速〟！　〝極天、かい……ほうっ〟!!」

消滅しかけた障壁を〝神速〟で〝復元〟し、かつ既に自分にかけている昇華魔法の極致を重ねがけする。

三種の神代魔法の同時かつ追加行使。しかも一つは神髄クラス。

体に穴が開いたみたいに魔力が流れ出る。食いしばった歯が砕け、脳がオーバーヒートでも起こしたのか血涙まで流れ始める。

『総員、障壁を展開しろ！　彼女にだけ背負わせるなっ！』

アドゥルの怒声が轟《とどろ》く。竜人達《たち》が、少しでも負担を減らそうと香織の障壁に重ねるようにして障壁を展開していく。

「君の確固たる意志に敬意を称するよ――〝絶禍《ぜっか》〟!!」

ミレディもまた、残り少ない力を振り絞って砲撃を吞《の》み込む重力の渦を生み出した。

地上の者達も気持ちは同じだった。

「歌え！　歌うんじゃ！　生きている限り歌い続けよ！」

運良く生き残ったシモン教皇と聖歌隊十数名がボロボロの姿のまま、少しでも使徒の力を下げようと喉を裂かんばかりに歌い始める。

『豊穣《ほうじょう》の女神の名においてて願いますっ。皆さんの魔力を彼女に！』

魂魄《こんぱく》魔法による魔力の強制譲渡。ロザリオで全兵士の魂魄を選定済みの愛子《あいこ》が、兵士達に献上を願う。抵抗されれば困難となるその魔法に、しかし、否を唱える者は一人もいなかった。

愛子のもとへ集まる全軍の、そして優花達の魔力を必死に束ね、香織へ送り込む。

亜人の戦士達が、地上に残った使徒から文字通り肉盾となって愛子達を守る。

数秒か、それとも数分か。

永遠にも等しい轟音と閃光《せんこう》の世界は、遂《つい》に終わりを告げた。

「はぁはぁ、耐え、きった……」

白菫色の障壁も消えていく中、息も絶え絶えに呟《つぶや》く香織。

翼が明滅し落下しかける。それを飛んできたミレディが支えた。

「よくやったよ、香織ちゃん！　君は凄《すご》い子だ！」

「ミレ、ディさん……」

見るからに疲弊の極致。いや、もはや衰弱というべきか。魂が軋《きし》みを上げている。

それは竜人も、兵士達も、そして愛子達も同じだった。

全員が死力を絞り尽くした。

そして。

再び数多の銀光が瞬いた。

それどころか、今度は数十体ずつで集束し、小型の太陽の如《ごと》き光が幾つも出現する。

「神意は〝絶対〟――そう言ったでしょう？」
ズィーベントの宣告は、不思議なことに全ての人の耳に届いていた。
魔力の回復は間に合わない。次は凌ぎきれない。
それは覆しようのない事実だった。
絶望と諦観が、人々の胸中を侵していく。が、やはりだ。
香織は荒い息を吐いたまま、スっと両手を掲げた。
それは何より雄弁な〝決して諦めない〟という意思表示だった。
その姿の気高さを見て、誰もが胸を打たれた。
その姿の美しさに、誰もが息を呑んだ。
だから、誰もが再び瞳の奥に炎を宿した。必要と言うなら魂ごと捧《ささ》げようと。
「一秒でもいい。生き残ってみせる！」
それは単なる悪足掻《わるあが》きの言葉ではない。信頼の言葉だ。
一秒先の未来では、大好きな彼が全てを終わらせてくれているかもしれない。
いや、きっと終わらせてくれる。そう、信じている。
だから、死の間際、コンマ数秒だって諦めはしない！
視界の全てが銀色に染まる。
展開できた障壁は、ただのガラスみたいに弱々しい。
だが、一秒。確かに受け止めた。未来を掴《つか》んだ。

「……ふふっ、ほら、やっぱり！」

香織が愛《いと》しさと無類の信頼で蕩《とろ》けたような表情を浮かべる。

その視線の先には、霧散していく銀の光と力の抜けた使徒の群れ。

「あり得ない……我等《ら》に魔力を送れないほどの戦いを？」

ズィーベントが目を見開いて天を仰ぐ。

そして、一拍おいて香織を見下ろし、その得意げに輝く瞳と目が合うとぐっと唇を引き結び、直後、力を失って地に落ちていった。

ズィーベントに続くようにして、他の使徒達も操り糸を切られたマリオネットのようにバラバラと落ちていく。

地上に残っていた使徒も同じだった。

壁と天井の半分が崩壊した司令部では、端へ追い詰められたリリアーナと、それを背に庇う最後の一人——専属侍女にして護衛でもあるヘリーナが短剣を構えて苦悶《くもん》の表情を浮かべている。

二人の前には使徒がいた。止《とど》めを刺すべく大剣を振りかぶり、そのままの体勢で停止している使徒が。

呼吸を乱し、胸元から血を流しながらも近づいたヘリーナが軽く突き飛ばすと、使徒は無抵抗のまま背後へ倒れ込んだ。

「姫様」

振り返ったヘリーナの気の抜けた笑みに、リリアーナは湧き上がる気持ちを呑み込んで、まだ機能している一部の外部映像を見た。

同じように、兵士達の目前で使徒達が機能を完全に停止していた。

何が起きたのかを確信して、深呼吸を一回。全体通信の宝珠に触れた。

『司令部より全軍へ』

落ちてくる使徒、目の前で動かぬ使徒。魔物の群れもいつの間にか方々へ逃亡し始めている。

誰も彼も満身創痍《まんしんそうい》かつ疲労困憊《ひろうこんぱい》で正しく状況を判断できないでいる中で、響いたリリアーナの声に顔を上げる。

『我々の――』

リリアーナのそれは、きっと勝利宣言だった。

暗黙の内に察して、誰もが震える想《おも》いでそれを聞くべく耳を澄ました。

しかし、聞こえたのは――

『これは、いや、待て、あれはいったい……まさか、神域か？』

真っ先に声を上げたのはアドゥルだ。

その視線の先、空全体が大時化《おおしけ》の海のように荒れ狂っていた。

空間が万華鏡のように歪《ゆが》み、あるいは亀裂を生み出し、そこに見たこともない異界の景色を映し出していく。大気は鳴動し、軋むような不気味な音まで響き出した。

それはまるで世界崩壊の序曲のようで、誰もが言葉を失う。

「ハジメくん、ユエ、皆……」

感動も束《つか》の間《ま》、香織の表情が憂慮に曇る。【神域】に異常事態が発生しているのは明白だ。今にも崩壊してしまいそうにも見える。

衰弱の極致にあって今にも飛びそうな意識を必死に繋《つな》ぎ留めながら、香織《かおり》はそれでも目に力を込めた。迎えに行こうと。空間の揺らぎへ飛び込もうと。

「だいじょ～ぶ！」

「ミレディさん？」

小さな金属の手が、優しく香織の頭を撫《な》でて制止した。

「ありがとう、香織ちゃん。君が頑張ってくれたから、私は最後の一手を残せたよ」

「最後の一手、ですか？」

その内容には触れず、ミレディはパチンッとウインクを決めて、

「彼等のことは任せて♪　世界に愛されて幾星霜、このミレディちゃんに、ね☆」

香織の代わりに上空へと飛び出していった。

それを、香織は止められなかった。

ふざけた声音や態度に反して、圧倒されるほどの覚悟と想いを感じたから。

何より、泣きたくなるほどの慈愛を感じたから。

だから、体からふっと力を抜いて。

「お願い、します……ミレディさん」

香織は最初に約束した通り、ハジメ達の帰りを信じて待つことにしたのだった。

そしてそれは、固唾を呑んで天を仰ぐこの戦場の全ての者が同じだった。

誰もが崩壊していく天空の世界を見守った。

勝利の宣言が響くことを祈りながら。

第四章◆神の真実と最後の戦い

白金の光柱に取り込まれ、シアとティオの言葉に背中を押されるようにして転移した極彩色の空間。

そこを抜けた先は、見渡す限り全てが真白であった。

おまけに距離感がまるで摑《つか》めない。

天井や壁というものが認識できず、それどころか地面ですら、確かに踏んでいる感触はあるのに、視線を向けると途端に地面の存在自体を認識できなくなる。

そんな、まさに【神の座】と呼称するに違和感のない空間に、

「ようこそ、我が領域の最奥へ。歓迎しよう」

狂おしいほどに求めてやまなかった声が木霊した。

記憶のものより少し低めだが、聞き間違うはずのない最愛の恋人の可憐《かれん》な声だ。

けれど、だからこそ、反射的に湧き上がった歓喜を容易《たやす》く塗り潰すほどの、己《おの》が身さえ焼き尽くしそうな憤怒が胸中に荒れ狂った。

愛する人の声にどうしようもなく感じる、腐敗しきった性根の欠片《かけら》。

清廉であった水の中に汚泥が混じり込んだようなそれに吐き気さえ覚えた。

血が沸騰しそうな感覚を鋼鉄の意志を以《もっ》て抑え込む。冷徹たれと理性の尻を叩《たた》き、憤怒の業火を絶対零度の殺意に変える。

一拍。

ハジメはゆっくりと視線を上げた。

正面に、この空間唯一の建造物があった。

高さ十メートルほどのピラミッドの如《ごと》き祭壇だ。やはり純白でできており、目を凝らさねば周囲と同化してしまいそうである。

その頂上に、一点の黒があった。

「どうかね？　肉体を掌握したついでに少々成長させてみたのだ。神に相応《ふさわ》しい美しさだと思わないか？」

まさに〝傾国の美女〟を体現したような存在が玉座に腰掛けていた。

黒のドレスを纏《まと》った最愛の吸血姫――大人の姿に成長したユエだ。

波打ち煌《きら》めく金糸の髪も、妖艶な雰囲気も、全体的に細身なのもそのまま。

ただ、美貌から幼さが抜け、大きく開いたドレスの胸元からは豊かな双丘が覗《のぞ》き、深いスリットから伸びる足は脚線美をそのままにむっちりとした肉感を増している。

白く滑らかな肩が剝《む》き出しなのもあって、凄《すさ》まじく扇情的だ。

狂うだろう。今の彼女を見れば、性別を問わず誰もが虜《とりこ》にならずにはいられないに違いない。流し目の一つでも送られたら、それだけで理性なき獣に堕《お》ちる。あるいは、信仰心を抱いてひれ伏すか。

それほどまでに隔絶した〝美〟が、そこにはあった。

もっとも、ハジメは無反応だったが。

玉座で傲然と足を組み、頬杖《ほおづえ》をついて薄ら笑いを浮かべる存在には、おぞましさしか感じないと吐き捨てる。

「最悪だな。中身が伴っていないと、ここまで醜くなるのか」

痛烈な罵倒に、しかし、ユエ――改め、その肉体を乗っ取った異世界の神エヒトルジュエは愉悦の表情を更に嫌らしく歪《ゆが》めた。

「くくっ、感じるぞ。お前の憤怒を。取り繕っても無駄である。お前の内心など我にはお見通しだ」

「見りゃ分かることを、なに賢《さか》しらに語ってんだ？　忠告してやるよ。お前はあまり口を開かない方がいい。話せば話すほど程度の低さが露呈するからな」

冴《さ》え渡る毒舌。顔を歪めることも、声を荒らげることもない淡々とした返しが、感情的な口撃ではなく、ただ本心を語っていると何より雄弁に物語っていた。

故に、エヒトルジュエの方が僅かに表情を崩す。口元の笑みが消えた。

「エヒトルジュエの名において命ずる――〝平伏《ひれふ》せ〟」

魔王城でハジメ達《たち》を散々に苦しめた強制の言霊――〝神言〟。

ただ言葉を発するだけで、相手を問答無用で神意に従わせる魔法が再び襲いかかる。

ハジメの体がゆらりと傾《かし》いだ。

響き渡るのは神の嘲笑──ではなく、炸裂音《さくれつおん》。

「……〝神言〟を無効化した？」

エヒトルジュエの眼前で、一発の弾丸が障壁に阻まれ波紋を広げていた。

「俺の前で何度そいつを使ったよ。ちゃちな手品を繰り返すとは芸がないな」

ドンナーの銃口を向けてくるハジメに、エヒトルジュエの目が細められる。瞳は笑っていないが余裕は崩さず、頬杖をついたまま反対の手を誘うように伸ばした。

途端、ドンナー&シュラークや〝宝物庫〟など、ハジメが所持するアーティファクトの周囲の空間がぐにゃりと歪む。

〝神言〟と同じ、魔王城で見せた対象物の〝ゲート〟なき転移、あるいは直接的な破壊の力が働いたのだろう。

だが、結果はやはりというべきか。バシッと何かを弾《はじ》くような音と共に空間は正常な状態へと戻ってしまった。

当然ながらアーティファクトはハジメの手元にあるまま。傷一つ付いてはいない。

「……なるほど。対策はしてきたというわけか」

「むしろ、していないと思う方がどうかしている」

「傲《おご》りが過ぎるぞ、イレギュラー。〝神言〟や〝天在〟を防いだだけで我の──」

「ガタガタとうるせぇよ、クソ野郎」

「……」

神の言葉を路傍の石の如く扱い、跳び上がる。エヒトルジュエを見下すように少し上の位置で〝空力《くうりき》〟による空中の足場に立つ。

首の骨を鳴らしながらシュラークを抜き、肩に担ぐようにしてトントンと。

そして、万人を斬り裂いた妖刀の如き鋭利さを瞳と言葉に乗せて、

「ユエは取り戻す。お前は殺す。それで終わりだ」

決定事項だけを突きつける。

さも、エヒトルジュエの全てが無価値であると断言するように。

なるほど、神を前にして呆《あき》れるほどの傲慢不遜だ。

「よかろう」

エヒトルジュエが立ち上がった。

その態度がいつまで取れるか見物だと、見世物小屋の動物を悪戯《いたずら》に苦しめて愉悦に浸る人格破綻者のような邪悪な表情を晒《さら》す。

「この世界での最後の遊戯だ。我自ら遊んでやろうではないか」

莫大《ばくだい》なプレッシャーが放たれた。物理的な圧力さえ感じるそれが、太陽光のように放射され白金の魔力と共に真白の空間を呑《の》み込んでいく。

エヒトルジュエの体がふわりと浮き上がった。

両手を軽く広げながら豊かな金髪を波打たせ、黒いドレスの裾をなびかせる。

ハジメと同じ高さまで来ると同時に、眼下の祭壇が一気に遠のいた。まるでハジメ達が一足飛びに上昇したみたいに。

だが実際は逆だ。地面が遠のいた。空間が拡張したのだ。

そうした理由は直《す》ぐに判明した。

白金の魔力光が急激に集束し、エヒトルジュエの背後で円を描く。

三重の輪後光。

それを展開するためだ。外縁の直径は百メートルはあるだろう。幾何学的な紋様と無数の魔法陣が折り重なった芸術的な三重の円環型巨大魔法陣だ。

指が鳴らされる。輪後光から無数の光弾が生み出されていく。

銀河に渦巻く星々の如きそれらが放つプレッシャーは尋常ではない。一つ一つが地形さえ変えかねない破壊力を秘めていると、否応《いやおう》なしに理解できてしまう。

白金に燦然《さんぜん》と輝く三重輪後光を背負い、数多《あまた》の星を侍《はべ》らせて、その中心にて悠然と笑みを浮かべるエヒトルジュエ。

成長したユエの美しさと相まって、もはや暴力的なまでの神々しさを放っている。

なるほど。内面の醜悪さを知らなければ、これは確かに〝神〟と称するに相応しい。

対するハジメは、

「出し惜しみはなしだ。全力でいく──〝限界突破・覇潰《はつい》〟」

相反するように凶悪であった。

鮮血よりも濃い真紅の魔力が噴き上がる。荒れ狂う魔力の嵐の中、ハジメの隻眼までもがレッドスピネルの如く輝き出す。

五倍に膨れ上がったスペックが絶大なプレッシャーを生み出し、白金の神気を押し返した。真白の空間が二色に分けられ互いに塗り潰さんと鬩《せめ》ぎ合う。

真紅の暴風のただ中にて、傲然と構えるハジメの背後に無数の十字架が出現した。

──新型多角攻撃機　クロスヴェルト

黒の機体に真紅の紋様。クロスビットより二回りは小さい。が、一つ一つが絶大な魔力を纏っている。幾つもの神代魔法が付与されている証《あかし》だ。

従来のクロスビットに比べ段違いの性能を誇るそれが、実に千機。

整然と並ぶ様は、さながら魔王が屠《ほふ》ってきた敵の墓石のよう。

お前もこの墓場に加わるのだと無言のうちに宣言するハジメの禍々《まがまが》しさは、確かに〝神殺し〟をなさんとする化け者に相応しい。

絢爛豪華《けんらんごうか》な白金の三重輪後光と煌めく星々。

暴力的で荒々しい真紅の暴風と禍々しい数多の黒十字架。

神と、奈落の化け物。

両者が発する力に空間が軋《きし》み、歪む。

エヒトルジュエが口の端を吊《つ》り上げるようにして嗤《わら》い、片手を掲げた。ハジメが入ってきた際の極彩色のベールが消え、退路が閉ざされる。

そうして。

開戦の宣言は、神からなされた。

「さぁ、遊戯の始まりだ。まずは踊りたまえ！」

指先まで優雅に振り下ろされる腕。

破滅の光星が流星群と化す。空間を埋める光星の弾幕は荘厳ですらあった。

「死ぬまで一人で遊んでろ」

どこまでも冷め切った声音を号令に、千機のクロスヴェルトが一斉に回転し銃口を前方へ向けた。スパークは一瞬。轟音《ごうおん》が迸《ほとばし》る。

電磁加速された弾丸が千条の閃光《せんこう》と化して空を切り裂いた。

放たれた弾丸は全て〝空間炸裂弾《エリアバーストブレット》〟だ。

白金の流星群と真紅の弾丸が空間を埋め尽くす。

両陣営の中間位置で衝突、または自爆したそれらがもたらす破壊力は圧巻の一言。

凄絶な衝撃波と轟音が伝播《でんぱ》し、爆光は小さな恒星でも生まれたのかと錯覚するほど。

だが、そんなものは所詮、挨拶代わりにすぎなくて。

三重輪後光からは止めどなく流星群が生み出され、クロスヴェルトも狂ったように特殊弾を吐き出し続ける。

「この程度は凌《しの》いでもらわねばな。興が冷める」

エヒトルジュエが声を弾ませ、パチンッと再び指を鳴らした。

三重輪後光から新たな脅威が生み出される。

滲《にじ》み出るようにして現れたのは、光で構成された人型のシルエット。双大剣と翼を持つ姿を見れば、何を模しているのかなど一目瞭然だ。

「能力は使徒と同程度である。簡単に終わってくれるなよ？」

光星の弾幕はそのままに、おびただしい数の光の使徒が放たれた。当然のように数に限りはないのだろう。放出と同時に次々と生み出されていく。

「誰にものを言ってる。物量戦こそ錬成師の領分だぞ」

〝宝物庫〟の指輪をはめた右手が掲げられる。真紅の魔力が強烈な閃光となって膨れ上がった。

その閃光の中に飛び込む光の使徒達。そのまま突破してハジメに襲いかかる——なんてことは、当然できない。

——ギィイイイイッ!!

金属同士が擦れるような不協和音が響き渡った。

同時に、閃光の中から光の使徒が吹き飛ばされてくる。

「……ふむ。ゴーレムの軍団、か？」

エヒトルジュエの言う通り、閃光が虚空に消えた後、姿を見せたのは金属製ゴーレムの群れだった。

ただし、エヒトルジュエが小首を傾げたのも頷《うなず》けるほど、それらは異質であった。

複数の神代魔法が付与されていると分かる途轍《とてつ》もない気配は格別、全てが重火器で完全武装し、明らかに自律行動していたのだ。

中距離攻撃も近接戦闘も高水準でこなせるうえ飛翔《ひしょう》能力も高い、獅子《しし》の肉体と大鷲《おおわし》の頭部・翼を持つ汎用モデル・グリフォン――六百機。

遠距離・高威力砲台モデル・ベヒモス――二百機。

飛翔と速度特化モデル・八咫烏《やたがらす》――二百機。

魔法と兵器のハイブリッド生体ゴーレム。痛みも疲労も知らない魔王の殺戮《さつりく》軍団、計千機。その名を――

――ハジメ専用一人軍隊《ワンマン・アーミー》 グリムリーパーズ
エヒトルジュエとハジメの号令は、同時だった。

「光の使徒よ、不格好な魔物もどきを駆逐せよ！」

「死神共、木偶《でく》人形を狩り殺せ」

直後、光の使徒が光芒《こうぼう》を引きながら突撃し、金属のグリフォンと八咫烏が迎撃に飛び出した。

残像を引き連れながら高速移動する光の使徒を、グリフォンは正面から迎え撃ちながらも背中の一部をスライドさせた。

そうすれば、放たれるのは総計六千発のペンシルミサイル。

空間制圧の大爆撃が光の使徒の猛進を一時期的に止める。

その隙に、重力自在かつ燃焼粉を利用したジェット推進で高速飛行する八咫烏が急迫。光の使徒を狙い撃つ絶好の位置へ着くや否や、カパリと開いた嘴《くちばし》の奥に銃口を覗《のぞ》かせてレールガンの一撃を放つ。

一つどころには留《とど》まらない。そのまま上昇し、頭上を取りながら今度は内蔵〝宝物庫〟からクラスター爆弾の豪雨を降らせた。

光の使徒の一部が空爆域から離脱する。それを待っていたかのようにグリフォン隊が襲いかかった。

嘴と翼、そして爪に〝空間切断〟を発動しながら、口内のショットガンを連射する。腹の底に響くような重い射撃音と共に、一粒一粒が多段魔力衝撃波を放つ散弾が光の使徒にヒットした。

通常の使徒と光の使徒との違いは、〝核〟の有無と肉体の強度らしい。

貫通特化の〝徹甲弾〟で〝核〟を穿《うが》たずとも、光で構成された肉体には魔力衝撃波が有効らしく、確実にダメージが入り一部が四散する。

代わりに、三重輪後光がある限り無限に湧き出すということなのだろう。

あっという間に数百体が追加で生み出された。

そこへ、地上から圧巻の地対空攻撃が放たれた。

地球の戦車の二倍はあろうかという巨体――ベヒモスの背中から計四門のガトリングレールガンが咆哮《ほうこう》を上げている。脇腹部分からは六連ミサイルが左右二門ずつ、顎門《あぎと》からは百二十ミリの電磁加速された砲弾が、更に両角が赤熱化したかと思えば太陽光集束レーザーまで飛び出す始末。

リスポンキルというべきか。三重輪後光から光星や光の使徒が出現する端から粉砕しにかかる。

当然、その中心にいるエヒトルジュエにも怒濤《どとう》の攻撃が及ぶが……

「なるほど、愉《たの》しませてくれる」

気にした様子もなかった。全ての攻撃はエヒトルジュエから一定の距離で見えない壁に阻まれ停止してしまうのだ。

エヒトルジュエの視線は次々と霧散させられる光の使徒と、敗北を察した瞬間に自爆して最低でも相打ちに持ち込むグリムリーパーズだけに注がれている。

「どれほどの神代魔法を組み込んだのやら。とても人間の業とは思えんな。限界突破の特殊派生〝真匠《しんしよう》〟……久しく見なかったが、神代魔法と組み合わさるとここまで発展するとは。いや、異世界の知識も多分に含まれるか。実に興味が――」

「よく回る口だな。会話に飢えてんのか？」

エヒトルジュエの考察を、ドンナー＆シュラークの銃撃で遮る。

流星群とクロスヴェルトの弾幕。光の使徒とグリムリーパーズの衝突で荒れ狂う空間を真紅の閃光が走った。

銃声は二発。閃光も二条。されど放たれたのは十二発の〝徹甲弾〟だ。

六発ずつ縦一直線に並んだ超精密射撃は、信じ難いことに戦域を素通りした。入り乱れる両陣営の戦力をすり抜け、爆撃や衝撃の狭間《はざま》すら抜けて、冗談のようにエヒトルジュエの胸部と額を狙い撃ちにした。

一ミリの狂いもない物理的な同箇所多段撃ち。

その絶技と格別の弾頭には、神の障壁でさえも耐えられなかったらしい。

パァアアンッと粉砕音が響き渡り、魔弾が神に直撃する――

「我が障壁を破るか！　しかも、恋人の急所を躊躇《ちゆうちよ》なく狙うその性根……本当に楽しませてくれるな、イレギュラーよ！」

やはりノーダメージだった。

いつの間にかエヒトルジュエの周囲には黒く渦巻く球体が幾つも浮いていた。

重力魔法〝禍天《かてん》〟だ。ユエのそれより遥《はる》かに小さく、子供の拳サイズでありながら効果は数倍も上らしい。おまけに発動速度が異常だ。

障壁を破壊されてから発動し、その至近距離で電磁加速された弾丸が完璧に逸《そ》らされてしまった。

その事実にハジメの表情が僅かに険しくなる。反比例するようにエヒトルジュエの表情は愉悦に歪《ゆが》んだ。攻防が逆転する。

「――〝四陣・震天《しんてん》〟」

四方から襲い来る空間震動の魔法。衝撃を余すことなく中心部に伝える破壊の極限がハジメを粉砕せんと発動する。

「二度も受けるかよ！」

魔眼石《まがんせき》に付与した空間の異常をいち早く察知する機能が功を奏した。

限定範囲を爆砕する魔法であることも手伝って、クロスヴェルトを二十機引き連れながら一瞬早く効果範囲から離脱することに成功する。

「——〝禍天〟」

超重力場がハジメの頭上に即時展開されたが、叩《たた》き落とされることはなかった。

ハジメの襟元から跳ねるようにして出たネックレス。それに通された七つの指輪の一つが一瞬だけ輝く。

——防御用アーティファクト　守護の指輪《タリスマン》

七つの神代魔法に属する魔法を無効化ないし軽減するアーティファクトだ。

今も周囲の重力異常を〝重力のタリスマン〟で中和したのである。

その事実を看破したのだろう。

「——〝震天〟〝衝魂《しょうこん》〟〝滅壊《めっかい》〟……〝看破〟」

立て続けに神代魔法を放つエヒトルジュエ。

広範囲の空間爆砕、魂魄《こんぱく》への直接的衝撃波、アーティファクトの遠隔破壊、更には昇華魔法の神髄の一つたる〝情報看破〟まで。

その全てが、〝空間〟〝魂魄〟〝生成〟〝昇華〟のタリスマンが輝くと同時に中和され、軽減され、阻まれる。

「ほぅ……見事だ。では、少し方法を変えようか」

ハジメの背筋に悪寒が駆け抜けた。

眼前に、否、上下左右背後にも白金の渦が出現する。そこから射出された数多《あまた》の光星が全方位から殺到した。

「その程度！」

クロスヴェルト四機一組で、正面以外に長方形の障壁を展開する。

新型機はワイヤーで繋《つな》ぐ必要がなく、障壁や結界の形は自在だ。輝くタワーシールド型の空間遮断障壁が展開されると同時に、ハジメは虚空へ新たな兵器を取り出した。

一見するとガトリングレールガン〝メツェライ〟だ。だが、従来のそれとは大きさが違う。三倍以上はあろうかという巨大さだ。

――超大型電磁加速式ガトリング砲　メツェライ・デザストル
言うなれば、メツェライを六つ束ねて一つの兵器としたガトリング砲だ。故に、威力は単純に六倍。吐き出す弾丸の数も六倍。毎分七万二千発の連射能力を持つ怪物中の怪物だ。

ヴォッ!!　と空気が破裂したような異音が轟《とどろ》いた。

一瞬で薬莢《やっきょう》のスコールが発生し、弾丸は濁流と化す。

正面の流星群を白金の渦ごと消し飛ばし、射線上にいた光の使徒さえも木っ端微塵《こっぱみじん》にしながらエヒトルジュエに迫る。

「凄《すさ》まじいな。では、我も一段引き上げようか」

白金の渦がエヒトルジュエの両サイドに生み出される。しかし、今度のそれは攻撃を吐き出すものではなく、呑《の》み込むものだったらしい。

真紅の濁流が両断でもされたみたいに真っ二つに分かたれた。二つの白金の渦に引き寄せられ、綺麗《きれい》にエヒトルジュエを避けて呑み込まれていく。

〝絶禍《ぜつか》〟なら許容量オーバーで消し飛ばせる威力なのだが、同じ性質でも白金のそれは段違いの力を有しているらしい。

「……これでも届かない、か」

新たに隊列からクロスヴェルトを呼んで、己の周囲を囲む白金の渦を後ろから攻撃させる。流石《さすが》に〝空間炸裂弾《エリアバーストブレット》〟は有効なようで、弾《はじ》けるようにして消えた。

クロスヴェルトが陣形を変える。ハジメを中心にして大雑把な球体陣形を作り、四方八方から放たれる光星の弾幕を迎撃する。

「だが、無敵じゃない。壊せるなら破壊力を上げるだけだ」

数に数で対抗するためのガトリングを〝宝物庫〟にしまい、代わりに取り出したのは八十八ミリ電磁加速式狙撃砲《レールキャノン》〝シュラーゲンA《アハト》・A《アハト》〟。

地球で使おうものなら戦艦の土手っ腹にさえ容易《たやす》く風穴を開けられるそれが、一直線にエヒトルジュエへ迫る。

弾速、弾頭の重量、威力。何もかもが個人兵装の領域を遥かに超えている。白金の渦を以《もっ》てしても引き寄せ切ることはできないだろう破格の攻撃だ。

だというのに、

「ところで、イレギュラーよ。アルヴヘイトをどのように打倒した？　死にかけのお前に敗北するほど、奴《やつ》の神性は低くはなかったはずだが？」

世間話のように会話を始めるエヒトルジュエ。

最強クラスの火力を前にしても余裕は崩れず、実際、届かなかった。

エヒトルジュエの前に五重の障壁が展開される。見えない壁ではない。白金に輝く可視化された障壁だ。

砲弾は四枚目までを粉砕したが、最後の一枚には亀裂を入れるだけで威力を失ってしまった。

だが、ハジメの闘志は些《いささ》かも衰えない。

「ハッ、あの俗物が神？　笑わせるなよ。無様に命乞いしながらあっさり死んだぞ」

あくまで見下し、次の手を打つ。

いつの間にかエヒトルジュエの背後に回り込んでいた可変式円月輪《オレステス》の〝ゲート〟を展開し、シュラーゲンA・Aを真横へ放つ。

対となるオレステスの〝ゲート〟を介して、エヒトルジュエの背後から空間跳躍砲撃が放たれた。

もちろん、間には三重輪後光がある。あるいは先にそちらを破壊できるのではと考えたのだ。本人を狙ったわけではないから防御も一拍遅れるのではと。

「あっさりとなぁ。ふふ、隠しても無駄だ。──概念魔法を発現したのだろう？」

防御の必要もなかったらしい。

三重輪後光は健在だった。一瞬、ノイズが走ったみたいに明滅したが破壊されることはなく、術者のもとへ貫通させることもなかった。輪後光自体が強力な防壁になっているらしい。

お返しとばかりに、エヒトルジュエの手がゆるりと振るわれる。

三重輪後光から極太のレーザーが放たれた。一目で分かる。白金色でも、あれは〝分解砲撃〟だと。

空間を両断するように薙《な》ぎ払われたそれで、少なくないグリムリーパーズとクロスヴェルトが塵芥《ちりあくた》にされる。

空中に飛び上がることで回避したハジメは、クロスヴェルトの球体防御陣にできた穴を突いて殺到した流星群と光の使徒を蹴散らすべく、シュラーゲンＡ・Ａをミサイル＆ロケットランチャー〝アグニ・オルカン〟へと換装した──刹那。

「──ッ!?」

虚空より雷が落ちた。極限まで集束・圧縮されたそれは、もはや雷でできた槍《やり》だった。

あえて名付けるなら、神の放つ雷の槍──〝雷神槍《らいじんそう》〟。

予兆なき空間跳躍攻撃。魔眼や感知系技能、そして〝瞬光《しゅんこう》〟により爆発的に上昇した知覚能力を以てしても反応しきれない死角からの近距離雷速攻撃だ。

辛うじてアグニ・オルカンを盾にできただけでも、十分に人外の反応速度だろう。

ただし、武器破壊と誘爆までは避けられなかったが。

「ぐぅっ」

思わず呻《うめ》き声《ごえ》が転がりでる。咄嗟《とっさ》に手放したものの大火力のミサイルを何発も内蔵していたのだ。それが至近距離で誘爆した破壊力は絶大。おまけに、〝雷神槍〟も圧縮していた雷を解放して雷撃を撒《ま》き散らす始末。その威力もまた桁外れだった。

〝金剛《こんごう》〟と金属製鎧《よろい》より頑丈なコートの防御力を貫いて、遂《つい》にダメージが入る。

（……やっぱ、まだまだ手札を持ってるか）

最大限の警戒を周囲に配りつつ、息つく暇もなく空を駆ける。立ち止まれば飽和攻撃の良い的だ。

「概念は……〝神殺し〟か？　分かるぞ。それこそお前の切り札であり希望。懐に忍ばせ、虎視眈々《こしたんたん》と必殺の瞬間を狙っているのだろう？」

三重輪後光の攻撃パターンが変化した。

白金の分解砲撃が幾条も放たれ、途切れることなく空間をランダムに切り裂く。

光星が通常のものと巨大化したものに分かれた。透明度が高く、ともすれば宙を舞う輝泡《バブル》のようにも見える。空間を埋めるように広がっていく様が地味に鬱陶しい。

グリムリーパーズが触れた途端、爆裂するのでなおさら。

光星が弾丸なら、輝泡は爆弾といったところか。

更には、光星自体も不規則な動きを見せるようになった。

真白の空間に乱舞する白金の星々と、その間を駆け抜ける稲妻の如《ごと》き真紅の閃光《せんこう》は、傍《はた》から見れば心奪われずにはいられない絶佳というべき光景だ。

「そうすれば吸血姫と我を引き離せると、我の魂だけを殺し最愛の女を救い出せると、そう信じているのだろう？　くくっ」

嘲笑《あざわら》うエヒトルジュエの頭上に、オレステスの〝ゲート〟を通してクロスヴェルト自体が転移してきた。

大時化《おおしけ》の海の如く荒れる戦場をすり抜けて、ドンナー＆シュラークによる超精密射撃も飛来する中、直上からも一斉射撃が放たれる。

腕を一薙ぎ。手を振るように。

それだけで、転移したクロスヴェルトが全機、両断されてしまった。

不可視の刃、空間割断だ。落ちる寸前、自爆して内蔵された弾丸を破片手榴弾《しゆりゆうだん》のように撒き散らすが、それすらエヒトルジュエの手前の空間で弾かれて届かない。

ドンナー＆シュラークの銃撃も、今度は白金の渦による転移でそのまま返されてしまう。

――やはり、強い。

ハジメは素直に、そう評する。

術の展開速度、発動規模、威力、どれをとってもユエを軽く超えている。ハジメでなければ瞬殺必定だろう。それとて、多分に遊んでいる節があるのだから、まったくもって悪夢のような存在だ。

ハジメは一瞬、何かを考える素振りを見せたあと、溜息《ためいき》を一つ。言葉を返した。

「……そこまで読むか。まぁ、誤魔化す気もない。なんなら試してみろよ。俺の切り札に耐えられるかどうか」

「くくっ、前提からして間違えているというのに、よく吠《ほ》える。正に、滑稽の極み」

心底おかしくてならないといった様子で嗤《わら》うエヒトルジュエ。

わざわざ攻撃の手を止めてまで、その悪辣さを遠慮なく発揮しハジメの精神を嬲《なぶ》りにかかる。

「中々に、甘美な響きであった」

「あ？」

「吸血姫――ユエだったか。お前の女の悲鳴は、甘く蕩《とろ》けるようであったぞ」

「……」

ストンとハジメの表情が抜け落ちる。

「肉体の主導権を奪われ、もはや魂魄のみの存在となりながらもよく抗《あらが》っていた。我には見えていたよ。魂の端から消えゆく恐怖に震え、その痛みに悲鳴を上げ……最後の言葉は、〝ハジメ、ごめんなさい〟だったか。ふふふっ」

「……」

「お前は間に合わなかったのだよ、イレギュラー。希望など最初からありはしなかったのだ！　ふはっ、ふはははははっ」

哄笑《こうしょう》を上げるエヒトルジュエ。

だが、そんな底なしの悪意を前にしても、ハジメは揺らがなかった。

表面上はあくまで冷徹に、表情を消したままシュラーゲンＡ・Ａを再召喚し、放つ。

それを当然のように白金の多重障壁で防ぎつつ、エヒトルジュエは興ざめしたような表情となった。

「つまらん。最愛の女ではなかったのか？　なぜ折れぬ」

「逆に聞くが、なぜ自分の言葉を信じてもらえると思ったんだ？　まして、神気取りのクソ野郎の言葉を」

敵対者の言葉を鵜《う》呑《の》みにする奴なんぞいないと鼻で嗤うハジメ。

エヒトルジュエの目が探るように細められる。暴言よりも、ハジメが神性を否定したことが気にかかったようだ。揶揄《やゆ》ではなく本心と察したからだろう。

「神気取りとは異なことを。未《いま》だに我が身へ一撃も与えられていないというのに。これぞ神と人の差であると分からぬのか？」

「分かるさ。お前は神なんかじゃない」

あまりにきっぱりと断言するハジメに、エヒトルジュエは驚きをあらわにし、興味深げに問い返した。

「ほぅ……何を根拠にそう言う？」

「簡単な話だ。お前の知覚は奈落の底のユエを、そして、この大陸の外に隠れた竜人族を捉えられなかった。世界の創造主にしては矮小《わいしょう》すぎるだろう？」

何より、と。ハジメは研究者が真実を見通すような目で続けた。

「お前は肉体という器を求めた。降臨にも異世界に渡るにも器が必要だと。それが答えだ。肉体のある状態こそが、お前の正常なんだよ」

それはつまり、魂魄《こんぱく》だけで存在していることが、やむを得ない状態であるということ。

おそらく【神域】は延命のための領域なのではないだろうか。

だとするなら、エヒトルジュエという存在は、超越的な力を持ってはいるものの。

「お前は人間だ」

けれど、その力はトータス世界の存在としてはあまりに隔絶しているから。

そして、〝異世界から召喚する〟なんて発想は、偶然にも異世界の存在を知覚した、なんてことでもない限り普通は出てこず、その知覚能力の限界はユエとティオの存在が証明しているから。

「おそらく、俺達《たち》と同じ異世界の人間」

【神域】の異空間内で見てきた多種多様な文明は、本当にかつてのトータスで発展したものだけだったのだろうか。それにしては、異質に過ぎる世界もあったように思う。

故に、ハジメはそう結論づけたのだ。

その推測を、エヒトルジュエは拍手を以て称賛した。そして、

「それを見抜いた人間は、お前が初めてだ。ただし、一つだけ訂正しておこう」

不敬不遜を純粋な力を以て正した。

「ぐぉっ⁉」

エヒトルジュエから莫大《ばくだい》な力が噴出する。白金の魔力が衝撃を伴って放射され、最前線にいたグリムリーパーズが一瞬で粉砕されてしまう。

ハジメでさえも顔を庇《かば》うようにしながら数十メートルも後方へ吹き飛ばされてしまった。にもかかわらず、それは攻撃ではなかった。ただ、存在の格が上がった際の余波に過ぎないのだと、ハジメには理解できていた。

(やっぱ使えるわな。昇華魔法、あるいは限界突破か……)

三重輪後光が更に巨大化し、輝きを強める。天地を揺るがすが如きプレッシャーは、遥《はる》か霊峰を仰ぎ見るかのよう。

そのうえ、エヒトルジュエがおもむろに手を掲げれば。

虚空に雷鳴が轟《とどろ》き、蒼炎《そうえん》が爆《は》ぜた。

暴風が吹き荒れ、空気が凍《い》てつき、白煙が渦巻いた。

ハジメにとって見慣れた光景。しかし、そこに集束される力の大きさは過去に見たそれを遥かに凌駕《りようが》する。

三重輪後光から生まれくるは五体の天龍。

ユエが創り出した重力魔法と最上級魔法を複合した凶悪にして壮麗なる蹂躙《じゅうりん》の権化。

それら天龍が、ギロリと赤黒い双眸をハジメに向けた。

「っ、魔物化させたのか」

ハジメの魔眼石《まがんせき》が、脈打つ赤黒い鉱石を〝天龍〟の内に見る。魔石だ。

変成魔法と魂魄魔法をも複合させ、〝魔龍〟とでも呼ぶべきものに昇華させたらしい。

「信仰心を存在昇華の力に変える秘儀。それは間違いなく我に神性を与えた。故に――」

エヒトルジュエを中心に、〝五天之魔龍〟がとぐろを巻く。

三重輪後光を背負い、凶悪な龍を侍《はべ》らせる女神の姿はあまりに美麗で、地球にて語られる美の女神すら裸足《はだし》で逃げ出しそうだ。

神話の一ページに出てきそうな神々しさを放ちながら、エヒトルジュエは宣言した。

「我は神である」

直後、〝五天之魔龍〟が一斉に咆哮《ほうこう》を上げた。

肌が粟立《あわだ》つような明確な殺意を感じる。

三重輪後光も攻撃を再開した。流星群と閃光、そして光の使徒が溢《あふ》れ出る。

グリムリーパーズとクロスヴェルトは確実に減っているのに、相手は無限。そのうえ、先程までより威力も速度も物量も倍増している。

さしものハジメも冷や汗を噴き出さずにはいられない。頬も引き攣《つ》る。

（まぁ、最初から覚悟していたことだ）

軽く肩を竦《すく》め、深呼吸を一つ。正念場だと油断なく構える。

対するエヒトルジュエはどこまでも典雅に、けれど内面の醜悪さを隠しもせず、

「どれ、我の起源を見抜いた褒美だ。少し昔語りをしてやろう。語り終わる前に死んでくれるなよ？」

そう告げて、薄ら笑いを浮かべた。

「知ったことかよ」

ハジメは吐き捨て、シュラーゲンA《アハト》・A《アハト》を放つ。

ほぼ同時に、パシィ！　と乾いた破裂音が響き、〝雷龍《らいりゅう》〟が姿を消した。その巨体を一筋の雷に変えて雷速移動したのだ。刹那のうちに現れたのはハジメの側面。

「我の故郷は、魔法技術が発展した世界だった。星そのものを管理下に置き自然現象の全てを掌握していた、と言えば少しは文明のレベルを想像できるかね？」

八十八ミリ砲弾は、今度は障壁を二枚割るに留《とど》まった。すかさずドンナーの同箇所精密射撃を入れたのだが、やはり段違いに強固となっており、まるで届かない。

一方で、真横から肉迫した〝雷龍〟が雷鳴の咆哮を上げながら肉迫してくるが、ハジメはクロスヴェルトによる四点《してん》結界を展開してこれを防御した。

（ぐっ、タリスマンでも中和しきれないかっ）

顎門《あぎと》内の重力場で結界が軋《きし》む。圧縮された雷撃の嵐こそ防いでいるが、このままでは十秒と持たずに、〝重力のタリスマン〟は過負荷で破損するだろう。

ドンナーをガンスピンし一瞬で空中リロードすると、〝雷龍〟の魔石を見極め引き金を引く――という寸前で、再びパシィッと軽い音をさせて〝雷龍〟が消えた。

（速いっ）

息つく暇もない。〝魔龍〟同士が完璧なる入れ替わり《スイッチ》を披露する。頭上から〝蒼龍《そうりゅう》〟が爆発音の咆哮を上げて落ちてきた。

「だが、発展し過ぎた世界が末期を迎えるというのは自然なこと。我の世界も、その例に漏れなかった」

真白の世界が唐突に別世界となった。再生魔法における過去視の魔法を空間全体に投射したのだろう。まるで宇宙の虚空に立っているかのような状況だ。エヒトルジュエの視線の先では、一つの星が異様な光を放っていた。

だが、ハジメにそれを気にしている余裕はない。

高速移動で宙を駆けながら、〝蒼龍〟に向けてシュラーゲンＡ・Ａを照準する。

レールキャノンの速度と威力は、いかに〝魔龍〟といえど対応できるものではない。が、引き金を引く寸前で、真横数メートルの距離から〝雷神槍《らいじんそう》〟が放たれた。

シュラーゲンＡ・Ａの引き金が引かれるのと、〝雷神槍〟が砲身に直撃したのはほぼ同時だった。

砲弾は放たれた。しかし、照準は僅かにずれてしまった。真紅の閃光《せんこう》は〝蒼龍〟の半身を消し飛ばしたが、それだけ。

直《す》ぐに火勢を増して復元した〝蒼龍〟に対し、シュラーゲンA・Aは先のアグニ・オルカンと同じ末路を辿《たど》ることになった。

「理《ことわり》に至ってしまったのだよ。神代魔法――我の世界の言葉でなら〝理法術〟。世界の根幹への干渉技術は我等《ら》の知的好奇心を最大限に刺激した。そして――」

エヒトルジュエは肩を竦めた。まるで悪びれた様子もなく、玩具《おもちゃ》を壊してしまった子供のような表情で視線を落とす。

直下に、逃げ惑う人々の姿が見えた。空間が歪《ゆが》み、大地は崩壊し、その亀裂から正体不明の粒子が噴出し、唐突かつランダムに人が絶命していく。地獄絵図だった。

その頭上を〝嵐龍《らんりゅう》〟が通り過ぎ、上方にいるハジメに向けて〝咆哮《ブレス》〟を放った。

背後からは〝石龍《せきりゅう》〟が、左側からは〝氷龍《ひょうりゅう》〟が迫る。

咄嗟《とっさ》に可変式円月輪《オレステス》の〝ゲート〟を使って〝嵐龍〟の〝咆哮〟を放逐防御しようとする。

が、それを見越したように、オレステスが唐突に凍てついた。

「座標攻撃かっ」

〝氷龍〟の凍結能力はピンポイントで行使できるらしい。〝ゲート〟が機能せず、数千数万の風刃《ふうじん》がオレステスを粉砕しながらハジメを呑《の》み込んだ。

「チィッ」

思わず舌打ちが出るも、クロスヴェルトの結界で辛うじて防ぐ。

同時に、ベヒモス数体に光の使徒ではなく〝魔龍〟を狙わせ少しでも攻撃密度を下げようと試みる。

更には、八咫烏《やたがらす》にもエヒトルジュエの頭上からクラスター爆弾を豪雨の如《ごと》く降らせるが、流星群に途中で撃墜され、キラキラと粒子を振りまくだけに終わってしまう。

エヒトルジュエの表情には煩わしいという表情すら浮かんではいない。

昔語りに夢中らしい。想い出《おもいで》のアルバムでも見ているみたいに、過去を次々と空間に投射しては懐かしげに目を細めている。

「世界の理自体が崩壊した。もはや、人類は星と共に滅びる以外の道がなかった。……一部の〝到達者〟以外はな」

四点結界を二重三重に展開し、半ば籠城状態でクロスヴェルトによる全力射撃とオレステスによる結界内外の空間跳躍射撃で〝魔龍〟に対抗するハジメ。

五方向から雷撃・蒼炎・氷雪・風刃・白煙のブレスが一点集中で放たれる。

〝石龍〟と〝氷龍〟にベヒモスの対空攻撃が殺到し、魔法で構成されたその肉体を吹き飛ばしていくが、やはり魔石を破壊しない限り消滅はしないらしい。

とはいえ、攻撃の圧力は減じた。復元する端から体を吹き飛ばされて動きの鈍った二体を狙い撃とうとする。

その瞬間、背筋に悪寒が走った。バッと視線を転じれば、眼前に青白い焔《ほのお》の塊が迫っていて……

慄然とする。まずいと本能が警鐘を鳴らす。だが、気が付くのが致命的に遅かった。

拳大の蒼焔《そうえん》は、そのますすぅと結界を素通りした。

「があああああああっ!?」

ここに来て、ハジメが遂《つい》に絶叫を上げた。

無理もない。なぜならそれは、

(ユエのっ、〝神罰之焔《しんばつのほのお》〟ッ!!)

一切の障害を透過し、選定した魂魄の保有者のみを焼き尽くす。魂魄魔法と最上級炎属性魔法を複合した奥義の一つだったから。

だが、同じ神代魔法である〝空間遮断結界〟すら透過し、肉体のみならずコートなど装備品にまで焼損効果を及ぼすとは。

似て非なる上位互換魔法――〝神焔《しんえん》〟とでも言うべきか。

堪《たま》らず結界を解いて神の焔から逃れる。全力で〝魔衝破《ましょうは》〟を放ち、纏《まと》わり付く蒼炎と四方八方から迫る猛撃を吹き飛ばす。が、既に被害は甚大だ。

酷《ひど》い火傷《やけど》は当然、魂魄すら僅かに焼損し気の遠くなるような激痛に苛《さいな》まれる。魔力の総量も減少した。回復速度も落ちただろう。

当然、その隙を〝魔龍〟が狙うが、主の危機にグリフォン達が駆けつけ、自らの肉体を盾に爆散しながらも守り抜く。

その隙に右手のバングルに魔力を通した。再生魔法と魂魄魔法を組み込んだ回復用の新アーティファクト――〝回生の腕輪〟だ。本家本元には及ばぬまでも見て分かる速度で傷が塞がっていく。

「到達者――神代魔法の神髄を個人で扱える者のことだ。そう、我等だけは異世界へ退避することで滅びを免れたのだよ」

「世界を壊した原因が何を誇ってやがるっ」

投射映像が自然豊かな光景と、何かを話し合っている白服の一団を映し出す。それを眺めながら、まるで選ばれし者なのだと胸を張るエヒトルジュエ。

ハジメは思わず毒づきつつ、凶相を浮かべた。獣が牙を剝《む》くような表情だ。

召喚するは右にメツェライ・デザストル、左にリングと十字架を組み合わせたような兵器――太陽光集束レーザー〝ヒュベリオン〟。

地上で使徒を撃ち落としたものより、ずっと小型の個人兵装版だ。攻撃回数・範囲共に大幅に落ちるが、熱量だけは同等である。

ガトリングレールガンで〝蒼龍〟と〝嵐龍〟を牽制《けんせい》し、クロスヴェルトを広く展開して〝雷龍〟を狙い撃ちにさせる。

そして、ヒュベリオンの照準は、ベヒモスの攻撃で体を霧散させ、復元途中だった〝氷龍〟へ。

「いい加減に鬱陶しいんだよ」

陽光が〝氷龍〟を呑み込んだ。絶対零度の魔龍といえど、流石《さすが》に太陽には勝てなかったようだ。肉体ごと一息に魔石を消し飛ばされてしまう。

その最中、ベヒモスの援護を厄介だと考えたのか〝石龍〟が一気に降下した。

白煙を撒《ま》き散らし、瞬く間に数十機を石化させ、更に手近な一機に食らい付いた。

とはいえ、それは悪手だった。太陽の熱量を溜《た》め込んでいるのは何もヒュベリオンだけではない。石化していくベヒモスの角がスパークし、直後、自壊した。

そうすれば生まれる小型の太陽。〝宝物庫〟が崩壊し、内包された熱量が一挙に解放されたのだ。この自爆攻撃には〝石龍〟も耐えらず、一瞬で消滅した。

案の定というべきか。

〝雷神槍〟が襲い来る。ただし、今度は全方位から三十本だ。

大型兵器二機は流石に取り回しが悪すぎる。予想していたとはいえ誘爆に巻き込まれるのと直撃を避けるので精一杯。

ヒュベリオンとメツェライ・デザストルが雷撃の槍衾《やりぶすま》に貫かれて爆裂四散した。

「この世界は原始的であった。強大な生物が蔓延《はびこ》り、人類には文明の欠片《かけら》もなかった。分かるかね？　人が、自然如きに恐れをなして生きていたのだ！」

仲間意識があったのか。〝魔龍〟一体の撃破に、〝雷龍〟が怒りを感じさせる咆哮を上げた。弾《はじ》けるようにして消え、雷速でハジメに肉迫する。

「待ってたぞ」

ハジメはクロスヴェルトの結界を張った。身を守るためではない。自分ごと敵を閉じ込めるためだ。クロスヴェルト十二機により展開される正二十面体の結界内で、ハジメと

〝雷龍〟が激突する。

瞬間的に取り出した可変式大盾アイディオンで〝雷龍〟の顎門を防ぎつつ、押されるままに結界の縁へ。そのまま、自分だけギリギリ通れる範囲で結界を解いて脱出し、アイディオンを蓋代わりに〝雷龍〟を足止め。

穴を閉じると同時に結界範囲も一気に縮小させつつ、脱出寸前に残してきた〝空間歪《わい》曲《きよく》爆弾〟数十個を一挙に爆破する。

捻《ねじ》れ狂う空間に巻き込まれた〝雷龍〟の末路など言うまでもなく。

「異世界の人類とはいえ許し難い。故に、我等は人類を導くことにした。怪物共を駆逐し、我等を指導者として人類に繁栄をもたらすことにしたのだ。一度は失敗したが、だからこそ我等以上に新世界を正しく導ける者はいない。そうであろう？」

吐き気がするほど自分勝手で、理解不能なほど愚かの極みというべき考えだった。

なぜなら、投射される過去映像では、人々は確かに原始的ながらも怪物達《たち》と共存していたからだ。

自然と人類の調和を壊したのは誰か。一目瞭然だ。

という内心は言葉にする前に〝嵐龍〟に呑み込まれた。

「!?　風と同化したのか！」

魔法で構成された肉体を自ら解き、一陣の風となって不可視化。そのまま〝雷龍〟に対処した直後のハジメを死角から襲ったのだ。

気が付いた時には体内で、数百数千の高密度な風刃がハジメを切りつけ、更には風の礫《つぶて》が滅多打ちにする。

全力全開で〝金剛《こんごう》〟を展開するが、風刃は一撃一撃が名刀に等しい切れ味を有し、礫はまるで弾丸だった。

魔力の防壁を抜けた礫はコートの上から強烈な打撃を加え、風刃は手足などコートの防御が及び難い部分を切り刻んでいく。

「な、っめん、なぁあああああっ」

致命傷だけは避けて負傷は〝回生の腕輪〟に任せつつ、ハジメは裂帛《れっぱく》の気合いと共に電磁加速式ガトリングパイルバンカーを取り出した。

拷問にも等しい暴虐の嵐の中、自らの血風に包まれながらも歯を食いしばって引き金を引く。

射程は全兵器中で最も短い。だが既に体内だ。ならば、この兵器こそ保有兵器の中でも最高威力を誇るが故に。

漆黒の巨杭が信じ難い速度で連射される。たかが嵐程度では止められない。

故に、それはまるで体内から食い破られたかのような光景だった。

〝嵐龍〟が四散し、最後の一体が蒼《あお》き爆炎の咆哮《ほうこう》を撒き散らす。

「……それを理解できぬ者もいた。人類にも、我等の中にも」

排除したのだろう。この自己愛の塊のような神は、己の理想に従わない全てを。

投射映像を見れば分かる。都合が悪ければ、同胞すら手にかけてきたのだ。

「それから数千年、この世界はよく発展した。その頃からだったか。我の理想に賛同したはずの者達が、永遠の命を自ら捨て始めたのは。……〝もう十分だろう〟とはなんだ？　あのまま発展を続ければ、かつての栄光と繁栄を取り戻せたというのに！」

理解できない愚行を糾弾するように声を荒らげるエヒトルジュエ。そこに、この神を自称する者の愚かしさの根本が見えた気がした。

〝嵐龍〟の内から飛び出したハジメの視界の端に、エヒトルジュエが指を鳴らす仕草が見えた。あるいは、それは八つ当たりだったのか。

ガクンッとつんのめるハジメ。白金に輝くブロックがガトリングパイルバンカーを捕らえていた。空間固定の拘束魔法だ。〝空間のタリスマン〟に過負荷で亀裂が入る。

今までの比ではない効果は、過去の出来事に対するエヒトルジュエの魂が荒ぶっているが故か。

（やべぇっ）

ハジメの表情に焦燥が浮かんだ。空間固定は直《す》ぐに中和されて効力を弱めるが、一瞬の停滞は致命的だった。

全方位空間爆砕。〝四陣・震天《しんてん》〟に加え上下からも。威力自体も〝大震天〟クラス。

意識が一瞬、飛んだ。全身の骨が軋《きし》み、何カ所から致命的な音が鳴った。

カハッと吐き出された尋常でない量の血《ち》反吐《へど》が、砕けた〝空間のタリスマン〟の残骸と一緒に地面へ落ちていく。〝回生の腕輪〟による回復が追いつかない。

「最後の一人となり、どれだけの年月が経《た》ったのか。もう覚えていないが、ある日、我に崇拝を捧《ささ》げる者達を、そして壮麗な都で幸福に浸る人類の姿を見ていて、ふと思ったのだ。

──壊してしまおうと」

今まさに壊れかけた肉体を叱咤《しった》し、必死に〝空力《くうりき》〟の足場に立つハジメ。目、鼻、耳、〝嵐龍《らんりゅう》〟に切り刻まれた細かな傷から血を滴らせ、肩で息をする。

獣性を剝き出しにするような眼光をエヒトルジュエへ叩《たた》き付けるも、当の本人は崩壊していく都と人々の阿鼻《あび》叫喚《きょうかん》を映す過去映像を見下ろして恍惚《こうこつ》顔だ。

ユエの美貌であるからして、常人ならば人が知ってはならない禁断の領域を覗《のぞ》き見ているような心持ちにされるだろうが、ハジメからすれば腸《はらわた》が煮えくり返るだけだ。

「分かるであろう？　この世のものは壊した時にこそ真の美を放つ。それで得られる快楽は何物にも代え難い。何千年と守り、導いてきた全てを蹂躙《じゅうりん》した時の快楽はなんと甘美であったことか。民が上げる悲鳴、我に救いを求める絶叫……今でも、それだけははっきりと覚えている」

パチンッと鳴らされる指。

ハジメは直感のまま飛び退《の》いた。〝雷神槍《らいじんそう》〟が来ると踏んだのだ。

だがしかし、違った。空間跳躍攻撃なのは正解だったが、対象は別。視界の端に収めていた〝蒼龍《そうりゅう》〟が消えた。

総毛立つ。背後に猛烈な熱気と引力。振り返るまでもなく〝蒼龍〟が大口を開いているのが分かる。

回避はできなかった。体が咄嗟《とっさ》に言うことを聞かなかったから。

できたのは、ギリギリで呼び寄せることに成功したクロスヴェルトの四点《してん》結界を一枚展開することだけ。

巨大な顎門《あぎと》に食らい付かれる。視界を蒼が埋め尽くした。

「どれだけの時を生きたのか、それは忘れてしまっても、あの時の全てが崩壊する悦楽だけは忘れられなかった。故に、決めたのだ。この世界を我が遊戯の舞台にしようと」

エヒトルジュエの視線が遂《つい》に過去から帰ってきた。

灼熱《しゃくねつ》の蒼き業火に包まれるハジメを、見下しの微笑を浮かべて見やる。

触れたもの全てを容赦なく灰燼《かいじん》に帰す極限まで圧縮された蒼炎《そうえん》が、クロスヴェルトそのものを融解させていく。脱出しようにも、単純な咬合《こうごう》力と〝重力のタリスマン〟でも中和しきれないほどの重力場で動けず。更には、

「づぅううっ!!」

食いしばった歯の隙間から漏れ出たような苦悶《くもん》の声。驚くべきことに、〝蒼龍〟の炎は空間遮断結界を僅かばかりとはいえすり抜けていた。

いつの間に組み込んだのか。〝神焔〟には及ばぬまでも透過能力があるらしい。

集中的に〝回生の腕輪〟が狙われた。どろりと融解し手首を焦がす。

脂汗を流しながらも激痛を闘志で捻《ね》じ伏せ、ハジメはドンナーの弾丸を換装した。

あらゆる魔力を弾く性質を持つ封印石。シアの装備に大半を消費したため残量の少ないそれをコーティングした数少ない弾丸。

――特殊弾　対魔弾《アンチマジックブレット》
引き金を引く。一瞬解いた結界を抜け、通常弾なら一瞬で融解するだろう蒼の炎海を突き抜けた対魔弾は、狙い違わず〝蒼龍〟の心臓を撃ち抜いた。

破裂するように木っ端微塵《こっぱみじん》になる魔石と同時に蒼き炎も霧散していく。

「そう、全ては我の遊具なのだよ、イレギュラー」

エヒトルジュエから、もう何度も聞いた不吉な音が響いてくる。指を鳴らす音だ。

案の定、霧散しかけていた蒼炎が生き物のように蠢《うごめ》き、クロスヴェルト四機の内部へスルリと侵入した。直後、

「がぁっ」

ハジメの短い悲鳴と共に盛大な爆炎が上がった。

〝神焔《しんえん》〟の残火と誘爆の衝撃がハジメに追い打ちをかける。

ハジメは試験管型容器《アンプル》を召喚した。震える手でアンプルの先端を折り、中身を飲もうとする。が、その手を〝雷神槍〟が精密に撃ち抜いた。

「くそっ。最後の神水《しんすい》だってのにっ」

苦虫を噛《か》み潰したような顔で声を荒らげるハジメ。

それを聞いたエヒトルジュエの口角が吊《つ》り上がった。次の瞬間、

「魔人や亜人とはなんだと思う？」

そんな問いかけがハジメの直ぐ後ろから、耳元に囁《ささや》かれた。

戦慄と嫌悪に背筋を震わせつつも、義手の肘部分を激発させる。散弾が発射されると同時に、その勢いで高速回転。ドンナーの銃口を向けた。

だが、誰もいない。代わりに左手側に気配が発生した。

視界の端にエヒトルジュエの姿。その手が撫《な》でるようにガトリングパイルバンカーに触れる。途端、最後の高火力兵器が塵《ちり》に帰された。

接触状態なら〝生成のタリスマン〟が加護を発揮する猶予もないらしい。

「チッ」と舌打ちを一つ。ドンナーを発砲するが、真紅の閃光《せんこう》は虚《むな》しく宙を駆けるのみ。

エヒトルジュエの姿は、またもハジメの背後にあった。三重輪後光のうち最も小さい一重目だけを背負い、片手に光を凝縮してできたような大剣を持って。

（〝ゲート〟なしの転移――天在っ。やっぱ本人もできるか！）

〝雷神槍〟や〝蒼龍〟の転移を目の当たりにしたのだ。当然、予測はしていた。が、瞬時空間転移は想定以上に恐るべきものだった。

本能が鳴らすけたたましい警鐘に従い、全力で前方へ跳ぶハジメ。義手の激発も利用して一瞬のうちに光の大剣の間合いから離脱する。だが、

「ッッ!?」

背中の肩口から反対側の脇腹にかけて激痛が走った。

反転するに合わせて血飛沫《ちしぶき》が螺旋《らせん》を描く。斬られたのだ。距離も〝金剛〟も無視して、コートごと背中を斬り裂かれた。

見れば、エヒトルジュエの持つ光の大剣が、半ばから波紋を打つ空間の向こう側へ消えていて、先端部分が離れた場所から突き出していた。

切っ先がスッと縮んでいき波紋の向こうへ消える。エヒトルジュエの手には、元の形の大剣があった。

伸縮自在、空間跳躍斬撃、そして透過攻撃すらも可能な魔法剣らしい。〝大神剣〟といったところか。

「神の問答であるぞ。答えよ、イレギュラー」

苦悶に喘《あえ》ぎながらも、問いかけを無視してクロスヴェルトとグリムリーパーズをエヒトルジュエに向かわせる。

流星群や光の使徒との戦闘中に背後を見せるような行為であるから、当然、撃墜されてしまう機体も多く出たが背に腹はかえられない。

全方位から殺到するそれらに対し、エヒトルジュエは煩わしそうに目を眇《すが》め、ゆるりと片手を薙《な》いだ。

その瞬間、ハジメとエヒトルジュエだけを避けて空間が無数にずれた。まるで鏡を叩き割ったみたいに。

空間魔法〝千断〟――無数の空間断裂を生み出す魔法だ。

だが、名称にある千を断つなんてレベルではない。軽く万を超える断裂は、流星群も光の使徒さえも巻き込んで広大な範囲を絶対切断の領域に変え、グリムリーパーズを一撃のもとに全滅させてしまった。クロスヴェルトも、ハジメの直ぐ近くに控えていた四機以外は全て細切れにされてしまう。

映像投射が終わり真白に戻った空間が、クロスヴェルトとグリムリーパーズの爆炎で彩られた。

一方で、遥《はる》か背後にて健在の二重目・三重目の輪後光からは何事もなかったかのように光星と光の使徒が生み出されていく。

エヒトルジュエに疲弊の色は皆無。息すら乱れてはいない。

その余裕の表情は、ハジメを歯牙にもかけていないことが明白だった。

対するハジメは既に満身創痍《まんしんそうい》だ。

金属鎧《よろい》より頑丈な黒コートはボロ雑巾のようで、衣服は血を吸い込んで見るからに重く湿っている。血を被《かぶ》ったように鮮血に染まる白髪が痛々しい。頰を流れ落ちる血は、まるで血涙のようだ。

拮抗《きっこう》していた、とは言い難い戦いだっただろう。

そのことに歯がみしつつも、少しでも回復するため問答に応じるハジメ。

「はぁはぁ、ぐっ……原住民……じゃないのか」

「不正解だ。魔人も亜人も、人間と魔物の合成生物。正真正銘、我が創造主なのだ」

「……なんだってそんなことを……いや、そうか。器を作るための実験の産物か」

「ほぅ、理解が早いな。正解だ」

大神剣を適当に振りながら、愉《たの》しげな笑みを浮かべるエヒトルジュエ。

曰《いわ》く、エヒトルジュエの元の肉体は、あらゆる魔法技術を注ぎ込んでも、やはり悠久の時には勝てなかったらしい。

そして、信仰を存在昇華の力に変える秘儀により強大となった魂魄《こんぱく》を宿せる肉体は、そう簡単には見つけられなかった。故に、創造することにしたのだ。

亜人は肉体強度を重視し、魔人は魔素との親和性を重視して、おびただしい数の人体実験の果てに。

「竜人や吸血鬼は悪くない結果ではあった。が、やはり足りぬ。竜人に至っては途中で見切りを付けた。……高潔を謳《うた》う種族が迫害と裏切りの果てに絶滅するという余興は、中々に面白くはあったがな」

少し躓《つまず》いたことに照れるような表情で肩を竦《すく》めるエヒトルジュエ。

ティオ達《たち》の苦悩や悲嘆を思うと殺意しか湧かない。

煮え立つ怒りを抑え込むハジメを一瞥《いちべつ》して嫌らしく口元を歪《ゆが》めながら、エヒトルジュエの舌は滑らかに動く。

「希《まれ》にアルヴヘイトや解放者など、神の器としての適性を持つ者もいたが……」

「遥か昔、叡智《えいち》を授けた者達の子孫で、かつ先祖返りした者のことだ。我が魂を宿しても耐えられる。そうかからず自壊するがな」

「適性……」

「だから……っ、神域で待った。世界を……くっ、弄びながら……」

「そうとも！　そして見つけたのだ！　三百年前に、遂に！」

両手を広げ、己を見せびらかすように喜色を浮かべるエヒトルジュエ。

ハジメは嗤《わら》った。ハッと鼻を鳴らして。

「吸血鬼の……国が、最終的に滅んだ、っ、のは……八つ当たりか？　大事な〝神子《みこ》〟を……殺されたと、思って……なぁ？」

やはり神とは言えない間抜けだと吐き捨てて、ドンナー＆シュラークを構えるハジメ。

どこまでも不遜なハジメに、されど、エヒトルジュエは涼しい顔で片手を胸元に添えた。

その礼が皮肉に溢《あふ》れていることは、ヘドロのように粘着質な笑みが証明している。

「改めて礼を言うぞ、イレギュラー。我の器を見つけ出し、ここまで楽しませたこと、真《まこと》に大儀であった。褒美に、最後は我自らの手で葬ってやろう」

「できるもんならなっ」

咆《ほ》えたハジメをせせら笑い、一拍。エヒトルジュエの姿が消えた。

ハジメは、構えたドンナー＆シュラークをそのまま全弾連射する。解き放たれた閃光は銃口の前に召喚したオレステスを通って背後に出現した。

案の定、そこにはエヒトルジュエがいた。

経験則からの読みだ。転移直後という完璧なタイミング。あえて狙いをばらけさせたので多少の回避行動では被弾を免れない。

しかし、エヒトルジュエに焦燥は皆無。驚愕《きょうがく》すらもなく。

腕が霞《かす》む。虚空に流麗な白金色の剣線が幾重にも重なった。と、同時に弾丸は真っ二つに割れてエヒトルジュエの後方へ通り過ぎていく。

至近距離からのレールガン複数発を、視認してから斬り裂くという目を疑う妙技。

焦点速度や反射神経の問題では、もはやない。どれだけ身体能力を上昇させようと、物理的に間に合うはずがない。

ならば、答えは一つだ。それが可能な技をハジメは知っている。

「神速かっ」

「ほぅ、そう名付けたのか。良い、我もそう呼称しよう」

振り返ったハジメは頬を引き攣《つ》らせつつも、クロスヴェルト四機から散弾を放つ。子弾一粒一粒が絶大な衝撃波を放つ特別製だ。

直撃寸前で、音も予兆もなく消えるエヒトルジュエ。

直感に従い、〝空力《くうりき》〟の足場を消して落下したハジメの頭上を、巨大なハサミの如《ごと》く二本の剣線が交差した。

「双大剣っ。覚えのある剣技だと思ったが、やっぱりか！」

「驚くことはあるまい？　使徒の使う剣術を主が使えぬはずもなし」

魔法だけではない。ユエが苦手とした近接戦闘ですら、己は神域にあるのだと豪語し肉迫するエヒトルジュエ。

その言葉に偽りはなかった。否、それ以上だった。

一瞬のうちに視界を埋め尽くす剣撃の嵐。〝瞬光《しゅんこう》〟を使ったハジメの目にすら〝線〟にしか見えない斬撃速度。

しかも、その全てが防御無視の透過攻撃だ。

「ぉおおおおおおっ」

義手の激発で体を吹き飛ばし続ける。〝空力〟と〝縮地〟の連発で小刻みに位置を変える。クロスヴェルト四機の波状攻撃で牽制《けんせい》する。

それらを残像すら残さない連続転移でかわしつつ、追随するエヒトルジュエ。

顔には余裕の笑みが浮かび、ハジメがオレステスによる空間跳躍&精密射撃などという絶技を以《もっ》て対抗しようと、まるで見せつけるように弾丸斬りを実行する。

そして、一瞬の隙とも言えない隙に、

「ほぅれ！　また装備が減ったぞ！」

レーザーの如き超速度で伸縮する大神剣がクロスヴェルトをまた一機斬り裂き、ついでとばかりに剣先が空間を越えてハジメの肩をスライスした。

「どうだ、イレギュラーよ！　手足をもがれるように頼みのアーティファクトを奪われる気分は！　物量戦で敗北し、今、近接戦闘ですら圧倒される気分は！」

「絶望しろってか？　冗談は存在だけにしろっ」

腹立たしいことに、流星群も光の使徒軍団も手を出してはこない。まるでハジメとエヒトルジュエの闘争を彩る闘技場の如く、球体状に取り囲んでゆるやかに周回するだけ。

状況を見れば確かに絶望的だ。

体は悲鳴をあげ、攻撃は届かず、それどころか刻一刻とダメージが増えていく。

「あといくつのアーティファクトを所持している？　それとも万策尽きたか？　そうでないと言うなら全てを出し切るがいい！　全てを潰して、お前の翳《かげ》らぬ顔を絶望に染め上げてやろう！」

「ぐぅっ」

呻《うめ》く間に振るわれた剣閃《けんせん》は十。

その全てを、ハジメはほとんど勘だけを頼りに回避する。だが、防御ができない以上完全とはいかず、体のあちこちを撫で斬りにされる。

遂《つい》に全てのオレステスも破壊され、その破片と鮮血が乱舞する中、ハジメは苦し紛れのように大量の手榴弾《しゅりゅうだん》を虚空に召喚した。

魔力衝撃波で周囲に吹き飛ばし広範囲爆撃を行う。

エヒトルジュエは効果範囲のものだけ斬り裂いた。痛痒《つうよう》は欠片《かけら》も与えられていない。

爆炎が何もないところで広がり、白煙が広がる。

視界を閉ざす効果は、しかし、やはり意味がなく。

ハジメが移動するに合わせ、エヒトルジュエが煙の向こう側に現れては消えて、また別の場所に現れては消える。夢幻の如く。

神出鬼没の連続転移と、そこから繰り出される神速の剣戟《けんげき》は、もはや全方位からの同時斬撃というべきもので。

歯を食いしばりながら、ハジメは必死にエヒトルジュエの動きを捉えようとするが……及ばない。

まるで詰め将棋の如く、確実に手札を潰され追い詰められていく。

「どうした？　〝神殺し〟を使わぬのか？　祈りながら使えば、あるいは幸運にもこの身に届くかもしれんぞ？」

「う、るせぇっ！」

もはや気概のみ。エヒトルジュエの挑発に返す言葉も語彙に乏しい。その瞳は、血を流し過ぎたせいか、それとも発動し続けている〝限界突破〟のせいか、微妙に焦点がずれ始めていて虚《うつ》ろになりつつある。

「ふむ。新たなアーティファクトを出す様子もなく、その身は壊れる寸前……潮時か」

エヒトルジュエが指を鳴らす。放たれるのは〝雷神槍《らいじんそう》〟の二十連撃。

嬲《なぶ》るように等間隔で放たれる雷速のそれを、呆《あき》れたことに、ハジメは辛うじて回避し、あるいは精密射撃で魔法の〝核〟を撃ち抜き、致命傷だけは与えさせなかった。

凄《すさ》まじいまでの生存本能というべきか。

だが、抵抗もそこまで。

クロスヴェルトの操作までは気が回らず直撃を許してしまう。内側から破裂するように爆砕し、〝雷神槍〟自体も内包する莫大《ばくだい》な雷を解放した。

「ぐぁあああああああああああっ」

筆舌に尽くし難い衝撃に、ハジメは絶叫と白煙を上げながら吹き飛んだ。

地面に叩《たた》き付けられ、何度もバウンドして俯《うつぶ》せに止まる。

瞬く間に出来上がる血溜《ちだ》まり。数え切れない裂傷と重度の火傷《やけど》。一部は炭化までしている。あまりに無残な姿は、一見すると既に骸《むくろ》だ。

エヒトルジュエが正面に音もなく降り立つ。

無様に地を舐《な》めるハジメに、これで終わりかと、玩具《おもちゃ》を取り上げられた子供のような表情をしながら止《とど》めを刺すべく一之大神剣を振り上げた。

その視線の先で、ハジメの指がピクリと動く。

「ほぅ」

思わず感嘆の声を漏らすエヒトルジュエ。その間もハジメの体は動き、ボタボタと白亜の地面を血で汚しながら体を起こしていく。

「神の格というものを骨身に刻まれて、それでもなお立ち上がるか」

「何度でも……言って、やる。お前は……神なんかじゃ、ない。むしろ、今、がふっ……

戦って、いる……地上の〝人〟よりも……弱い」

「減らず口を。お前でさえ、その有様だというのに」

この期に及んで舌戦を挑むつもりかと、呆れた表情をするエヒトルジュエ。

確かに、言葉どころか鼓動すら今にも止まってしまいそうな姿だ。

悪足掻《わるあが》き。勇猛に戦った者がやることではないと、見苦しいと、そう思われても仕方のない状態である。だが、ハジメは止まらない。血反吐《ちへど》に塗《まみ》れた言葉を紡ぐ。

「……確かに、その力は……脅威だ。奈落を……っ、出てから、ここまで死をっ……身近に、感じたことは……ない」

「支離滅裂であるな。理解し――」

「だが、それだけだ」

その言葉には、神の虚を衝《つ》く力強さがあった。

朦朧《もうろう》とした瞳の奥に、炎が垣間見《かいまみ》えた。意志の炎が。まだ消えていない。心は健在だと。

それを示すように言葉に力が込められていく。

「お前には、他者を……圧倒する意志がない。だから、俺の心は、決意は……揺るがない。

――お前はまるで怖くない」

「……負け惜しみか」

エヒトルジュエが白けたような表情になる。

対してハジメは、まるで先程までのエヒトルジュエのように遠い目をして、過去に思いを馳《は》せた。この世界で出会った強き人々のことを、絶体絶命の現状には似つかわしくない優しい声音で語る。

「俺は……知っている。最弱種族のくせに、想《おも》い一つで……人外魔境に挑める奴《やつ》を」

泣きべそを掻《か》きながら、それでも〝共にありたい〟と、ただそれだけの願いのために必死に走り続けた兎《と》人《じん》族の少女。

「……絶望を、突きつけられたのに……折れず曲がらず、想いを貫き通した奴を」

誰もが信じずともただ一人、希望を捨てなかった。恋した男を捜し続け、力が足りないならと体を変えてまで寄り添うことを選んだ一途《いちず》な少女。

「仲間のため……守るため……その身を盾にできる奴を」

いったい何度助けられたことか。普段はふざけているくせに、いざという時は誰よりも体を張る、聡明《そうめい》で情に厚い竜人の彼女。

「死の間際でも……友のことを一番に、想える奴を」

いつも他人ばかり優先して、本当は戦いなんて嫌いなのに、友のためなら最前線にだって立てる優しすぎるくらい優しい少女。

「世界が、変わっても……己の甘さを突きつけられても、己の信条を捨てない奴を」

迷い、怯《おび》え、苦悩し、傷ついて、それでも〝こうであれ〟と定めた自分を捨てない。突き進むだけのハジメに、立ち止まって振り返ることを諭してくれた恩師。

「何の力もない幼子のくせに、馬鹿な父親を止めるため体を張れる子を」

まだ四歳なのに、誘拐されども諦めず、暴走する奈落の化け物を前に一歩も引かず想いを伝えられる子。

そして、

「体を乗っ取られても、今尚《いまなお》、戦い続けている奴を」

信じている。そう、信じている。彼女の強さを。

ハジメの眼差《まなざ》しが、手も足も出ず圧倒され瀕死《ひんし》に陥った〝人〟の眼差しが神を貫く。

エヒトルジュエは気が付かなかった。

凪《な》いだ水面のように静かで、鋼鉄よりも強固で、呑《の》み込まれそうなほどに深い意志を宿した眼差しに、その名状し難い凄《すご》みに、己が気圧《けお》されて一歩後退《あとずさ》ったことに。

「奈落の魔物ですら底知れない殺意と生存本能を叩きつけてくる。だが、お前には何もない。空っぽだ。きっと、お前が仲間と共に積み上げてきたものを壊した時から、お前は空っぽなんだ」

ハジメが完全に立ち上がった。ふらつくこともなく、覇気を放ちながら。その手にはドンナー&シュラークが力強く握り締められている。

「お前の語りは聞こえていた。要は過去から何も学ばず、仲間の想いも汲《く》み取れず、自業自得の孤独に耐え切れなくなって癇癪《かんしゃく》を起こした……ただの甘ったれたガキだってことだろ？」

〝もう十分だろう〟とエヒトルジュエの仲間が言ったのは、きっと、文明的な営みができるようになった人々には、もう自分達《たち》の導きは不要だと思ったからに違いない。

そして、同じ悲劇を繰り返さないために手を引くべきだと、神の如き生ではなく、同じ人として生きて死のうと。

そうエヒトルジュエを諌《いさ》めようとしたのではないだろうか。

その想いを無視し、時には暴力で排除した。

永遠の生と、かつての栄光。それだけがエヒトルジュエの全て。

だから、誰とも共感できず、孤独に敗北し暴走した。

結局、エヒトルジュエという存在は、どれだけの時を生きようと、どれほど強大な存在になろうと、最後まで〝幼稚〟だったということだ。

だから、

「……ふっ、そうやって挑発し我の精神を揺さぶる魂胆か？　切り札を切り損なえば終わりだからな。涙ぐましい努力だ。だが、今のままでは到底〝神殺し〟は当てられまい」

ハジメの言葉の意味も理解できない。

遥《はる》か昔、仲間の心が分からなかったのと同じく。

ハジメが片足を引き、僅かに腰を落として、ドンナー&シュラークを相棒に構えを取る。

「そうだな」

静かな肯定の言葉。

だが、その直後……

「今のままならなぁっ!!」

ハジメから莫大な魔力が噴き上がった。

〝限界突破・覇潰《はつい》〟に加えて、更に五倍のスペック上昇。ハジメを中心に極大の竜巻が吹き荒れる。衝撃波を伴う真紅の暴風だ。

直上の流星群と光の使徒が消し飛ばされる。距離の近いものも衝撃の津波にさらわれるようにして四散した。

エヒトルジュエでさえ、思わず後方へ転移して距離を取るほどの常軌を逸した力の奔流が空間を圧する。

「馬鹿な。なんだこの上昇率は……」

エヒトルジュエが初めて表情を引き攣《つ》らせた。

その意識の間隙に、ハジメが踏み込む。否、消えた。

出現したのはエヒトルジュエの背後。

それは紛れもなく、神の知覚を超える移動速度だった。

ドンナーが炸裂《さくれつ》するのと、エヒトルジュエが〝天在〟を発動したのは同時。

転移したエヒトルジュエは、しかし、直《す》ぐに瞠目《どうもく》することになる。

「なっ!?」

ハジメが刹那のうちに眼前に出現したからだ。

紛《まご》うことなき転移である。断じて単なる超速度ではなかった。

「貴様っ、やはり〝天在〟を!?」

「瞬時転移が神の専売特許だなんて、誰が決めたよ」

ドンナーによる早撃ち《クイックドロウ》六連。自動回避・軌道補正能力付きの〝生体弾《リビングブレット》〟だ。

「ぬぅっ」

斬り捨てようとするも、〝神速〟発動下の視覚は瞬時に弾丸の軌道変化を確認した。迎撃は不可能と判断し、咄嗟《とっさ》に双大神剣を盾にする。

衝撃が迸《ほとばし》った。エヒトルジュエの体が後方へ吹き飛ぶ。

後退をさせられた。

その事実に不快感が込み上げるも怒濤《どとう》の攻撃はまだ終わっていない。

ハジメが再び背後に転移し、厄介な軌道変化弾を撃ち込んでくる。

「看破したぞ。位置を入れ替えるアーティファクトか!」

エヒトルジュエは確かに見た。

地面に散らばる薬莢《やっきょう》の一つがスッと消えたと同時に、その場にハジメが出現したのを。

正解である。

アーティファクト化させるものは、何も弾頭だけでなくていい。撃った後に捨てられる薬莢とて金属製なのだから。

〝双転移莢《エクスチェンジケース》〟――空間魔法と昇華魔法を組み込み、起点と薬莢の位置を相互に転移させるアーティファクトだ。起点は義手。肩部分に内蔵した宝珠だ。

エヒトルジュエは飛翔《ひしょう》した。戦域を再び空中に戻す。

地面には数えるのも馬鹿らしい数の薬莢が散らばっているのだ。どれが転移用のものか判別するのは至難であるし、あるいは、全てがそうなのかもしれない。だとすれば、どこへでも転移できることになる。

だが、その考えは少々甘かった。

ハジメがシュラークの引き金を引く。弾丸がエヒトルジュエを掠《かす》めるようにして背後に抜けた刹那、ハジメはそこに転移した。

〝双転移弾《エクスチェンジブレット》〟――放った弾丸と自分の位置を入れ替えたのだ。

背後に銃口を向け、再びドンナーから生体弾を放つハジメ。

エヒトルジュエは、それを〝神速〟で回避し、間合い無視の大神剣で横薙《よこな》ぎの一撃を繰り出す。

伸長した刃がハジメの体を上下真っ二つに両断する――が、そのハジメの体を突き破って真紅のカウンターが放たれてきた。

「幻影？　神の目を欺くか！」

またも逃げの一手を打たされる。〝天在〟で側面に転移したエヒトルジュエの視界に、分かたれたハジメの体が薄れて、虚空に溶け込むようにして消えていく姿が映った。

その背後には当然のように両断されていないハジメがいた。

連続して空間跳躍の斬撃を振るう。

だが、その全てがハジメを素通りした。

首を薙いだはずが、揺らいで消えて数十センチ後ろに無事な姿が現れる。腕を落としたはずが、やはり霧散して浅い切り傷一つの腕が現れる。

――義手内蔵宝珠型アーティファクト　幻想投影珠《ゴーストプレイ》
魂魄《こんぱく》魔法による霊体投射の魔法だ。あくまで魂の形を映像化して本体に重ねたようなものだが、気配や魔力は本人と寸分も変わらない。

そこに加えて、時に木の葉の如《ごと》くゆらりゆらりと揺れ、かと思えば稲妻の如く鋭敏に動き、そこに双転移弾による短距離転移も織り交ぜるハジメの体術が合わされば、神の目であっても誤認を強いられる。斬り裂くのは残影ばかり。

おまけに、いつの間にか薬莢が空中に乱舞していた。

重力魔法も付与されていたのだ。無重力空間にでも入ったみたいに星の数ほどの空薬莢が浮き上がっている。当然、転移し放題だ。

「貴様っ、ここにきて、まだ新たな手札を！」

エヒトルジュエの僅かに上擦った声が木霊する。

絶体絶命の状況に追い込まれながら、今この時まで手札を温存し続けたことは、さしもの神も予想を超えられたらしい。

たとえ、心の内に策を秘めていたのだとしても、いつ死んでもおかしくない状況で手札を晒《さら》さない胆力は、既に人の精神の領域を超越しているというほかない。

その強靭《きょうじん》な意志力、否、もはや修羅の執念というべきものに、エヒトルジュエの背筋は僅かな戦慄を感じて震えた。

「おぉおおおおおっ!!」

その修羅の雄叫《おたけ》びが迸る。鬼面もかくやという形相で攻勢に出る。

先のエヒトルジュエの再現か。まるで遍在でもしているみたいに縦横無尽に瞬時転移を繰り返しながら、全方位射撃を繰り出す。

「結果は同じだ! 無駄な足掻《あが》きと心得よ!」

エヒトルジュエもまた〝天在〟と〝神速〟を併用した超速戦闘の世界に突入した。

白金の斬撃が虚空に無数の軌跡を描き、真紅の閃光《せんこう》が血飛沫《ちしぶき》の如く飛び散る。

先程までと違い、一方的なものにはならなかった。

まさに、神域の闘争というに相応《ふさわ》しい応酬が繰り広げられる。

「っ、神速の無効化……我の動きも読んで? 情報干渉……その魔眼だな!」

本体の〝神速〟移動は近づきすぎなければ問題ない。だが、斬撃は別だ。触れなければ話にならない。故に、ハジメを中心に一定範囲に入った途端、〝神速〟が解除されてしまう。

〝再生のタリスマン〟には過去の傷を再生する魔法〝壊刻《かいこく》〟を防ぐ能力の他、アワークリスタルの欠片《かけら》を組み込んであるのだ。ハジメの周囲だけは時間干渉が阻害される。

おまけに、エヒトルジュエの剣術そのものが見切られ始めていた。

魔眼石《まがんせき》に仕込んだ昇華魔法の〝情報看破〟と技能〝先読〟を連携させて、〝戦術予測〟というべきものを新たに魔眼石に組み込んだのだ。

シアの〝未来視〟には及ばないまでも、魔眼には高度に予測されたエヒトルジュエの動きが一歩早く投影されている。

ここまでずっと、エヒトルジュエの力と技を解析し続けてきた成果が、ようやく発揮され始めたのだ。

本当の出し惜しみなし。全てを駆使して、今こそ神に牙を剝《む》く！

意識の間隙を突き、呼吸を読んでタイミングや間合いを外し、気配をわざと乱して幻想投影珠《ゴーストプレイ》の効果を高める。転移や剣術の癖、感覚の鋭敏ささえ利用して未来位置にカウンターを放っていく。

それはもう絶技を超えた神技――否、奈落の化け物《ハジメ》に相応しき呼称ならば〝魔技〟というべきだろう。

エヒトルジュエの攻撃は当たらなくなりつつあるのに、ハジメの攻撃だけは少しずつ、しかし確実に、神体に迫っていた。

遂《つい》には、エヒトルジュエが次第に苛立《いらだ》っていく様子がよく分かった。

遂には、待機させていた流星群と光の使徒を飛ばし始めたのが戦力拮抗の良い証拠だ。

それらに双転移葉の一部を吹き飛ばされ、転移が一瞬だけ遅れる。

「ふはっ、捉えたぞ！」

喜色を浮かべ、一之大神剣を薙ぎ払うエヒトルジュエ。

回避の余地はなく、防御は不可能——なはずだった。

ガキィンッと硬質な音が広がった。

「なっ⁉」

明確に飛び出る驚愕《きょうがく》の声。

それもそのはずだ。ハジメの肉体以外、一切を透過するはずの大神剣がシュラークによって受け止められていたのだから。

すかさず弐之大神剣も振るうが、やはりドンナーに受け止められる。

思わず瞬時転移で距離を取るエヒトルジュエ。

「……何故《なぜ》だ。何故防げた？」

「錬成しただけさ」

大神剣の透過能力は魂魄魔法によるものだ。選定した魂の保有者だけを狙える。

ならば、武器に魂魄を付与してやればいい。生体ゴーレムにも使った〝疑似魂魄複製〟で。そうすれば、大神剣は武器を攻撃対象にせざるを得ない。

ということをエヒトルジュエが察した時には、ハジメが側面に出現していた。

〝神速〟が阻害される感覚。

二丁の銃口が心臓と頭部に向けられる。瞬時転移で逃げる手は打たなかった。神の矜持《きょうじ》が迎撃を選択させた。

ドンナー&シュラークはブラフだと気が付きもせずに。

銃口に注視していたエヒトルジュエは、それが発砲もせずにスッと流れたことに意表を突かれた。直後、襲い来たのは腹部への強烈な衝撃。

「カハッ」と思わず呻《うめ》き声《ごえ》が漏れた。加えて、体をくの字に曲げて数十メートルも吹き飛ばされる。

回し蹴りだ。途方もない強化状態のハジメのそれは、もはやパイルバンカーに匹敵する破壊力を秘めていた。

とはいえ、レールキャノンすら防ぐ神の障壁を前に直撃は不可能。ただ勢いに押されただけ、のはずだった。

「これは……」

「どうやら、通ったようだな」

ハッとハジメを見やるエヒトルジュエ。その口からは一筋の血が流れた。

神の障壁を越えて。ただの蹴りがダメージを通したのだ。

信じられないといった様子のエヒトルジュエの意識が、真紅の波紋を広げるハジメのブーツに注がれる。

「まさか……戦闘中に我の障壁を解析したのか！」

それどころの話ではない。神の障壁は、複数の神代魔法を組み込んだ絶対防壁だ。

それを馬鹿げた破壊力によるごり押し以外の方法で打ち破るには当然、同等以上かつ対抗的な神代魔法が必要になる。

それをやってのけた。対抗アーティファクトを戦闘中に即席で創り出したのだ。

これぞ、ハジメの真骨頂。天職〝錬成師〟が至る極致。

――限界突破の特殊派生　真匠《しんしょう》
歴史上でも片手の指で数えられる程度しか存在しないが、その中でも全ての神代魔法を会得している〝真匠〟は、ハジメただ一人。

神代魔法の即時付与なんて神にも劣らぬ逸脱した真似《まね》が可能なのは、きっと後にも先にも存在しないだろう。

物量戦こそ錬成師の本領？　いや、違う。それは一部に過ぎない。

対応力――それこそが真に錬成師の本領なのだ。

それを示すように、ドンナー＆シュラークのシリンダーの中でスパークが迸った。

「神壁貫通弾、とでも名付けておこうか」

今まさに作り直された弾丸は、神の障壁を貫ける。たった一発で。

ここから先の弾丸は、全てが魔弾だ。全て障壁を貫通して神に届く。

それすなわち、〝神殺し〟が容易に届くようになったということ。

それを察したエヒトルジュエは衝動的に身を引き、そんな己に気が付いて柳眉を逆立てた。ユエの美貌を台無しにする憤怒の形相で怒声を上げる。

「おのれっ、イレギュラーッ!!　新たなアーティファクトといいっ、その力といいっ、貴様、全力ではなかったのか！」

〝真匠〟の力だけではない。身体能力もだ。蹴りで神の身を傷つけるなど規格外にもほどがある。

〝覇潰《はつい》〟は〝限界突破〟の最終派生であり、命を代価にするようなもの以外でこれ以上の強化技能は存在しない。最初に相対した時と比較しても十倍以上の強化などあり得ない。

それはつまり、開戦時のあれは〝覇潰〟ではなく、〝全力でいく〟という言葉も嘘《うそ》だったわけで。

「敵の言葉を信じるなんておめでたい奴《やつ》だな？」

呆《あき》れたような言葉を投げつけ、攻勢に出るハジメ。

実際、あれは〝覇潰〟ではなかった。連合軍に渡した限界超えのアーティファクトを、本人が所持していないわけがないのだ。

そう、〝ラスト・ゼーレ〟である。もちろん、〝チートメイト〟も服用済みだ。

その状態で、改めて自前の〝覇潰〟を発動し、相乗的かつ強引に限界の限界を超えたのである。

神に匹敵する出鱈目《でたらめ》なスペックを以《もっ》て、極限の戦闘を繰り広げるハジメ。

その頂点の闘争には、もはや流星群や光の使徒も介入し得ない。

転移と高速移動を繰り返し、常に張り付くようにして近接銃格闘術《ガン＝カタ》を駆使するハジメに、エヒトルジュエもまた近接戦闘への注力を余儀なくされた。

だからこそ気が付いた。

「貴様、その傷……」

ハジメの傷が治っていることに。重度の火傷《やけど》も数多《あまた》の裂傷も消えて、呼吸は整い、苦痛に歪《ゆが》む表情も見られない。

新たな再生魔法のアーティファクトでも使ったのか。否、そんな兆候はなかった。

ならば、こんな急激な回復を可能とするのは一つしかない。

「最後の神水《しんすい》というのも虚言かっ」

「手持ちの神水は確かに最後だったさ」

ただ、最後の二本の内の一本は既に胃の中にあったというだけで。カプセルに入れて飲み込んでおいたのだ。それが遂に溶けて、ハジメを癒やしたのである。

二振りの大神剣と二丁拳銃で鍔迫《つばぜ》り合いをしながら、激情を抑えているせいか目元を痙攣《けいれん》させているエヒトルジュエが問うた。

「何故、今になって」

「当然、確実を期すためだ。俺はお前の力を過小評価していない」

たった一撃限りの〝神殺し〟。

ユエの体を完全掌握したエヒトルジュエがどんな力を持っているのか分からない以上、確実にその一撃を与えるためには、まだ見ぬ手札を引き出し、場合によっては対抗策を創り出す必要があった。

　エヒトルジュエが戯れでハジメにしようとしたことを、理由は異なれどハジメもまた行っていたのである。

　想像を上回るエヒトルジュエの強さに、ハジメをして死神の鎌を感じさせるほどだったが、どうにか大量のアーティファクトと苦痛を代償に手札と戦術を確認できた。自身の手札を温存したままに。

「では、本当に過小評価していないか、真なる神の威をもって確かめてやろう！」

　己を巻き込む全方位空間爆砕。神には似つかわしくない捨て身の攻撃だ。

　ハジメは、咄嗟《とっさ》に放った莫大《ばくだい》な魔力を用いた〝魔衝破《ましょうは》〟による相殺と、大盾アイディオンもかくやという分厚さを持つに至った〝金剛《こんごう》〟で凌《しの》ぐが、一時的に足を止められるのは避けられなかった。

　その隙に、〝天在〟で輪後光の中心に戻るエヒトルジュエ。

　直後、白金の光が爆《は》ぜた。三重輪後光が爆発的な輝きを放ったのだ。

　更に、三重輪後光が脈打つように巨大化していく。瞬く間に直径千メートルを超えると、二重目と三重目の円環が逆回転を始めた。

　流星群と光の使徒がハジメに殺到して更なる足止めをする中、エヒトルジュエが高らかに宣言する。

「これぞ神威。我が同胞すらも抗《あらが》えなかった滅びの光。逃げ場はないぞ、イレギュラー!!」

視界の全てが白金に染まる。

直径一キロメートル以上もの馬鹿げた規模の閃光が、更に空間を埋めるように広がりながら迫った。

雪崩というのも生温《なまぬる》い。極大の津波という表現でも、まだ足りない。

遊戯の盤上をひっくり返すかのようなそれは、まさに神威の具現だった。

破滅の光を前に、しかし、ハジメは壮絶に笑った。

「なら、正面突破だ」

殺意と戦意を研ぎ澄まし、踏み込む。自ら光の大奔流へ。

真紅の閃光《せんこう》となって宙を駆け、同時に、最後まで取っておいた新型アーティファクトを取り出す。

それは、巨大な突撃槍《チャージランス》だった。ただし、表面はドリルのように螺旋状《らせんじょう》で高速回転しており、更には半端に展開した傘のように広がったが。

——穿孔《せんこう》突撃槍　ラオベンシルム
封印石の大半を使ってコーティングし、内部の高密度複合金属に七つの神代魔法を全て組み込んだ攻性防壁とも言えるアーティファクト。魔法・物体にかかわらず一切を掘削霧散させる能力を有する。

「っぁあああああああああっ!!」

封印石のコーティングが瞬く間に消滅していく。再生魔法が復元していくが、斥力と空間遮断で軽減しても、なお間に合わない。

余波だけで凄《すさ》まじいダメージを負う。治ったはずの傷口が開き鮮血が舞う。内臓が悲鳴を上げ、雄叫《おたけ》びの狭間《はざま》に血反吐《ちへど》が撒《ま》き散らされる。

骨が軋《きし》み、肉が裂け、皮膚が崩れる。

だが、それでも、絶叫を上げながらもハジメは進撃を止めない。

前へ進む。一瞬も立ち止まりはしない！

圧倒的な力を捻《ね》じ伏せ、理不尽を更なる理不尽で押し潰す！

今までそうして来たように、全ての障碍《しょうがい》を喰《く》い破る！

「寄越《よこ》せぇっ、その力ぁっ!!」

変化が訪れた。ラオベンシルムが白金に輝き出す。そして、

「あり得んっ。神威であるぞ！　取り込んだというのか!?」

魂魄《こんぱく》魔法と変成魔法による疑似魔物化。ラオベンシルムは実のところ生体ゴーレムでもあった。

その役目は、きっと最後には大技を放つであろうエヒトルジュエの力を喰らうこと。掘削霧散させている間に余波から相手の攻撃を吸収するのだ。

その力を昇華魔法で解析し、そして突撃槍自体に付与する。

これこそハジメの魔法と技能の集大成というべき技法。

――収奪錬成

相手の攻撃を受けながら、そのまま取り込みアーティファクト化する技だ。

本来は不可能というべき領域にあっても、ハジメになら可能だ。〝真匠《しんしょう》〟に至り、二度の限界突破状態だから、というだけではない。

アーティファクト創造者。それすなわち、〝生成魔法〟の使い手。

他の魔法には全く適正がなくても、これだけは別だ。

希代の錬成師から受け継いだ最初の神代魔法。錬成魔法のためにあるようなそれこそ、ハジメが天賦の才能を発揮できる唯一無二の魔法であるが故に。

今、〝真の神威《かむい》〟が、〝真の神威《かむい》〟によって返された。

「――っ」

相殺される滅びの光。荒れ狂う光の狭間に見えたハジメの眼光に、エヒトルジュエは息を呑《の》んだ。直接聞いたわけではないのに明確に伝わった。

捉えた、と。

故に、それは無意識の行動だった。骨の髄まで侵すような殺意に総毛立ち、全力で逃げの一手を打ったのだ。

〝天在〟を発動し、とにもかくにも距離を取ろうとする。

だが、今更そんなことをハジメが許すわけもない。

ラオベンシルムを重力制御で突撃させながら、ドンナー&シュラークを連射する。

直後、エヒトルジュエの周囲一帯の空間が激しく波打った。

——特殊弾　空間歪曲《わいきょく》領域形成弾

攻撃力はほぼない。ただ広域に亘《わた》って空間を不安定化させるだけ。だが、〝天在〟が精密で繊細にすぎる制御を必要とするのは解析済みだ。その行使を阻害するには十分。

同時に、エヒトルジュエは今、〝神速〟も即座に使えない状態だろう。

——特殊弾　遅滞領域形成弾

調整したアワークリスタルを組み込んだ特殊弾頭だ。

「——ッ。またもアーティファクトかっ」

悪態が飛び出る。神の引き攣《つ》った顔がよく見える。

ハジメはラオベンシルムの柄を蹴りつけ、大型対空弩弓《バリスタ》のように放った。

エヒトルジュエを掠《かす》めるようにして背後の三重輪後光に激突し、突き刺さる。

三重輪後光が明滅し、思わず肩越しに振り返ったエヒトルジュエの視線の先で、一部が消し飛んで〝真の神威〟が停止した。

奈落の化け物が、神威の光を突破したのだ。

エヒトルジュエがハッと視線を戻す。おぞましいほどに炯々《けいけい》とした眼光に射貫《いぬ》かれる。

もはや猶予はなく、エヒトルジュエは反射的に双大神剣を振るった。全力も全力。焦燥を顔に浮かべて必死に。

そして、その全てが空を切った。

「げん、えいっ!?」

細切れにされたハジメの姿が消える。エヒトルジュエが目を剝《む》く。

当然だ。先程までの認識をずらす程度の幻影なら、折り込み済みで斬ったのだから。

どうして、本体が数メートルも後ろにいるのか。

その答えは、消えた幻影の中心に浮く青い水晶製の小さな人形《ひとがた》が示していた。

──新アーティファクト　幻想人形《ゴーストドール》

霊体を離れた場所に投影する幻想投影珠《ゴーストプレイ》の補助アーティファクトだ。

それを先行させたのだと気が付いた時には、もう遅かった。

「ああああああっ!!」

呆《ほう》けた一瞬は致命的。

裂帛《れっぱく》の気合いを迸《ほとばし》らせて、ハジメが義手を突き出しながら肉迫した。

金属の五指が伸長し広がる。まるで巨大な骸骨の手のように。

その掌《てのひら》がエヒトルジュエに叩《たた》き付けられた。

勢いそのままに、崩壊しかけていた輪後光を更に吹き飛ばすように突き破って、彗星《すいせい》の如《ごと》く地面へ落下する両者。

五指が鉤爪《かぎづめ》のようにエヒトルジュエを摑《つか》んだ。内側からスパイクまで飛び出し、両腕ごと上半身全体をアイアンメイデンの如く拘束する。

更には掌中限定の空間固定と魂魄への衝撃波まで発動。

「人間っ、如きが！　放せぇっ」

「黙って死ねぇっ」

エヒトルジュエは咄嗟に魔法を使おうとするが、その瞬間、密着状態の義手から莫大な魔力放射――義手に搭載し直した魔力砲〝グレンツェン〟による純粋魔力砲撃を撃ち込まれた。体内の魔力をダメ押しで掻《か》き乱されて瞬時に発動できない。

そうして。

真白の空間に轟音《ごうおん》が響き渡り、地響きが伝播《でんぱ》した。

隕石《いんせき》の如く墜落したハジメとエヒトルジュエ。双方共に全身が衝撃で痺《しび》れる中、それでも先に動いたのは攻め手のハジメで。

馬乗り状態でエヒトルジュエを組み伏せたまま、ドンナーを掲げる。空中に尋常ではない気配が出現した。蒼穹《そうきゅう》のオーラを纏《まと》う一発の弾丸だ。

――特殊弾　神殺しの弾丸

解放者《ミレディ》から譲り受けた〝神殺しの短剣〟を弾丸に圧縮加工したもの。神の魂魄だけを選別して滅する正真正銘の魔弾。

義手の掌の中でエヒトルジュエが震えたのが分かった。ハジメを睨《にら》み付けていた目の奥に、怯《おび》えがさざ波のように広がった。

ガンスピンを一回。装塡完了。

それを五指の隙間からエヒトルジュエの胸元へ、押しつける。

「王手《チェック》だ。ヤケ酒の果てに生まれたらしい〝神殺し〟、存分に味わいな」

「まてっ――」

銃声が一発、いんいんと木霊した。

遂《つい》に切り札が、神体に突き立った。

エヒトルジュエの体がビクンッと跳ねる。僅かに喘《あえ》ぎ、力が抜け、目が閉じられる。

背後の上空で三重輪後光が風化するようにサラサラと形を崩していく。

静寂が真白の空間に漂った。

閉じられた目蓋が長いまつ毛と共にふるふると震える。

そして、ゆっくりと開いた紅玉の瞳には、満身創痍《まんしんそうい》のハジメが映り……

「残念だったな。イレギュラー」

「ッ――」

直後、義手が木《こ》っ端《ぱ》微《み》塵《じん》に弾《はじ》け飛び、ハジメは血飛沫《ちしぶき》を上げながら吹き飛んだ。

第五章◆ありふれた職業で世界最強

轟音。

真白の空間にある唯一の建造物。玉座のピラミッドの一角が崩壊する。

その中心に埋もれたハジメがカハッと血反吐を吐いた。顔は苦痛に歪《ゆが》み、唸《うな》り声《ごえ》のような声が漏れ出す。

一拍おいて、金属片が硬質な音を立てながら地面に散らばった。

義手だ。木っ端微塵に粉砕されたハジメの左腕が無残な姿を晒《さら》している。

「ぐっ、ッッ!!」

声もなく、ハジメは気概だけでドンナーを突き出した。

額から流れ落ちた血が目に入り、視界が利かない。まるでレッドアラートが点灯しているかのようだ。

その赤い視界の中で、エヒトルジュエが重力を感じさせない挙動でふわりと起き上がったのが見えた。耳鳴りの酷《ひど》い聴覚に、微《かす》かに響くフィンガースナップの音。

直後、ドンナーを持つ右手に強烈な衝撃が走った。

激痛と同時に相棒が手から離れるのが分かった。

視界に、あらぬ方向に曲がった五指と、くるくると宙を舞うドンナーが白金の光に包まれて消滅する光景が映る。

同時に、キンッと小さな金属音が。右手を砕かれた衝撃で抜け落ちたらしい〝宝物庫〟が地面に転がっていた。

「見事、見事だ、イレギュラー。この我に切り札を当てるとは称賛に値する。もっとも、切り札が常に切り札たり得るかと問われれば、否と答えるしかあるまい」

「……」

悠然と薄笑いを浮かべながら歩み寄ってくるエヒトルジュエ。

普段は鳴らすこともないだろうに、ヒタヒタとやたら大きく足音を響かせるのは死へのカウントダウンでもしているつもりか。

その手には、これ見よがしにネックレスが握られていた。

守護《タリスマン》の指輪を通していたネックレスだ。ハジメを吹き飛ばした際、奪い取っていたらしい。見せつけるように握り締め、白金の光と共に抹消する。

一歩、また一歩と歩を進める度に、加護を失ったアーティファクトが消滅させられていく。義手の残骸も、〝天在《アイディオン》〟で引き寄せられたシュラークや穿孔突撃槍《ラオベンシルム》、離れた場所に落ちていた可変式大盾も、散らばる数多《あまた》の空薬莢《やっきょう》も。

例外なく白金の光に包まれて、まとめて消滅させられていく。

「不思議か？　〝神殺し〟を受けた我が、なぜ健在なのか。ククッ」

「……」

滑稽な者を見るような目をハジメに向けながら、悦に浸るエヒトルジュエ。

ハジメは答えない。

話す余裕もないのかぐったりとしたまま瓦礫《がれき》に背を預けている。

薄く目を開いてエヒトルジュエを見ているが、その目は茫洋《ぼうよう》としていて戦意は感じられない。今にも閉じてしまいそうだ。

そんな死に体のハジメが余程お気に召したのだろうか。エヒトルジュエは先程までの焦燥が嘘《うそ》のように上機嫌な様子で、舌を滑らかに動かしていく。

「確かに、何千年か前ならば有効であったかもしれん。だが、その間も存在昇華の秘儀は続いていたのだ。ならば、我の神格が、もはや〝神殺し〟の概念如きものともしない領域に至るのは必然であろう」

「……」

ハジメの目前で立ち止まるエヒトルジュエ。

あれだけの激闘を経ても汚れ一つない真っ白な素足が、おもむろに上がる。

「もっとも、確信は持てなかったのでな。何より、たとえ〝自動再生〟があろうと神体に傷をつけるなど言語道断の不敬である。故に、受けるつもりはなかったのだが……」

ギャリッと音が鳴った。振り下ろされたエヒトルジュエの足が、〝宝物庫〟を踏み躙《にじ》る音だ。光芒《こうぼう》が漏れ、ほんの少し浮いていた足がぺたりと地面を踏み締める。

「誇るがいい、イレギュラー。神に焦燥を感じさせるなど前代未聞の快挙であるぞ」

「……」

魔眼石《まがんせき》以外の全てのアーティファクトを失ったハジメを、エヒトルジュエが傲然と見下ろす。

近くで見れば分かっただろう。愉快そうな笑みを浮かべていながらも、その瞳だけは笑っていないことに。

エヒトルジュエは、激怒しているのだ。人如きにしてやられたことを。焦燥と恐怖を覚えさせられたことを。未《いま》だかつて感じたことのない屈辱に総身が戦慄《わなな》くのを、せめてもの神の矜持《きょうじ》で抑え込んでいるのだ。

そんなエヒトルジュエに、しかし、ハジメはやはり何も返さない。

左目は遂に閉じられた。眼帯の奥の魔眼はうっすらと開いているが傍目《はため》には分からない。故に、無言のまま微動だにしない姿と相まって、既に息絶えたようにも見えた。

それにはまだ早い。

己が受けた屈辱、何倍にもして返さねば気が済まない。

幼稚で邪悪な神が、醜悪に顔を歪めて嗤《わら》う。

ハジメの眼前で膝をつき、視線の高さを合わせる。

たおやかな指先を、つーっとハジメの大腿部《だいたいぶ》に這《は》わせ、一拍。

「──ッ」

指先から放たれた光の礫《つぶて》がハジメの大腿部を穿《うが》った。骨まで砕かれ、ハジメの体が跳ねる。文字通り風穴を開ける行為は反対の足にもなされ、ハジメから苦悶《くもん》の声が漏れ出る。

拷問に等しい行為でまた一つハジメの抵抗力を奪ったエヒトルジュエは、血塗《ちまみ》れの指先をハジメの顎下に添えた。

有無を言わせず顔を上げさせ、怒りを隠して艶然と微笑《ほほえ》むと、まるで口付けでもするかのように顔を近付けた。

そして、弄ぶように唇の手前で顔を逸《そ》らすと、半ば抱き締める形で密着しながらハジメの耳元に甘く、嫌らしく、ヘドロのように粘ついた声音で囁《ささや》いた。

「お前の大切なものは全て、我が手ずから壊してやろう。共に神域へ踏み込んだ仲間も、地上で抵抗を続ける同胞も、故郷の家族も、全て踏み躙り、弄び、存分に阿鼻叫喚《あびきようかん》の声をあげさせてやろう」

「……」

反応は、ない。感情の発露も見受けられない。本当に抜け殻のようで、心ここにあらずといった様子。

それが、エヒトルジュエにとっては面白くない。泣き叫び、許しを乞わせたいのだ。

自ら膝を折って懇願させたいのだ。大切なものを壊さないでくれと。

そうしてようやく、ほんの少しだけ神の怒りは宥《なだ》められるのだ。

だから、ハジメのアキレス腱《けん》を、最大の弱点を嬲《なぶ》る。

それが、それこそが最大の強みで、ハジメの決して折れぬ支柱であると理解できずに。

「だが、安心するがいい。この素晴らしき吸血姫の肉体だけは丁重に扱ってやる。我の大切な器であるからして、隅々まで、存分に、丁寧に、なぁ？」

最愛の女を、いいように使われる。

その堪え難き言葉に……遂にハジメが反応した。

エヒトルジュエには、そう見えた。

まったくもって勘違い。今の今まで戯言《たわごと》だと意識もされていなかったとは思いもせず、ハジメがおもむろに、最愛の恋人を求めるように胸元へ手を添えてくるのを、嗜虐心《しぎゃくしん》に満ち満ちた表情で眺め――

「……やっと……見つけたぞ」

「ん？」

小さな小さな呟《つぶや》き。掠《かす》れていて判然とせず、意味も分からない。

とはいえ、それはきっと悲嘆の言葉に違いなく。

故に、エヒトルジュエは遂に折れた男の絶望という名の甘露を味わおうと口元に耳を寄せる。

そして、聞いた。ハジメの最大の武器にして、唯一の才能を示す言葉を。

「――〝錬成〟」

目を眇《すが》めて訝《いぶか》しみ、「何を？」と問おうとしたエヒトルジュエだったが、それは叶《かな》わなかった。

なぜなら、

「――？　ッ、がぁっ、ガハッ!?」

突如、エヒトルジュエの胸元から無数の刃が飛び出したから。

内側から肉を食い破り、剣山のように生える血濡《ちぬ》れの金属刃。

それは瞬く間に体中の至る所から飛び出し、更には隣り合う剣山同士で癒着し、エヒトルジュエの体を凄惨に拘束した。

常軌を逸した事態に、さしもの神の思考も一時停止してしまう。それ程までに、この不意打ちは衝撃的だった。

それにより生じた隙は、ほんの数秒のこと。

だが、価千金の数秒だ。この瞬間こそ、ハジメが待ち望み狙っていた本当の勝負所だったから。

「――〝錬成〟ッ」

再度、己の才覚を響かせる。ただ、金属を加工するだけの魔法を。

今、この場にある金属は一見するとエヒトルジュエの体から飛び出す刃のみ。〝神殺し〟ですら歯が立たない相手を、どうにかできるわけもない。

しかし、ハジメの砕けた右手――魔力の直接操作によって強引に動かしたそれが添えられた場所は……自らの腹。

直後、真紅のスパークが迸《ほとばし》ると同時に血濡れの刃がハジメの腹から飛び出した。

「なんだとッ!?」

エヒトルジュエが表情を一変させ、動揺をあらわにする。

ハジメが胃の中に金属塊を隠し持っていたからでも、それが腹を突き破ってきたからでもない。

その飛び出した刃に、魂を圧するほどの恐るべき重圧を感じたから。

背筋が粟立《あわだ》ち、本能が逃げろとがなり立てる。

間違うはずがない。それは紛れもなく先に感じたのと同じ――概念魔法の気配。

「――っ」

咄嗟《とっさ》に〝天在〟を発動しようとするエヒトルジュエ。

しかし、血管内は当然、流れ巡って体中を切り刻む微細な刃の群れにより思考と魔法行使が阻害されてしまう。〝自動再生〟すら継続ダメージで完治させられず。

更には、両足から飛び出した刃が地面に突き立ち楔《くさび》となって、物理的に飛び退《の》くことさえ妨げてしまった。

故に、刃が届く。

透き通った青白い鉱石――神結晶《しんけっしょう》製の小さな小さなナイフ。血の赤と鮮烈な真紅の魔力光で彩られて輝くそれが、エヒトルジュエの胸元に突き立った。

「がぁああああああァアアアアアアッッ!?」

断末魔の絶叫に等しい悲鳴が轟《とどろ》いた。

余裕もなければ恥も外聞もない、平静を完全に失った苦悶の叫び。

小さなナイフで刺されたにしてはあり得ない焦燥と苦痛が伝播《でんぱ》する。

まさに死に物狂いといった様子で刃の拘束を白金の光で消滅させ、ふらふらと後退《あとずさ》りながら頭を抱えて身悶《みもだ》えている。

直後、脈動が空気を震わせた。

ドクンッ、ドクンッと次第に大きく、力強くなっていくそれは目覚めの狼煙《のろし》。

肉体の本来の持ち主が上げる意志の雄叫《おたけ》び。

「馬鹿なっ、吸血姫は完全に消滅したはずだ！」

確かに、消えゆく魂を見たのだ。悲鳴を、絶望を感じたのだ。

なのに、これはどういうことだと困惑もあらわに声を荒らげる。刻一刻と力を増し、己の魂が押しのけられていくような感覚に激しい焦燥が湧き上がる。

その疑問に、ハジメは答えた。未だ起き上がることもできない体でありながら、その口元に喜色と不敵が入り交じったような笑みを浮かべながら。

極めて簡潔に。まるで常識を語るように。

「ユエの方が一枚上手だった。それだけのことだろう？」

「っ――」

謀られた。と、理解して絶句するエヒトルジュエ。

そう、ユエは肉体を奪われ魂魄《こんぱく》のみの存在となり果てながらも神を欺いたのだ。

必死に抗《あらが》っていると見せかけて、最初から神の強大な魂魄の内に隠れ潜むことに注力していたのだろう。

いつか必ず、助けが来ると信じて。

もしかすると、エヒトルジュエが聞いた悲鳴も演技だったのかもしれない。

「そうか……このナイフはっ」

胸に突き立ったナイフを抜き、血走った目で睨《にら》み付けながら滅する。

ご名答、とハジメは右手を突き出しスパークを迸らせた。

「〝神殺しの弾丸〟は、お前の魂魄を揺さぶり、ユエの魂魄を覚醒させる。〝血盟の刃〟は、お前の干渉を断ち切り、ユエに力を与える」

概念魔法〝神殺し〟――エヒトルジュエの魂魄を消滅させるためだけに生み出された魔法だ。

だがしかし、ミレディから譲り受けたこの力を、ハジメは彼女の忠告通り信頼してはいなかった。

だから、神にだけ影響を与えるという特性のみを当てに、ユエの魂魄と神の魂魄を明確に区別することに利用したのだ。

沈黙し続けていたのは、隠れたユエの魂魄を魔眼で確認するため。

本当の切り札は、ユエの魂魄に直接触れなければ真価を発揮できないが故に。

――小刀型概念アーティファクト　血盟の刃

これこそ、胃の中に球体状で隠し持っていた本命の刃。付与された概念は、

――ユエの魂魄に対する干渉を禁ず《俺の女に触れるな》

最愛の恋人を奪われた化け物の、極限の憤怒と憎悪の感情が生み出した概念魔法だ。

エヒトルジュエがどれだけ肉体の主導権を取り返そうとしても無駄である。

この世に現出した新たな概念《ルール》がそれを阻む。

ユエの魂魄に伸ばされる神の魔手は尽《ことごと》くが弾《はじ》かれ、肉体を満たす神の魂魄は異物として攻撃・排除される。あたかも、特効薬が病原体を駆逐せんとするように。

「これを！　最初からっ、狙っていたというのか!?」

「圧倒的物量で押し切れるなら、それで良かった。だが、かかっているのは最愛の命だ。二手、三手を用意しておくのは当たり前だろう？」

吹き荒れる白金の魔力が少しずつ黄金へと戻っていく。

脈動が激しく力強くなっていくに連れて、エヒトルジュエの表情は苦悶の色を濃くしていき、体の制御も加速度的に失っていく。

これは私の体だと、触れていいのはハジメだけなのだと、そんな無言の意志が神の魂魄を打ち据える。

エヒトルジュエは己の裡《うち》に見た。

暗闇の中に黄金の輝きが現れる光景を。

美しき吸血姫が完全に覚醒する姿を！

閉じられていた目が、すぅと開く。煌《きら》めく紅玉の瞳には、ただただ信頼と愛《いと》しさだけがあった。神など眼中になく、ひたすらに最愛のパートナーだけを映していた。

それが何より雄弁に物語っている。

今、この瞬間を待っていたのだと。

言葉なく、遠く離れて、けれどハジメもユエも、お互いのなすべきことは完全に理解し合っていたことが証明された。

エヒトルジュエは思う。

あの時、ユエの体を乗っ取ったものの抵抗を受けてハジメを見逃したその時から、もしかすると己は二人の絆《きずな》という名の掌《てのひら》の上で踊っていたのではないかと。

名状し難い不快さに襲われた。二人の有り様にこそ己を脅かす致命的な何かを感じて、それを振り払うかのように叫ぶ。

「侮るなよっ、吸血姫っ。この肉体は我のものだ！　後顧の憂いは残さん！　貴様の魂、今度こそ捻《ひね》り潰してくれるっ。その次は貴様だっ、イレギュラー!!　この程度の概念、我が力の前では――」

「だろうな」

その一言は、あまりに軽かったから。

だから、まるで予想済みだと言わんばかりのそれに不吉なものを感じて、エヒトルジュエは言葉を止められてしまった。

そして、気が付く。

「――な、に？」

視線の先で、未《いま》だに立つこともできていないハジメが震える右手を突き出していた。

己に突きつけられた手に、エヒトルジュエの顔が隠しようもなく引き攣《つ》る。

信じ難いことに、信じたくないことに、その握り締められた拳の中からまたも概念魔法の気配が発せられていた。

ハジメが手を開く。一発の弾丸があった。血塗《ちまみ》れであることから、また体内から取り出したのだろう。

「い、今更、そんなもの！　アーティファクトもなく！」

ユエとの魂のせめぎ合いで身動きが取れないエヒトルジュエは、焦燥を滲《にじ》ませつつも嘲《あざ》笑《わら》うように叫んだ。

ハジメは動けない。刃も届かぬ距離だ。弾丸だけあっても無意味なのは明白。

だが、そんなことは百も承知なわけで。

三度目。ハジメは自身にとって最高の魔法を唱える。

「――〝錬成〟」

真紅の光が波紋を打った。途端に、キラキラと輝く風がハジメの手元へ集い始める。

徐々に小さな何かを形作っていく。

「……金属の粒子、だと？」

呆然《ぼうぜん》と呟《つぶや》くエヒトルジュエ。その呟きは、まったくもって大正解だった。

「ユエを確実に取り戻すのに最低三工程は必要と踏んだ。……言ったはずだ。確実を期すためだと」

「まさか、あの戦いの最中に……では、これも最初から狙って……」

何故《なぜ》、クロスヴェルトやグリムリーパーズは、斬撃系統の攻撃を受けた時でさえ爆発四散していたのか。

もちろん、自爆で最後の一撃を与えるという意味もあるにはあった。だが、それは実のところ隠《かく》れ蓑《みの》だ。本当の目的は絶えず広範囲に散布するため。

そう、錬成魔法によって目に見えず宙に舞うほど微細に分解された金属粒子を。

八咫烏《やたがらす》の中には、戦うふりをして散布だけをしている個体もあったのだ。

物量戦だけで勝てないだろうことは分かっていたが故の第二プランである。

すなわち、唯一の切り札である〝神殺し〟を当てるためだけに死に物狂いで戦っていると思わせて、その実、錬成の材料となる金属粒子を気が付かれないよう散布し、エヒトルジュエを体内から攻撃・拘束するという策だ。

頭上で撃墜させたクロスヴェルトが撒《ま》き散らした金属粒子を、エヒトルジュエが気が付くこともなく吸い込んだことを確認した時点でいけると踏んで移行したのである。

加えて言うなら、念のため義手で拘束した際にも突き刺したスパイクから直接、金属粒子を多量に含んだ液体を流し込んでいる。

そして、もう一つ。

――錬成魔法　終之《ついの》派生技能　集束錬成

本来なら接触が発動条件の錬成魔法で、広範囲の金属粒子を集めて〝錬成〟できた理由がこれだ。魔王城で目覚めた錬成魔法の極意。〝想像構成〟と共に会得した技能である。

効果は単純。触れずに周囲の金属を集めて錬成できる、それだけ。

まさに、ありふれた職業に相応《ふさわ》しい地味さだ。

だが、そのありふれた技こそが、ハジメの命をずっと繋《つな》いできた。奈落の化け物を、化け物たらしめた。

ならば、その奥義こそが神を食い破るのも、きっと必然だった。

ハジメの口元が悪魔的に弧を描く。三日月のように。

「物量戦で圧倒した。近接戦で格の違いを見せつけた。切り札を切らせて、その上をいった。全ての手札《アーティファクト》を完全に潰した。だから――」

――勝ったと思っただろう？

神が、愕然《がくぜん》としている。取り繕うこともできず。

あの一歩間違えば即死していただろう綱渡りのような闘争が、実は布石で。

最後に無防備に近づいてしまったのも、意識を誘導された結果で。

まさか、最愛の恋人を体内からズタズタに引き裂くことこそが本命の策だったなんて。

狂っている。人の精神でできる範疇《はんちゅう》を超えている。

そう思って、思ってしまって、動揺した精神のせいでまた肉体の主導権争いに遅れを取ってしまい、結局、ハジメを止めることも叶《かな》わず。

集束錬成が金属粒子より創り出したのは、単発式のちっぽけな銃だった。

だが、それで十分。

装塡された弾丸はダメ押しの一撃。エヒトルジュエにとって致命の牙。

「ええいっ、邪魔をっ」

エヒトルジュエは必死に逃げようとするが、体は動かない。

魔法を使おうとすれば、途端に脈動が激しくなり阻害してしまう。

まるで、ハジメの一撃を援護するが如《ごと》く。いや、きっとそうなのだろう。

――ハジメ
聞こえた声はどこか不敵な雰囲気で、だから、ハジメもまた不敵に笑って真紅のスパークを迸《ほとばし》らせた。

そして、

「返してもらうぞ。その女は、血の一滴、髪一筋、魂の一片まで、全て俺のものだ」

真紅の閃光《せんこう》が必死の形相で何事かを叫ぶエヒトルジュエを貫いた。

放たれたのは〝血盟の弾丸〟。〝刃〟と素材は同じ。故に、効果も保証される。

ギリギリの主導権争いの趨勢《すうせい》を、一方に傾けるには十二分の一撃だ。

「――ッッッ!!」

声にならない叫び。それは果たして、エヒトルジュエが上げた悲鳴か、それともユエが上げた裂帛《れっぱく》の雄叫《おたけ》びか。

直後、黄金の光が爆《は》ぜた。

白金の光などよりずっと鮮やかで温かい色。ハジメを包み込むように照らし、どうしようもないほど切なくさせる。紛れもなく最愛の光。

光の奔流の中、ユエの体から影のようなものが吹き飛ぶように離れていった。

一度、瞑目《めいもく》するように閉じられる目蓋。

深い呼吸を一つ。

鮮烈な紅玉の瞳が、真《ま》っ直《す》ぐに最愛を捉える。

そして、咲き誇る大輪の花の如く、あるいは暗雲を吹き払い顔を覗《のぞ》かせた太陽の如く、燦然《さんぜん》とした輝きを放つ蕩《とろ》けるような笑みが浮かんだ。

ユエだ。紛《まご》うことなき、己を取り戻したユエだ。

ふわりと浮かんで、ハジメのもとへやってくる。

ハジメと同じくらい血塗れだが、そんなものはむしろ彼女の艶《あで》やかさを助長するものでしかない。

大人の魅力を携え、豊かな金糸の髪をふわふわとなびかせて、迎え入れるように、あるいは迎えてほしいというように、両手を広げて飛び込んでくる姿を、その時の感慨を、どのように表現すれば良いのか。

千言万語を費やせど、きっと表現なんてできない。

ハジメは、ただただ愛しさに溢《あふ》れる表情で、優しく目を細めながら片腕を伸ばした。

胸元に、木の葉よりも優しくユエの体が寄せられた。

腰を落とし、ハジメの首筋に顔を埋《うず》めてぎゅううううっと抱き締める。

ハジメもまた、片腕を回してユエを抱き締め返した。

負傷の痛みなど、離れていた時の心の痛みに比べれば毛程のこともない。

万感の思いとはこのことだ。

ユエが少し顔を離した。額と額をこつっと当てて、両手をハジメの頬に添える。

間近に見える瞳は熱に浮かされたように潤んでいて、可憐《かれん》な薄桃色の唇から零《こぼ》れ落ちる吐息は火傷《やけど》しそうなほどに熱い。

ハジメは、薔薇色《ばらいろ》に染まったユエの頬にそっと手を添えながら、聞いた者の胸を例外なく締め付けるほど愛しさの滲んだ声音で言葉を贈った。

「迎えに来たぞ、俺の吸血姫」

「……ん、信じてた。私の魔王様」

お互いの冗談めかした呼び名に、くすりと微笑《ほほえ》みを零し合う。

口付けは、自然だった。互いに触れ合うだけの、されど最大限に想《おも》いを乗せた優しい口付け。血の味がするのはご愛嬌《あいきょう》。ユエの小さな舌が、チロリとハジメの唇についた血を舐《な》

め取る。

と、その時だった。

睦《むつ》み合う二人を再び引き裂くべく、猛烈な殺気と共に莫大《ばくだい》な光の奔流が襲いかかってきた。

ユエが反射的に半身だけ振り返りながら片手を突き出し〝聖絶《せいぜつ》〟を展開する。

そこへ、白銀色の光の砲撃が直撃した。

「……んんっ」

ユエが僅かに声を漏らした。ギュッと眉根が寄せられる。

エヒトルジュエの魂魄《こんぱく》を追い出すために、ユエはかなり消耗してしまっているのだ。咄《とっ》嗟《さ》に空間遮断障壁を出せなかったほどに。

三重輪後光から放つものと比べれば雲泥の差があるとはいえ、滅光の砲撃を〝聖絶〟で受け止められたのは僥倖《ぎょうこう》だった。

神代級の魔法を改めて使う余力は残されていない。ハジメは満身創痍《まんしんそうい》のままで動けない。

だから、今度は自分がハジメを守るのだと、ユエは不退転の意志で以《もっ》て〝聖絶〟を張り続ける。

そこへ、狂気と憤怒に荒れる呪詛《じゅそ》の如き言葉が響いた。

『殺すっ、殺すっ、殺してやるぞっ、イレギュラー!!』

障壁の向こう側、光の砲撃の起点。

そこには光の使徒と同じような、光そのもので構成された人型が浮遊していた。

そんな姿でも、声音まで違っていても分からないはずがない。

滲み出る下劣さが何より雄弁に示している。

その光の人型は紛れもなく、エヒトルジュエだった。

『ここは神域。魂魄だけの身となれど、疲弊した貴様等《ら》を圧倒するくらいわけのないことだ！　吸血姫の眼前にてイレギュラーを消し飛ばし、今一度その肉体を奪ってやろうっ』

空間全体に反響するようなエヒトルジュエの荒々しい声音。

だが、その激情に反して透過攻撃や空間跳躍攻撃は行使されない。おそらく、〝神殺し〟は全く効いていないわけではなかったのだろう。

ユエとの魂魄の鬩《せめ》ぎ合いは当然、〝血盟の刃〟や〝弾丸〟も想像以上に疲弊させたに違いない。

とはいえ、白銀の砲撃は十分に破滅的だ。

神の荒ぶる魂を反映しているかのように威力を上げていく。ビキッ、パキッと早くも〝聖絶〟に亀裂が入り始めた。

『絶望するがいい！　最後の切り札も我を滅するには足りぬ！　もはや、何をしようと意味はないのだっ』

白銀の光が膨れ上がる。ユエが必死に魔力を注いで〝聖絶〟を修復するが亀裂が入る速度の方が次第に早くなっていく。

……まさか、エヒトルジュエも思うまい。

かつての神々を含め、歴史上でも片手の指で数えられる程度の人数しか発現させたことのない、概念魔法なんて世界に新たな理《ことわり》を生み出すような反則が。

「これで終わりなんて、誰が言ったよ？」

『………な、に？』

まだもう一つ、残されているなんて。

神が侮ったのはきっと、化け物の吸血姫に対する想いの強さだ。

「ユエ」

「……んっ」

阿吽《あうん》の呼吸。手札の詳細など知らずともユエにはハジメの求めることが手に取るように分かる。だから、余計な言葉はいらない。

立ち上がって、ハジメの盾となるように砲撃へ向き直る。両手を突き出して力を込め、〝聖絶〟を可能な限り前面に押し出し、余波を最低限にできるよう角度を付けて上方へ流しつつ、一部を解除する。

そこからドッと金属粒子が雪崩《なだ》れ込んだ。ハジメのスパークする掌《てのひら》の上に集い、一発の弾丸を形成する。

そこで、ハジメはガリッと歯を鳴らした。吐き出されたのは、封印石をコーティングすることで隠蔽状態にした石の欠片《かけら》。最後の概念魔法。

――全ての存在を否定する何もかも消え《ちまえ》

魔王城にて、ユエを奪われ絶望したハジメが生み出した概念。

鎖の崩壊と共に消失したと思われていたそれを、ハジメはどうにか集束錬成で小指の先程度ではあるが確保し奥歯に仕込んでおいたのだ。

〝血盟の刃・弾丸〟は、あくまでユエを助け出すためのもの。神を倒しきるには足りないなんてことは予想していたから。

今まで最も凶悪な存在感を放つ奥歯を〝錬成〟で弾丸に組み込んでいく。

「アルヴヘイトの死に方を聞いたな？　真実を教えてやるよ。奴《やつ》はただ、キレた俺の暴走に巻き込まれただけさ。〝神殺し〟なんて概念、俺に生み出せるわけがないだろう？」

『き、貴様ぁっ』

訂正された神の思い違い。

アルヴヘイトも、そしてエヒトルジュエも、世界を滅亡に導く神だから死ぬのではない。

南雲《なぐも》ハジメの逆鱗《げきりん》に触れた。

ただ、それだけが神の滅ぶ理由なのだ。

たとえ、その辺の賊であっても同じようにする。言外に告げられた神の矜持《きょうじ》をこれでもかと踏み躙《にじ》る言葉に、エヒトルジュエは屈辱が飽和して二の句が継げない。

大時化《おおしけ》の海の如く荒れる感情が、今すぐ不倶戴天《ふぐたいてん》の敵を滅ぼせと唸《うな》り。

向けられる概念のあまりの凶悪さに、本能が即座に逃げろと訴える。

その真っ向から衝突する感情と本能が、致命的な逡巡《しゅんじゅん》をもたらした。

「チェックメイトだ、三下」

不敵に歪《ゆが》む口元に咥《くわ》えた弾丸を吐き飛ばすようにして装塡し、引き金を引く。

〝存在否定の弾丸〟が真紅の閃光と化して放たれた。

白銀の砲撃が容易《たやす》く貫かれる。僅かな減衰さえさせられない。

エヒトルジュエは、今更ながらに焦燥をあらわにして回避を選択するが……

「ユエの名において命じるっ――〝動くな〟!!」

『馬鹿なっ!?』

助けを待つだけの囚《とら》われのお姫様なんて真っ平御免だ、と言わんばかりに、ユエはただ隠れ潜んでいたわけではなかった。

ずっと、密《ひそ》かに感じ取っていたのだ。神が使う魔法の構成、魔力の流れとその効果を。

戦乱の時代に、十代で最強の一角に数えられた魔法の天才である。神の器になれるほどの。おまけに、肉体は実際に魔法を使っている。

ならば、神の魔法といえど、ある程度ならものにできないわけがない。

魔力枯渇でブラックアウトしそうな意識を意志の力で叩《たた》き起こし、死に物狂いで発動した神の魔法が一つ――〝神言〟は、見事に対象を拘束した。

『我はっ、我は神だぞ!! イレギュラァアアアーーーッ!!』

顔なしでも分かる。エヒトルジュエが今、恐怖に表情を歪めていることは。

妙に時の流れが遅い世界で、迫り来る真紅の滅び。

エヒトルジュエは確かに聞いた。

永劫《えいごう》に続くと信じて疑わなかった己の道が、脆《もろ》くも崩れ去る音を。

こんな現実はあり得ないと、どれだけ現実を否定しても。

己は神だと、絶対の存在なのだと叫んでも。

無情に、非情に、無慈悲に、理不尽に、奈落の化け物があげる殺意の咆哮《ほうこう》はこの世の一切合切を破壊する。それが現実なのだ。

故に、

『──ッッッ!!』

真紅の閃光《せんこう》は白銀の奔流を貫き、破滅的な未来ごと──狂った神を撃ち抜いた。

白銀の奔流が霧散する。

人型の胸にはぽっかりと穴が開いていて、エヒトルジュエは信じられないと言いたげに手を言《は》わせた。

その穴を中心に光の肉体が崩れていく。『あっ』『あぁ』と掠《かす》れた声音を漏らしながら崩壊を止めようとするが……

『……馬鹿な……こんな……ありえない……』

最後に頭部だけが残って、エヒトルジュエの目がハジメとユエを見たような気がした。

そして、もう一度『ありえない……』と呟《つぶや》いて、人型の光は虚空に溶け込むようにして消えていった。

〝聖絶〟の輝きが霧散し、ユエがペタリと女の子座りでへたり込む。

ハジメも、ゆっくりと小さな銃を下ろした。

静寂に包まれる。

ハジメとユエの、少し荒れた息遣い以外なんの音もない真白の空間。

微笑みと共に、ユエは肩越しにハジメへと振り返った。

それに対し、ハジメもまた笑みを返そうとして――

「ユエッ」

ハジメの焦燥に満ちた警告の声が響いた。

ユエがハッと視線を戻したのと、この世のものとは思えない奇怪な絶叫が響き渡ったのは同時だった。

――ァァァアアアアアアアアアッッ!!

不可視にして怒濤《どとう》の如《ごと》き衝撃が二人を襲う。

抵抗もできずに吹き飛んだユエは、ハジメの胸元へと背中から飛び込んだ。ハジメは咄嗟にユエに腕を回して体を捻《ひね》り、衝撃から自らの体を盾にして庇《かば》う。

轟音《ごうおん》が響き渡った。

それはハジメが半ば埋もれていた祭壇が丸ごと木《こ》っ端微塵《ぱみじん》に砕け散った音。

衝撃波と祭壇の壁に挟まれて圧殺されなかったことは僥倖であったが、途轍《とてつ》もない衝撃波の直撃を浴びたことに変わりはない。

ハジメは、胸の中にユエを庇ったまま祭壇の残骸と共に、まるで暴風に翻弄される木の葉の如く吹き飛ばされ、地面に何度も体を打ち付けながらようやく止まった。

「グッ、がはっ、ユエっ……」

「……んっ、ハ、ジメ！」

血反吐《ちへど》を撒《ま》き散らしながらも、ユエの安否を確かめるハジメ。

庇われたおかげで負傷らしい負傷はないようだが、ユエも衝撃で息を詰めている。

二人して手を繋《つな》ぎ合い、支え合いながらどうにか上体を起こす。

そして、周囲を見回して表情を引き攣《つ》らせた。

「おいおい、なんだこりゃ……」

「……神域が……壊れかけてる？」

真白の空間が歪んでいた。至る所に亀裂が入り、あるいは捻《ね》じ曲がり、不安定に揺らいでいる。その異常空間の向こう側では、【神域】の様々な異界が映し出されては消えるということを繰り返してる。

その原因は明白だった。

――ヴヴヴアアアァアァアッツ
歪んだ空間から噴き出すドス黒い瘴気《しょうき》。それが一ヵ所に流れ込み渦を巻いている。

更には、瘴気に紛れて飛び込んできた魔物や使徒が取り込まれ、ベキッ、ゴキュ、グチャッと骨と骨が磨《す》り潰されるような、あるいは肉と肉が潰れ合うような生々しい音が響いてくる。

精神を掻《か》き乱すような叫びは、その中心部から聞こえていた。

「神の……成れの果て、か」

「……ん」

途切れがちな言葉が反響するように広がった。

──死に、たく……ないっ、死にた、く……な……い

──どうして……じゅうぶ、ん……だ、と……わか、らな……

──えい、えん……を……すべて……

──か、み……われ、は……かみ、なる……なの、に……なぜ……

──まち……がって、な……ど、われ、こそ……

──した、がえ……こわれ……こわ、す……

──み、よ……われ、を……さけ、べ……われ、に……われをっ

──いや、だ……しに、たく……な、いっ

その言葉は、生への執着であり、他者への怨嗟《えんさ》であり、子供じみた支配欲であり、自己肯定と自己愛の顕示であり、言い訳のしようもないただの八つ当たりであった。

だが、死にたくないという思い、独りとなり何もかも壊したくなる気持ちだけは……本当に認めたくないし心底嫌になるが、ハジメには理解できてしまう。

奈落の底で他者などどうでもいいと変心し、魔物の血肉を啜《すす》ってでも生き足掻《あが》いた。

ユエを奪われた時は、極限の破壊をもたらす概念まで生み出し暴走した。

「……あれはもしかすると、ユエ達《たち》と出会えなかった、俺――」

俺なのかもしれない。そう呟こうとしたハジメの唇をユエの人差し指が柔らかく押さえて遮った。

そして、静かに首を振ると囁《ささや》くような声で、優しく否定する。

「……あれとハジメは違う。あれにも、きっと想《おも》ってくれる者はいた。手を差し伸べるべき相手も、手を差し伸べてくれた者も。それを顧みなかったのはあれ。その結果」

ユエの紅玉の瞳に慈愛が浮かび、手が宝物に触れるみたいにハジメの頬を撫《な》でる。

「……今まで、ハジメが歩んできた軌跡。それがハジメの全て」

心が凍り付いていても、ユエの助けを求める声を聞き届けた。

この世界のことなどどうでもいいと言いながら、結局、多くの人を助けてきた。

そうやって歩んできた軌跡が、魔王城でハジメの暴走を止めた。

だから、似ているように見えても全然違うのだと。

だから、私のハジメを貶《おとし》めないで、と。

そう伝える。伝わる。

「……ユエがそう言うなら、そうなんだな」

「……んっ」

絶体絶命だというのに何を感傷に浸っているのかと、そして、この土壇場で何を諭されているのかと、苦笑いを浮かべるハジメにユエは綻ぶような微笑《ほほえ》みを浮かべた。

と、その直後、瘴気が破裂するように吹き飛んだ。

未《いま》だ渦巻く瘴気を纏《まと》ってはいるが、その全貌ははっきりと見える。

「マジで怪物だな」

「……ん。いっそ哀れ」

そこにいたのは肉の塊。何種類もの肉を骨や皮と一緒に適当にこね合わせて、そこに幾つもの手足を突き刺した蠢《うごめ》く肉塊。

幾本もの触手がうねっていてグロテスク極まりない。

ただ、そこにいるだけで人の正気を奪っていくような冒瀆的《ぼうとくてき》で吐き気を催す姿だった。

エヒトルジュエの意思は感じられない。正気も、だ。

〝存在否定の弾丸〟は確かに致命傷を与えたのだろう。それでも消えなかったのは、彼の者の永遠の生と支配と蹂躙《じゅうりん》を手放したくないという執念、否、妄執のせいに違いない。

そのエヒトルジュエだったものが、再び絶叫を上げた。

――ギィイアアアアッッ!!

途端、吹き荒れる暴風。黒い瘴気が渦を巻き、不可視の衝撃波が肉塊を中心に波打つ。

ハジメとユエは咄嗟《とっさ》に身を伏せたものの、再び吹き飛ばされた。

苦悶《くもん》の声を漏らしながら、それでも繋いだ手だけは決して離さない。

もつれ合うように地面を転がり、また支え合って体を起こす。

「ユエ、血を吸え」

「……っ、でも」

「大丈夫だ」

ユエは迷いを見せた。ハジメは大丈夫だと言うが、そんなわけがない。既に致死量ギリギリか、あるいは既に超えているのではと思うほど出血をしているのだ。

腹部の傷も、両足の傷も塞がってなどいない。筋肉を締めて流血を抑えてはいるが、いつ出血多量で鼓動を止めてもおかしくない状態である。

意識を保ち、今なお思考を働かせていられるのは、ひとえに化け物と称されるほどの強《きょう》靭《じん》な肉体のおかげだ。

それでも本当にギリギリ。ここで吸血すれば止《とど》めを刺すことになりかねない。

遠くで、再び肉塊がおぞましい咆哮を上げた。

その度に空間は激しく歪み、衝撃波が真白の世界を破壊していく。

更に、うねる触手が獲物を探すように彷徨《さまよ》う姿も見える。

このままでは、何もせずとも死ぬのは明白だった。それでも躊躇《ためら》ってしまうユエに、ハジメは笑ってみせた。

それは、いつもユエの胸の奥をキュッと締め付ける大胆不敵な笑み。

犬歯を剝《む》き、瞳を凶悪にギラつかせ、味方には絶大な信頼を、敵にはトラウマ級の戦慄を与える吸血姫を虜《とりこ》にする悪魔の笑顔。

「俺が、この事態を想定していなかったと思うか？」

「ハジメ……」

「確かに、切り札は使い切った。ただし、俺のは、な？」

もはや、ユエに言葉はなかった。

あぁ、本当に、私の愛した人はなんて……悪魔的なのだろう、と高鳴る胸を押さえ、こくりと頷《うなず》く。

もう躊躇いはなく、ハジメの自分を抱き締める腕の感触を感じながら首筋に顔を埋《うず》めた。

流れ込む血が少しずつユエの魔力を回復させる――否、次の瞬間、心臓が跳ねた。今までに感じたことのない鼓動が耳の奥に響く。

〝血盟契約〟――唯一と定めた相手からの吸血による〝血力変換〟の効果が増大する技能の影響、というだけではない。それを遥《はる》かに凌《しの》ぐ勢いで回復していく。

――ユエ専用強化アーティファクト　南雲《なぐも》ハジメ
より正確に言うなら血中鉄分だ。昇華魔法と魂魄《こんぱく》魔法、更にはチートメイト成分をも付与した鉄分を多量に含んだ血液が、ハジメの体には流れている。

自分がアーティファクトを失い、ユエが疲弊し、更に〝存在否定の弾丸〟で殺しきれなかった事態を想定して自分自身をユエ専用のアーティファクトに見立てたのである。

「……んぁ」

あまりに甘美で、ユエは思わず喘《あえ》ぎ声《ごえ》を漏らした。

それに反応したわけではないだろうが、肉塊から無数の触手が霞《かす》むような速度で射出された。その先端は鋭く、当たれば一撃で体を貫かれるだろう。

ハジメの首筋から口を離したユエが片手を薙《な》いだ。

途端、眼前の空間がぐにゃりと歪《ゆが》み、異界への穴を開ける。殺到した触手は全て、その空間の穴の向こう側へ放逐されてしまった。

〝ゲート〟による〝放逐防御〟だが、魔力消費は極めて少ない。ユエは、この不安定な空間自体を利用したのだ。

消耗を抑制しながらハジメを守ったユエは、再び視線を戻した。

ハジメの瞳が、微妙に焦点をずらし始めている。今の吸血で、やはり限界がきたのだ。顔からは血の気が引き、今にも目蓋と共に意識を落としてしまいそうである。傷口を強く意識することで、その痛みにより辛うじて意識を繋いでいる状態だ。

ユエは急いで再生魔法を行使しようとした。が、ハジメの目を見て止めた。

余計な魔力を使うなと、そう訴えていた。

今すぐ癒やしてあげたい衝動を必死に抑え込みながらハジメの体を支えるユエ。

掠《かす》れた声が、されど諦観とはほど遠い力を秘めた声音が響く。

「並みの……攻撃じゃあ、効かない……」

「……ん。さっきの一撃を超える概念魔法がいる」

ハジメの意図を汲《く》み取り、空間干渉で身を守りながら言葉を引き継ぐユエ。

ハジメは満足そうに微《かす》かな笑みを浮かべ、頷く。

「……でも、私一人の魔力じゃ足りない」

「変成、魔法……を。俺を――」

「っ……ハジメを吸血鬼化する？　私には血があるから吸血で回復を？」

呆気《あっけ》にとられた。考えもしなかったから。

だが、不可能とは……言えなかった。高速で回した思考と知識が可能だと伝えてくる。

当然だ。ティオでさえ他生物を眷属《けんぞく》にする魔法を会得した。そこにはハジメのアーティファクトの補助があったが、ユエの才覚は道理を踏みつける。

既に策の一つとしてティオに与えられているなんて知らないユエからすれば、どこまでこの事態を想定していたのかと、もはや感心を通り越して呆《あき》れてしまう。

だが、嬉《うれ》しくもあった。嬉しくないわけがなかった。

だって、この策はユエならできるという絶大な信頼に基づいたものなのだから。

これに応えねば女が廃ると、ユエの口元にも不敵な笑みが浮かんだ。

「……アーティファクトの材料は？」

「俺の、眼《め》を」

ハッとした。ごく自然と意識から外れるような認識阻害が眼帯に組み込まれていることに今、気が付いたのだ。冷静ならともかく、屈辱と憤怒、そして嗜虐《しぎゃく》心《しん》で荒れる状態では、エヒトルジュエが見逃したのも頷ける。

ハジメの指示に従い、ユエの細い指が眼帯を外し、ハジメの右目に添えられる。そして、ズブリと一気に差し込まれた。

ハジメから僅かに呻《うめ》くような声が漏れるが、ユエは口元を真一文字に引き締めながら躊躇わずに引き抜いた。青白い小さな水晶球――魔眼石《まがんせき》を握り締める。

「ユエ……たの、む」

「……ん。任せて」

そうして始まる変成の儀式。

黄金の光がハジメを包み込む。身の内に浸透していく。

激しい攻撃を空間干渉で防ぎつつ、変成魔法と魂魄魔法、昇華魔法を複合した最高難易度の魔法を行使するという驚天動地の技。

完全な吸血鬼化は必要ない。最低限、吸血能力さえ得られればいいとはいえ、はっきり言って、それはもう神の領域。超越者の行いだ。

エヒトルジュエの肉塊が、触手攻撃では埒《らち》が明かないと本能的に理解したのか、のそりのそりと近寄ってくるのを感じる。それはきっと死へのカウントダウン。

集中のあまり防御が甘くなり、触手の幾本かが体を掠る。

だが、そんな極限の状態でも、奈落の化け物が愛する吸血姫《パートナー》は完璧に応えて魅せるのだ。

「ユ、エッ」

「……ん。来て、ハジメ」

ハジメの犬歯が伸び、瞳が紅玉に輝いた。少し力を込めただけで折れてしまいそうなユエの首に、食らい付くように牙を突き刺す。

「……んぁっ」

神域の魔法は成功した。ハジメの喉が鳴る度に、目に見えて魔力が回復していく。

そんな場合ではないと分かっていながら、ユエの口からは甘く熱い吐息と喘ぎ声が漏れ、思考は熱に浮かされたようになる。〝もっと〟なんて、そんなことを思ってしまう。

だが、同時に冷静な部分が指摘してくる。

(足りない……)

そう、足りないのだ。

〝存在否定〟を超える概念魔法を創り出すにはまるで。

与えられる血量の限界が、もう直《す》ぐそこまできていると分かる。ユエ自身の魔力も吸血鬼化の魔法で随分と減じている。

このままでは……と、にわかに焦燥が湧き上がる。が、

「大丈夫だ。お前に捧《ささ》げたアーティファクト《おれ》が、この程度のはずないだろう?」

首筋から離れたハジメの自信に溢《あふ》れた声に、自分でも単純だと笑ってしまいそうなくらい安心してしまった。

そのユエの唇に、己の唇を重ねるハジメ。睦《むつ》み合いのためではない。

正真正銘、最後の策のためだ。

ユエから「んぅ」と声が漏れるのも無視して、犬歯で互いの唇を傷つける。

溢れる血を互いに貪るように交わし合う。

直後、それは来た。

轟《ゴウ》ッ!! と、凄《すさ》まじい勢いで魔力が膨れ上がったのだ。

ユエから枯渇寸前だったはずの魔力が噴き上がり黄金が渦を巻く。同時に、ハジメからも莫大《ばくだい》な魔力が噴き上がった。

二人を中心に天を衝《つ》くかのような、否、実際に【神域】の空間を貫いて天へと昇る魔力の奔流が吹き荒れる。

黄金と真紅が、まるで二人の関係をあらわしているかのように絡み合い、混じり合い、渾然一体《こんぜんいったい》となって荒れ狂う。

——疑似無限魔力生成法　連理の契り
ユエが体内に取り込んだ金属粒子。実は、ハジメの血中鉄分と交わり、そのうえで〝血力変換〟に用いられた場合にのみ発動するアーティファクトだ。血力変換した後の失われた血の力を復元する効果がある。相互に血を交換するなら理論上無限に。

つまり、現状で言えばキスを続ける限り際限なく魔力を生み出せるのである。

「……ぁん」

膨れ上がる力に、最愛と交じり合う喜びに、ユエが喘ぎながら身を震わせる。

ハジメも同じだ。腕の中にいる吸血姫が愛《いと》しくて仕方がないと、血の味のする口付けを繰り返す。

エヒトルジュエの成れの果てが直ぐそこまで来た。

――ヂァァアアアアアアッ!!

物理的な衝撃を伴う絶叫と触手を放ってくる。

それに対して、ユエは目を向けることすらせずに〝放逐防御〟を解除した。

もう、必要ないからだ。

実際、真紅と黄金の魔力の奔流が防壁となって全て弾《はじ》き飛ばしてしまった。

膨れ上がる魔力は、今や空間を圧壊させ兼ねないほど。歴史上でも他に類を見ない空前絶後の莫大な魔力量である。

ハジメとユエの唇がゆっくりと離れる。けれど、視線は深く絡み合ったまま。

場違いにもほどがある甘い雰囲気を、しかし、邪魔できる者などこの世のどこにもいはしない。

二人は寄り添い合ったまま、そっと手を重ねた。その間には神結晶《しんけつしょう》製の魔眼石と、ちっぽけな銃がある。

そうして、唱えられるハジメの切り札にして、ありふれた技。

「――〝錬成〟!!」

直後、真紅と黄金の光が溶け合い、太陽が生み出されたのかと思うような爆光が発生した。その美しく力強い輝きに肉塊は身悶《みもだ》えるように後退《あとずさ》った。

光が集束していく。

その向こう側に、小さな銃を二人で構えるハジメとユエの姿があった。

疲弊で震えるハジメの腕に、ユエが支えるように手を添えて照準を定めている。

意外なほどに澄んだ瞳が、肉塊の怪物《エヒトルジュエ》を見つめていた。

迸《ほとばし》る真紅と黄金のスパーク。

全てを終わらせる必殺の弾丸が、今か今かと唸《うな》りを上げる。

そこに込められているのは紛れもなく、未《いま》だかつてない強大な概念魔法。

――ギィイイイイイイイイイイッッ!!

エヒトルジュエが狂ったように触手を放った。己に向けられる破滅的な気配を本能で感じ取ったのだろう。

だが、そんながむしゃらな攻撃が今更二人に通じるはずもない。

「男にキスで勝利を与えるなんて、ヒロインみたいだな、ユエ」

「……ん。最後には必ず勝利を摑《つか》み取っていくところ、ヒーローみたい」

軽口を叩《たた》き合いながら、引き金にかけた指にそっと力を入れ。

「まぁ、それはさておき、あれに言いたいことは一つだ」

「……んっ」

呼吸を一つに、その言霊を響かせる。

「「──総ての罪科は咎人へ返る《よくもやってくれたな、このクソ野郎》」」

弾丸と共に放たれたそれは応報の言葉だ。

よくも私の体を使ってハジメを傷つけてくれたなと、万死を与えてもまだ気の晴れない激烈な怒り。ハジメの感情ならば言うまでもなく。

恐ろしいほどに深く重く想《おも》い合う二人である。互いへの仕打ちに抱く憤怒は、間違いなく感情の極致だ。

そして、きっと、その概念は遥《はる》か過去から神の遊戯によって踏み躙《にじ》られてきた人々の心を代弁した言葉に違いなく。

引き金が引かれた。

神を殺すにしては軽い炸裂音《さくれつおん》。空を切り裂く一条の閃光《せんこう》はか細い。

だが、それでも、それは過去最強の〝神殺し〟の概念であったが故に。

悠久に等しい時、他者に与えてきた苦痛と損害を全てそのまま返す概念が今、エヒトルジュエに因果応報の人誅《じんちゅう》を与える。

少しの間と、静寂。

肉塊を貫いた真紅の残影が消える。弾丸が撃ち抜いた場所からゴボリッと汚泥の如《ごと》き黒い血が溢れ出した。肉塊が崩壊していく。

そうして、一拍。

──ギィ、ア、ァア、ァアアアアアアッッッ!!

この世のものとは思えない断末魔の絶叫が響き渡った。

黒々とした瘴気《しょうき》の混じる白銀の魔力が天を衝いた。【神域】を突き破り、見覚えのある赤黒い空すらも貫く。

神の悪行がもたらした苦痛と惨害はいかほどか。もし数値にしたなら天文学的な値になるに相違なく、それが一瞬にして全て己に牙を剝《む》いたのだ。

地獄の責め苦すらも生温《なまぬる》いだろう。

轟《とどろ》く悲鳴は、それを感じさせるに十分だった。

後には何も残らず。

紛れもなく、それがエヒトルジュエの、この世界の神の——最期だった。

神を殺したちっぽけな銃が崩れていく。

しばらくの間、静寂と互いの体に身を委ねるハジメとユエ。

繋《つな》ぎ合わせた手の感触に幸福を覚えながら、一拍。互いを見つめ、ふわりと柔らかく解けるような笑みを浮かべ合った。

「っと、黄昏《たそが》れている場合じゃ、ない……な」

「……ん。ハジメ、立てる？」

「……チッ、足……どころか、体自体、碌《ろく》に動かせねぇ。ユエ、は？」

「……座っているのが……やっと」

創造主の喪失に合わせ【神域】が本格的に崩壊し始めた。

鳴動が刻一刻と大きくなり、真白の空間には無数の亀裂と穴が開き始めている。

なのに、二人揃《そろ》って碌に動けないというのだから、本当の危機は神殺しの後に来るなんてと苦笑するしかない。

「悪いな、ユエ……本当は、エヒトを殺《や》った後……回復を待って、粒子か……最悪、骨でも使って……ゲートキーを作る……つもりだったんだが……」

「……ん。そんな時間はなさそう」

〝連理の契り〟も使えない。金属粒子も血中鉄分も連続行使の負荷に耐えかねたのか効力を喪失しているようだった。そもそも魂魄《こんぱく》レベルで衰弱している二人では、いずれにしろ魔力があっても直ぐに神代魔法を使うのは無理だ。十中八九、意識が飛ぶ。

どれだけ抜かりなく考えていても、全知全能ではないから。

結局、今、最も必要な〝回復のための時間〟が確保できない。

加速度的に崩壊していく世界に、苦虫を噛《か》み潰すどころか飲み込んだような表情になるハジメ。けれど、それでも絶望はしない。

「ここまで来て……終わりなんて……認めない。這《は》ってでも、帰るぞっ」

「……んっ」

互いに肩を貸し合って、文字通り、崩壊していく真白の世界を這うようにして少しずつ進んでいくハジメとユエ。

目指すは、地上を映し出している真白の空間の端。

巨大なクレバスのような亀裂を避け、大穴を迂回《うかい》し、遅々とした歩みながらも一歩ずつ進んでいく。今まで、二人でそうしてきたように。

崩壊した地面の縁に辿《たど》り着く。

眼下の空間は見るからに生物の生存を否定するような荒れ狂いっぷりだ。生身で飛び込めば無事では済まないと本能が訴えてくる。

地上が、健在の連合軍だって見えているのに。

きっとあそこには、香織達《かおりたち》がいるはずなのに。

果てしなく遠く感じる。

全てが崩壊するギリギリまで回復を待てば、少しでも身を守るアーティファクトか魔法を使えないかと、チキンレースの如きジリジリとした焦燥と緊張に炙《あぶ》られる。

だが、現実は非情だ。もう、逃げ場もない。崩壊はますます激しくなり、黒一色の虚無というべきものが迫ってくる。

「……ユエ」

「……ん？」

「愛してる」

「んっ、私も……愛してる」

やはり間に合わない。そうなれば逆に覚悟は決まった。

足元にも亀裂が入っていく中、二人は落ち着いた雰囲気で笑い合い、キスを交わした。

そして、一か八《いちばち》かの賭け上等だと、地上を映す空間の歪《ゆが》みへ飛び込む——寸前。

「ちょあーーっ!! 完璧なタイミングで現れるぅ、空前絶後の超絶天才美少女魔法使ぁい! ミレディ・ライセンたぁ〜ん☆ 参上♪ 私を呼んだのは君達かなっ? かなっ?」

なんか出てきた。

「「……」」

思わず目が点になるハジメとユエ。まるで厳粛な葬式の場で、棺桶《かんおけ》から飛び出す道化《ピエロ》を見たかのよう。

そんな二人にお構いなく、闖入者《ちんにゅうしゃ》は引くほどのハイテンションで絶好調に言葉を飛ばしまくった。

「なんだよぉなんだよぉ〜。せっかくこのミレディさんが助けにきてあげたのにノーリアクションかよ! 拍手喝采で出迎えろよぉ! ミレディちゃん泣いちゃうぞ? シクシク、チラチラッてしちゃうぞぉ?」

「……うっぜぇ」

「……ん。これは確かにミレディ」

半端ないウザさが何よりの人物証明だ。二人揃って、目の前でニコちゃん仮面のゴーレムが横ピースとウインクできゃるるんっしている光景を現実として受け入れる。

そして、いつの間にか、限られた範囲ではあるが崩壊が食い止められていることに気が付いた。

「これ……お前、か？」

「ふふん、まぁね。このくらい解放者のリーダーであるミレディちゃんには容易《たやす》いことなのさ！　褒《たた》め称えてもいいんだっぜ♪　と言っても、あと数分も保たないけどね」

「……もしかして、脱出、できる？」

「もっちろんだよぉ！　既にウサちゃん達も地上に投げ捨てて来たからね。後は二人だけだよん！　流石《さすが》、私！　できる女だっ！　はい、拍手ぅ拍手ぅ！」

ニコちゃんマークの仮面を、どういう原理かキラッキラッとさせながらそんなことを言うミレディに、言動のウザさはともかく本気で感心と感謝の念を抱く。……果てしなく悔しい気分にもなったが。

だが、次の言葉で半笑いだった二人の表情は崩れ去った。

「ほい、これ〝劣化版界越の矢〟。最後の一本ね。こんな不安定な空間でないと碌に使えないけど脱出には十分だよ。後、サービスで回復薬だ！　矢の能力を発動させるくらいならなんとかなるっしょ？　それ飲んだら二人共さっさとゴー！　ゴー！　あとはお姉さんにまっかせなさ〜い♪」

「……お前は？　一緒に、出るんじゃないのか」

投げ渡された〝劣化版界越の矢〟をユエが受け取るのを横目に、ハジメが疑問を投げかける。まるで、ミレディだけこの崩壊する空間に残るような言い方をしたからだ。

その推測は、どうやら当たっていたらしい。

「うん、残るよぉ〜。こんな出鱈目《でたらめ》な空間は放置できない。地上も確実に巻き込まれるだろうからね。私が片付けるよ」

「……まるで、ここで死ぬ……みたいな言い方だな」

回復薬のおかげで、確かにアーティファクトを発動させる程度の魔力は回復したハジメが、幾分滑らかになった口調で問う。

ミレディは、それにあっけらかんと答えた。

「うん。私はここで終わり。ミレディさんの最後にして最高の魔法で神域を圧縮ポンしちゃうぜ！　こんな場所はあっちゃいけないからね。最初から予定してたんだ」

本来は、【神域】ごと神を葬る最終手段。要は自爆だ。

けれど、神が健在の場合、それは難しかっただろう。だから、ミレディのハジメ達に向ける声音には感謝の念が滲《にじ》み出ていた。

「自己犠牲か？　似合わねぇよ。それより――」

死を確定したものとして語る物言いが癇《かん》に障って、ハジメは思わず異論を口にしようとした。

その瞬間、小さなゴーレムに重なるようにして、金髪碧眼《へきがん》で十四、五歳くらいの美しい少女が現れた。幽体の投影だ。

人間だった時のミレディが、おちゃらけた口調とは裏腹にひどく満足げな、それでいて心を締め付けるほど優しい表情でハジメとユエを見つめる。

「自己満足さぁ。仲間との、私の大切な人達との約束――〝悪い神を倒して世界を救おう！〟な～んて御伽噺《おとぎばなし》みたいな、馬鹿げてるけど本気で交わし合った約束を果たしたいだけだよん」

ミレディの視線が虚空に向けられた。悔恨と背筋が震えるほどの意志を宿した蒼穹《そうきゆう》の如き瞳が、遠い過去を見つめている。

「私は、世界も皆も救えなかった。未来の誰かに託すことしかできなかった。……ずっとずっと、この時を待っていたんだよ。今、この時、この場所で、人々のために全力を振るうことこそが、ここまで私が生き長らえた理由なんだ」

独白じみたミレディの言葉を、ハジメとユエは静かに聞いた。

ミレディが安い自己犠牲で悦に浸っているわけではなく、自分達では想像もつかないほど昔から胸に秘め続けた想《おも》いを、今この時、ようやく成就させようとしているのだと理解したから。

そんな二人を見て、ミレディの目はますます優しげに細められた。

「ありがとね、南雲《なぐも》ハジメくん、ユエちゃん。私達の悲願を叶《かな》えてくれて。私達の魔法を正しく使ってくれて」

その感謝の言葉に、ハジメとユエは不思議な感慨を抱いた。もう制止しようとは欠片《かけら》も思えなくて、彼女の旅の終わりを見届けられたことに嬉《うれ》しさすら覚える。

だから、自然と綻んだ表情で言葉を返せた。

「……ミレディ、ありがとう。貴女《あなた》の魔法は一番役に立った。私こそが、ミレディ・ライセンの継承者」

「……へへっ。良いとも！　このミレディさんが認めてやるぜ！」

「――〝思った通りに生きればいい。君の選択が、きっとこの世界にとっての最良だから〟、そう言ってたな。俺の選択は最良だったか？」

「もっちろん！　あのクソ野郎はあの世の彼方《かなた》までぶっ飛んで、私はここにいる。この残りカスみたいな命を誓い通りに人々のために使えるんだから。君達のおかげで……やっと、安心して皆のところに逝けるよ」

きっと、生身ならばミレディの目尻には光るものが溢《あふ》れていただろう。そう思わせるほど、ミレディの言葉には万感の思いが込められていた。

「さぁ、二人とも。そろそろ崩壊を抑えるのも限界だよ。君達は待ってくれている人達の所へ戻らなきゃね。私も、私を待ってくれている人達のところへ行くから」

再び、停滞していた空間の鳴動が始まった。

ふらつきながらも、回復薬のおかげでどうにか立ち上がれたハジメとユエは、ユエの手に握られた〝劣化版界越の矢〟を発動させながら、真《ま》っ直《す》ぐにミレディを見つめ返した。

そして、心からの言葉を贈った。

「ミレディ・ライセン。貴女に敬意を。幾星霜を経てもなお、傷一つつかないその意志の強さ、紛れもなく天下一品だ」

オスカー・オルクス。

ナイズ・グリューエン。

メイル・メルジーネ。

ラウス・バーン。

リューティリス・ハルツィナ。

ヴァンドゥル・シュネー。

大迷宮創造者、ミレディと並び立つ偉大な解放者達の名を一人ずつ口にして。

ハジメは片手を胸に添えて一礼した。

「貴女の大切な人達共々、俺は決して忘れない」

ユエもまた同じく。最大の敬意を込めて。

「……何一つ、貴女達が足掻《あが》いた軌跡は無駄じゃなかった。必ず、後世に伝える」

しばし、言葉を失うミレディ。

思いがけず、ずっと欲しかった宝物を貰《もら》ったような表情になっている。

「あ、えっと……な、なんだよぉ～、二人共！　なんか、もうっ、何も言えないでしょ！　そんなこと言われたら！　ほらっ、本当に限界だから！　さっさと帰れ、帰れ！」

感極まってしどろもどろになった自分が恥ずかしかったのか、照れた様子でそっぽを向き、パタパタと手を振るミレディ。

足元の亀裂が大きくなる。崩壊が再び始まった。

ハジメとユエは、目を合わせようとしないミレディに仄《ほの》かな笑みを見せつつ、背を向けた。眼下の歪む空間の先に地上があるのを確認し、お互いに頷《うなず》く。

そして、

「じゃあな、世界の守護者」

「……さよなら、世界の守護者」

示し合わせたわけでもないのに、二人は自然とそう呼称して地上へ飛び降りていった。

後に残ったミレディは、そんな二人のいた場所を少しの間だけ見つめて、

「世界の守護者、ね。むずがゆいなぁ。最後の最後に、あれは反則。……報われた、なんて思っちゃったじゃんか」

くすぐったそうにはにかんだ。

直後、蒼穹の魔力が噴き上がる。仮面に亀裂が走り、金属のボディが分解されているみたいに端から消えていく。

七人の解放者が総力を挙げてリーダーのために創った小さなゴーレムを中心に壮烈なス

パークが迸《ほとばし》り、黒く渦巻く禍星が創り上げられていく。

と、その時、ふと気配を感じた気がしてミレディは顔を上げた。

あ、と声が漏れる。

そこに、どれだけの年月が経《た》っても色褪《いろあ》せることのない大切な人達の姿があった。

「みんな……」

言葉は返らない。ただ、よくやったと褒めるみたいに、あるいは誇らしげに、揃《そろ》って微笑《ほほえ》んでいるだけ。

死に際の走馬灯、あるいはただの幻覚か。

原因など、どうでもよかった。

「なんだ、迎えに来てくれたんだ？　えへへっ、それじゃあ、言っちゃおうかな？　遂《つい》に言っちゃおうかな！」

膨れ上がる禍星が周囲の一切合切を呑《の》み込んでいく。真白の空間も、数々の異界も、虚無の如《ごと》き空間も、全て。ブラックホールのように。

ゴーレム自体も跡形もなく消えていく中で、ミレディの魂は天真爛漫《てんしんらんまん》を絵に描いたような表情で叫んだ。

永劫《えいごう》に等しい独りの旅を終わらせる、ずっと言いたかった言葉を。

「みんなぁ、たっだいまぁーーっ!!」

次の瞬間、真白の空間は音もなく消滅した。

赤黒い世界が裏返っていた。

そう表現してもなんら違和感のない天に出現した反転世界。数多《あまた》の異界が人々の頭上を覆い、捻《ねじ》れた空間ごと崩壊していく。

大気は絶えず鳴動し、雷鳴のような音と共に空間に亀裂が入り、それが徐々に範囲を広げていく。更に上空へ、更に東西南北へ、更に地上へと。

世界が壊れていく。

だから、あれほど猛威を振るった使徒の軍団が銀の雨となって地に落ちても、誰も歓喜の声は上げない。祈るように、固唾を呑んで空を見上げている。

「あぁ、神よ……」

誰かが、そう呟《つぶや》いた。

神の真実を知る者は少ない。一般兵士の中では皆無だろう。

決戦を前に混乱させないため、ハジメやリリアーナを筆頭に各国上層部が納得の上で決めた措置だ。故に、大多数の人の中では正しき神と悪《あ》しき神が存在する。

ならば、彼等《ら》の信ずる神に、今こそ縋《すが》りたくなるのは当然で。

と、その時、可愛《かわい》らしくも凛《りん》とした声が響いた。

縋る必要はないと、信じる相手は別にいると、そう訴えるように。

人々に寄り添い、共に死線をくぐり抜けた〝豊穣《ほうじょう》の女神〟──畑山愛子《はたやまあいこ》だ。

『皆さん、絶望する必要などありません！　あの人が、今この瞬間も悪しき神と戦っているはずです！　使徒が落ちたのも、神域が壊れていくのも、悪しき神が苦しんでいる証拠です！　崩壊だって必ず止めてくれます！　だからっ、祈りましょう！　あの人の勝利を！　人の勝利をっ！　さぁ、声を揃えて！　私達《たち》の意志を示しましょう！』

しんと静まり返る戦場。

愛子の言葉は、ハジメに渡された扇動用セリフ集のものではない。

紛れもなく、愛子自身の心からの叫びだった。

ハジメ達の無事と勝利、そして世界の救済を信じているという愛子の意志を示す言葉。

だからだろう。すっと自然に心へ届いたのは。

最初に応えたのはリリアーナだった。

『勝利を！』

アーティファクトで拡声された総司令官の声が戦場に木霊する。

次いで、満身創痍《まんしんそうい》であることを感じさせない覇気と共に、ガハルドが呼応した。

『勝利をっ』

続いて、クゼリーが、ランズィが、アルフレリックが、カムが、アドゥルが、シモンが、
そして優花《ゆうか》が腹の底から叫んだ。

『『『『『『勝利をっ!!』』』』』』

連合軍兵士達の心に、再び勇猛を示す炎が燃え上がった。

勝利を!!　勝利を!!　勝利を!!　勝利を!!　勝利を!!　勝利を!!　勝利を!!

勝利を!!　勝利を!!　勝利を!!　勝利を!!　勝利を!!　勝利を!!　勝利を!!

戦場に勝利の大合唱が響き渡る。数多の軍靴が大地を揺らす。

天上の世界へ届けと、〝人〟の意志が暗闇を払う陽《ひ》の光の如く立ち昇っていく。

人間も、亜人も、異世界人も関係なく、自分達の勝利を、そして、天上の世界で戦う者達を信じて、不可思議なほど綺麗《きれい》に揃った雄叫《おたけ》びを繰り返す。

そんな中、一人、合唱には加わらず一心に空を見つめる黒の天使がいた。

魔力枯渇で今にも墜落しそうな香織《かおり》だ。

ゆるやかに明滅する黒銀の翼を辛うじて制御し、少しでも空に近い場所でハジメ達の帰りを待ちたいと地上に降りることなくじっと【神域】を見つめ続ける。

と、その時だった。香織の顔に喜色が浮かんだ。

遥《はる》か上空、何千メートルも上なので常人には分からないだろうが確かに見えたのだ。

荒れる空間の一部が渦巻き、穴が開いて、そこから人影が飛び出してきたのを。

その減速する様子も見せず自由落下する人影から、

「アーーーッ!?」

「ぬおぉおおお〜〜〜っ!?」

なんとも情けない悲鳴が聞こえてきた。

「シアッ、ティオ！」

それは確かに、ウサミミをぱったぱたと荒ぶらせるシアと、ボロボロの衣装が突風に煽《あお》られてあられもない姿になっているティオだった。

その上空からは、スカイボードに乗った雫《しずく》、鈴《すず》、龍太郎《りゅうたろう》、そして光輝《こうき》が慌てた様子で追いかけてくる姿もある。

四人の必死に追いかける姿と焦った表情で察する。あれ、普通にピンチだと。

黒銀の翼を一打ち。反応の鈍い体を叱咤《しった》してぐんっと加速する。見事に相対速度を合わせながら落下地点に滑り込み、どうにか二人の腕を掴《つか》んだ。

「シア、ティオ！　お帰りなさいっ」

「香織さん！　ただいまです！」

「助かったのじゃ、香織。それと、ただいまじゃ」

三人で抱き締め合って、互いの無事を喜び合う。

二人も抱えたまま滞空し続ける余裕はないので、そのまま滑空するように連合軍からは少し離れた大地に降り立った。

シアとティオが安堵《あんど》の吐息を漏らし、香織と一緒にぺたんっと座り込む。

少し遅れて雫達も降りてきた。

「香織！」

「雫ちゃん！」

スカイボードを乗り捨てた雫が香織へと飛びついた。香織もまた目の端に涙を浮かべて雫を受け止める。そこに鈴達も駆け寄ってくる。

「カオリ〜ン！　ただいま！」

「鈴ちゃん！　っ……お帰りなさい！」

一瞬、恵里《えり》がいない意味を察して言葉に詰まりつつも、飛びついてきた鈴を迎えの言葉と共に抱き留める香織。三人で、互いの心を慮《おもんぱか》るように強く抱き締め合う。

「よっ、そっちも無事みてぇだな」

「龍太郎くんも。みんな無事で良かった……」

龍太郎の言葉に心の底から安堵の滲《にじ》む表情を見せて、そして、ばつが悪そうに後ろの方で佇《たたず》んでいる光輝へ、胸の奥の靄《もや》が晴れたような笑みを向ける。

「光輝くんも、お帰りなさい」

「……あぁ、ただいま。全部、たくさん、ごめん。本当に、ごめんっ。それと……ありがとう」

魔王城では香織を襲ってしまっただけに、迎えの言葉は貰えないだろうと覚悟していた光輝は、目の端に涙を溜《た》めながら頭を下げた。

雫達と同じく見捨てないでいてくれたことに、ただただ感謝する。もちろん、もう勘違いするようなことはない。

そんな光輝に一つ頷いてから、香織は空を見上げた。そして、何かを探すように視線を巡らせる。誰を探しているかなど明白だ。

「香織さん……ハジメさんとユエさんは一緒ではありません」

「だが、案ずるな。必要であったが故に途中で別れただけじゃ。ご主人様もユエも、必ず帰ってくる」

シアとティオも、ユエとハジメの帰還を信じて空を見上げた。

「それに、ミレディさんが迎えに行きましたからね……」

そう言うシアの横顔には、僅かばかりの寂寥《せきりょう》が浮かんでいた。

ミレディから、〝劣化版界越の矢〟を渡された時のことだ。

当然、一緒に深奥へ行くと訴えたシア達に、ミレディは、〝劣化版界越の矢〟は本数に限りがあり、一度の使用で破損するうえ一人が通れる程度の大きさの〝ゲート〟を短時間しか開けないと説明した。だから、異界を渡るのに消費しすぎれば、最悪の場合、脱出する者を選ばなければならない事態になると。

それでも渋ったシア達だったが、ハジメ達のことは任せてほしいと告げた時のミレディの雰囲気に、結局、信じて従うことにしたのだ。

だって、察してしまったから。

ああ、この人は帰るつもりがないんだ、と。身命の全てを投げ打って、世界とハジメ達を救う覚悟なんだ、と。

「あんなでも凄《すご》い人なんで、うん。大丈夫ですよ！」

「シア……うん、そうだね。それに、あの二人が一緒なら」

「うむ。しくじるという言葉を知らぬ二人じゃからな」

香織は鈴や雫と少し体を離して、また空を静かに見上げた。

シアもティオも、そして雫達も同じように天を仰ぐ。

崩壊する【神域】を睨《にら》みつけるように。無事を祈りながら。

連合軍の方でも、声を枯さんばかりに勝利の祈りが轟《とどろ》き続けている。

そうして、どれくらい経《た》ったのか。

永遠にも感じた、ほんの数分後。

それは起きた。

「あっ」

思わず声を上げたのは香織だった。

真紅と黄金が混じり合った光の柱が、突如、【神域】を貫くようにして天を衝《つ》いたのだ。

よく知る魔力でありながら、味方の心胆さえ寒からしめる絶大な魔力の奔流と、そこに込められた途方もない意志のうねりに、思わず戦場の雄叫びが止《や》む。

誰もが圧倒されたように、あるいは魅せられたように螺旋《らせん》を描いて天へと昇る二色の魔力に釘付《くぎづ》けとなった。

「ハジメさん！　ユエさん！」

シアが叫んだ。歓喜の溢《あふ》れた声音で。

直後、真紅と黄金の魔力が逆再生のように集束を始めた。

そして。

世界に響く断末魔の悲鳴。

直接、鼓膜を震わせたわけではないが、確かに世界中の全ての人が耳にした。

同時に、今度は白銀にドス黒い瘴気《しょうき》の混じった閃光《せんこう》が噴き上がった。

根拠はなくとも、誰もが確信する。あれは神から流れ出した血なのだと。

やがて、濁った白銀の光も虚空へと霧散していき、世界に静寂が戻る。

どうなったのだと、誰もが固唾を呑《の》む中、崩壊を広げていく天上世界が突如、中心の一点を目指して収縮していく。

まるで、何かに吸い込まれていくように、あるいは圧縮でもされているかのように。

次の瞬間、一点に集まった天上の世界が四散した。

音はない。

衝撃もない。

ただ静かに、鮮やかな七色の波紋が幾重にも重なった。

昼の陽光の色、朝焼けの色、冴《さ》え冴《ざ》えとした月光の色、瑞々《みずみず》しい若草色、力強い大地の色、静かなる夜闇の色、そして、全てを優しく包み込む大空の色。

その美しき波紋はどこまでも広がっていき、やがて、赤黒く染まった世界そのものを染め返していった。

世界が、色を取り戻していく。

それは、泣きたくなるほど壮麗で、優しい光景だった。

「あぁ……神よ」

誰かが呟《つぶや》いた。

ただし、それはもう救いを求める声ではない。

神話の目撃者となったことへの感謝、胸を満たす感動が故だ。

七色の波紋は少しずつ勢いを弱め、しかし、消えることなく、ほろりほろりと静かに涙を流す人々を見守るように七色のオーロラとなって空に漂った。

「ハジメくん……ユエ……」

そんな中、食いしばった歯の隙間から漏れ出したような声音が響いた。香織が、血を流すほどに手を握り締めながら消滅した【神域】を睨みつけている。

「ハジメ……」

「……南雲《なぐも》君」

「くそっ。どうなってんだっ、あの馬鹿っ」

「南雲っ」

雫が、鈴が、龍太郎が、光輝が、歯噛《はが》みしながら険しい眼差《まなざ》しを空へと向けている。

赤黒い世界が完全に消えた。

太陽が本来の輝きで世界を照らし始める。

けれど、待てど暮らせど待ち人の姿は見えない。

世界が正しい姿に戻っても、戦場さえも未《いま》だにしんっとしたまま。

砦《とりで》の屋上で、優花《ゆうか》が声を震わせる。

「なに、やってんのよ……早く帰ってきなさいよっ」

浩介《こうすけ》が、カムが、互いに立つこともままならない状態でも叫ぶ。

「冗談じゃないぞっ。南雲！　さっさと戻れよっ」

「ボスッ。まだ何も返せておりませんぞっ」

司令部で、指先が白く染まるほど強く手を組んで祈っているのはリリアーナだ。

「そんな終わり方、絶対に認めませんっ。お願いだから姿を見せてっ」

そして、砦の屋上の縁で連合軍を鼓舞していた愛子《あいこ》も。

「南雲君、ダメですよ？　帰ってくるって約束したんだから。約束は守らないと。私、絶対に許しませんから……」

涙が零《こぼ》れ落ちるのを必死に堪《こら》えながら言い募る。

そうして、ぽつりぽつりと人々の心の中に、そして光輝や龍太郎、鈴の中に「二人は、もう……」と悲痛な諦観が生まれ始め――

「大丈夫ですッ!!」

凄《すさ》まじい声量の断言が響き渡った。それなりに離れた場所なのに、連合軍全体にも伝わったのではないかと思うほど。

ハッとして視線を転じる光輝達《たち》。

シアがウサミミをピンッと立て、しゃんっと背筋を伸ばして仁王立ちしていた。

空から目を逸《そ》らさずに確信に満ちた声音で言う。

「誰がなんと言おうと、何が起きようと！　ハジメさんとユエさんが一緒にいるなら、ぜぇ～ったいに大丈夫！　共にある限り、二人は無敵なんです！」

だから、この程度の難局、笑い飛ばして帰ってくる。

一切の瑕疵《かし》なき信頼が宿った言葉が、不安に駆られた者達の心を叩《たた》き直していく。

まるで、言霊にでもなったみたいに、世界に響く。

「……ふふ、そうだね。むしろ、どこかでまた二人っきりの世界でも作ってるのかも」

「ありえるのぅ。すぅぐ妾《わらわ》達のことを忘れるんじゃから」

「最愛の恋人との感動の再会ですもの。さもありなんって感じね」

香織《かおり》に続き、ティオと雫《しずく》も苦笑いを浮かべずにはいられない。そのやり取りに鈴《すず》達の表情も和らぐ。

直後だった。

シア達の言葉が正しかったことを示すように……

「あ……ふふ、ほらっ」

シアが指を差した先に、真紅の波紋が広がったのは。

空にかかる七色のオーロラ。そのベールの合間に小さな穴が開いた。

「うおっ⁉」

「……んんっ」

飛び出したのはぴったりと抱き合う二つの人影。言わずもがな、ハジメとユエだ。

ハジメは片腕でしっかりユエを抱き締めて、ユエもまた、ハジメの首筋に腕を回してギュッとしがみついている。

ゴウッゴウッと風の唸《うな》りを耳元に感じながら、自由落下していく二人。高さ的に地上までは四十秒といったところか。

遠目に連合軍が見える。このまま落ちれば、数キロメートルほど離れた草原に落下しそうだ。

「ユエ、飛べるか？」

「……無理。矢の発動に使い切った」

「ま、そうだよな。ちょっと乱暴になるから、しっかり摑《つか》まっとけよ」

「……ん。捕まえとく。絶対に逃がさない」

「……」

パラシュート無しのスカイダイビング中だというのに、ユエの瞳はハジメしか映していない。至近距離で蠱惑的《こわくてき》な笑みを浮かべ舌舐《したな》めずりまでしている。

んんっと咳払《せきばら》いを一つ。ハジメは高鳴った鼓動を無視して、真紅の魔力をうっすらと纏《まと》った。片腕がないのでバランスが取りづらいが、どうにか姿勢を制御する。

「使えるのは……死ぬ気でやって十回か」

重箱の隅にこびり付いた汚れのような魔力では、〝空力《くうりき》〟の足場を使える回数にも限りがある。

それで、高度八千メートル近くからのスカイダイビングから生還しなければならない。

「ま、ユエとなら悪くない」

「……んふっ」

頬に口づけ。とんでもない風圧の中、よくやるものだと笑みがこぼれる。

ハジメがしくじるなんて露ほどにも思っていないのだろう。

ならば、応えないと男が廃る。と言わんばかりにハジメは集中した。

くるりと反転し、空中に波紋を広げて一瞬の足場を作る。直《す》ぐに粉砕されるが、確実に減速した。それを繰り返す。地上までの距離と速度を計算しながら。

徐々に高度を落としながら度々広がる真紅の波紋に、連合軍も気が付いたようだ。

ざわりとさざ波のように喧噪《けんそう》が広がり、一拍。

感極まったような声音が響いた。可憐《かれん》なる総司令官様だ。

『わ、我々のっ、勝利ですっ!!』

ようやく聞けた、聞きたかった、待望の宣言。

その瞬間、

――ォオオオオオオオオオオオオオオオッッッ!!

戦場に、否、神なき新たな世界に人々の爆発したような歓声が響き渡った。

その世界が上げた産声のような勝鬨《かちどき》に呼応したように、空を覆う七色のオーロラから煌《きら》めく光の粒子が振り撒《ま》かれる。

それに輝きを取り戻した太陽の光が反射して、まるでダイヤモンドダストのように世界を煌めかせた。それはきっと、新たな世界への祝福だ。

光のシャワーが降り注ぐ中、最後の波紋を蹴りつけて見事に減速しきったハジメが、ユエを抱き締めたまま地面に降り立つ。

といっても、両足の傷は治りきっておらず、〝空力〟の使用で魔力もすっからかん。衰弱も激しく、とても踏ん張りきれない。

結果、ユエを抱えたまま後ろへ倒れ込んでしまった。

「ははっ、決まらねぇなぁ」

苦笑いしながら、もうピクリとも動いてくれない体を横たわらせるハジメ。だが、その表情は清々《すがすが》しい。

ずっと抱かれたままのユエは、そんなハジメに馬乗りとなりペタリと張り付くようにして抱きついた。

そして、鼻先がくっつくような近さでゆるりと首を振る。

「……決まってた。最高に格好良かった」

「そうか？」

「……ん。ハジメ、ありがとう。大好き」

そうして、蕩《とろ》けるような笑顔を見せると、ユエはその柔らかで甘やかな唇をハジメに押し付けた。

動けないので、されるがままたっぷりと堪能されるハジメ。

もっとも、たとえ動けたとしてもユエが望む以上、ハジメに抵抗する術《すべ》はなかっただろうが。きっと、いや絶対、その意思さえ湧き上がらないに違いない。

終わらぬ口付けは連合軍の歓声すら消し去って、二人だけの世界を形成する。

そこへ二人をして無視しえない声が響いてきた。

「あーーっ、やっぱりイチャついてますぅ！って、ユエさん!?」

「お、大人になってるぅううう!?　ユエが大人の魅力でハジメくんを襲ってるぅ!?」

「なんと！　ご主人様が無抵抗……骨抜きにされておるっ」

「うっ、す、すごい色気……でも引くわけにはいかないわ！　乙女は突撃あるのみよ！」

シア、香織、ティオ、雫の四人だ。

その後ろから鈴や龍太郎《りゅうたろう》、光輝《こうき》も駆けてくる。

感動の再会とは思えないほど賑《にぎ》やかな様子でハジメとユエに飛びついていくシア達。

ユエがキスを中断して体を起こし、ハジメは視線だけ向けて、共に相好を崩した。

「よぉ、お前等《ら》。ただいま、だ」

「……ん。ただいま」

「「「おかえりなさい！」」」

溢《あふ》れ出んばかりの歓喜と親愛のこもった迎えの言葉が、さわやかな風に乗って草原に広がる。

見上げた空にはダイヤモンドダスト。

周りには、春日のように温かな笑顔の華を咲かせる大切な者達。

遠くから、ハジメの名を呼びながら多くの人が駆け寄ってくる。

自分を包む温かさと、込み上げる達成感、そして満ち足りた想《おも》いに、ハジメは笑みを浮かべた。

それは不敵さと優しさが綯《な》い交《ま》ぜになったような、一言では言い表せない不思議な情感を湛《たた》えた笑みで……

その笑みにユエ達が心の奥を射貫《いぬ》かれて悶《もだ》える中。

ハジメは心地よい疲労に身を委ねて、そっと目を閉じたのだった。

最終章◆旅路の果て

神話大戦。

人々が自然とそう称した、世界の命運を懸けたあの決戦から一ヶ月が経《た》った。

今日も今日とて、【ハイリヒ王国】の王都が存在した場所からは活気に溢《あふ》れた喧騒《けんそう》が聞こえてくる。

響いているのは職人気質《かたぎ》な怒声がメイン。指示、掛け声、呼び声が飛び交い、狭間《はざま》に談笑、たまに喧嘩《けんか》の声も。

合わせて色彩豊かな魔法の光が乱舞し、木材や石材が宙を飛び交う。

復興の音であり光景だ。

剣と魔法のファンタジーな世界らしい光景と言えよう。

開戦直後の〝神山《しんざん》崩し〟により崩壊した霊峰に巻き込まれる形で土砂や瓦礫《がれき》の底に消えた王都だが、まったくもって驚愕《きょうがく》すべきことに既に瓦礫の撤去が終わっていて、一部では建築が始まっていた。

神話大戦に参加できなかった世界中の非戦闘員――特に職人達《たち》が総出で復興に当たっているのだ。

種族、国の垣根を越えた善意の協力である。

実は、司令部の戦域確認システムである外部モニターのアーティファクトは、多くの王都民の避難先である帝都や各地の主要都市にも、クラスメイトが招集任務で赴いた際に設置していた。

広場などで民が人類の存亡の行方を見守れるようにだ。

つまり、この世界の多くの人が、あの決死の戦いを見ていたのである。

神話の、目撃者だったのだ。

心を打たれないわけがなかった。自分も何かしたいと、そう思わないわけがなかった。

決戦の後、各地に設置された〝ゲート〟が再び開かれ、王都前の大草原は多くの人の再会と勝利を祝う声で満たされた。

同時に、帰らぬ人となった英雄達や、瓦礫の山に変じてしまった王都を見て、せめて戦後の復興にはと奮い立ってくれたわけだ。

その意気込みとマンパワーは凄《すさ》まじく、今のペースならば半年以内にある程度は元の様相を取り戻せるかも知れないと推測されるほどだ。

そんな王都復興の最前線として、神話大戦の最前線だった場所が使われていた。

戦闘の爪痕激しい大草原は綺麗《きれい》に平《なら》され、仮設住宅も多数建設されており、復興に携わる関係者達が不自由しない環境に整えられている。

彼等《ら》を支援する目的で商人も多く集まってきており、料理屋や雑貨屋なども続々と作られていて、あるいは、そのまま王都の一部となって都市拡大に繋《つな》がるかもしれないほどの賑《にぎ》わいを見せていた。

そうなればきっと、背後に【神山】があった時よりも素敵に活気づいた都となることだろう。

そんな戦場跡地には、仮の〝ハイリヒ王宮〟もあった。

窓や出入り口を増やすなどして修復ついでに住みやすいよう改修した砦《とりで》だ。

その司令部だった場所で、デスクに向かってむぅむぅと頭を悩ませている少女がいた。

若くして人類連合軍の司令官を務め、今や半ば伝説の人になりつつある【ハイリヒ王国】王女リリアーナ・S・B・ハイリヒである。

「リリィ、あんまり悩みすぎてるとハゲるわよ」

「なんてこと言うんですかっ」

書類と睨《にら》めっこしていたリリアーナがガバッと顔を上げる。

その視線の先には、左壁際のデスクで書類の整理を手伝っていた優花《ゆうか》の呆《あき》れ顔《がお》があった。

右壁際には愛子《あいこ》もいて苦笑いを浮かべている。

「いいじゃない。来たいって人がいるなら来させれば」

「既に飽和状態なんですよ！」

賑わうのも復興速度が上がるのも嬉《うれ》しいことではあるが、何事も行き過ぎるのはよくないというか。

つまり、まぁ、善意の協力者が多すぎて、その把握やら采配やら、復興最前線の町（仮）の拡充やらが大変というわけだ。何せ、本当に〝町〞から〝都〞に発展しそうな勢いであるからして。

なお、これらの政務には当然、【ハイリヒ王国】の政《まつりごと》に携わっていた貴族や文官達も滞在して奮闘してくれてはいる。

だがしかし、リリアーナは人気者なのだ。生きた伝説になるほど。

本来なら、未《いま》だかつてないほど多種多様な人材が集まっている場で、ここまでスムーズに物事が進むなんてことは、あまりない。

リリアーナが陣頭指揮を執り、決定し采配したことだからこそ、みんな素直に従うのである。

優花や愛子が手伝いをしているのも、もちろん、リリアーナの助けになりたいというのはあるが、何せ〝豊穣《ほうじょう》と勝利の女神〞と、その教え子達のリーダーであるから、三人で並ぶと何かと便利なのだ。物事をスムーズに進ませるには。

「まぁまぁ、リリィさん落ち着いてください。野村《のむら》君達が拡充を頑張ってくれてますし、大丈夫ですよ」

「愛子さん……それはそれで恐《こわ》いんですが？　だってこのペースだと、最終的に王都の大きさ、以前の五倍くらいになりそうなんですが？　復興したあと、それを統治するの私達なんですが？」

「……そ、そういえば！　シモンさん達、いつ頃帰って来るでしょうね！」

「愛ちゃん先生、話題の逸《そ》らし方が露骨すぎますよ……」

今度は優花が苦笑せざるを得なかった。

目の下に立派な隈《くま》を作ってジト目をするリリアーナは、決死の戦いを踏み越えたせいか十四歳とは思えない迫力があった。愛子が小動物のようにぷるぷるしながら視線も話題も逸らしたとて仕方のないことだ。十歳以上年下相手に、それでいいのかなんてことは考えてはいけない。

もっとも、そんな小動物愛子の姿には癒やされる者も多い。

リリアーナも毒気というか肩の力を抜かれて、椅子に深く腰掛けた。背もたれから微《かす》かにギィと軋《きし》む音が鳴る。

「当分は戻られないでしょう。神話と解放者の真実を世界中に伝えるお役目がありますから。……もちろん、教皇猊下《げいか》が直接やることではないのですけど」

「シモンさん、フットワーク軽いものね」

「あれは、ただ世界中を旅行できると喜んでいるだけな気もしますが……」

なんだかんだで生き残った新教皇シモン。油断すると直《す》ぐに姿を消して市井を探索するのが趣味な、教会関係者泣かせにして、民からは驚愕と共に親愛を向けられるファンキーな爺《じい》さんだ。

「でも、今までの教会から変わるなら、あの人はそれを象徴するような人ですよね？」

愛子の言葉に異論は出なかった。

絶対的な信仰と価値観を強要するような教会は、もうないのだ。


信仰は、民のためにこそある。

教会は、民の心の拠《よ》り所《どころ》でさえあればいい。

人は、自由な意思の下に生きるのだ。

神は、何もしなくていい。ただ人の生き様を、意思を、見守ってくださるだけでいい。

救いが必要なら、人が救おう。

支えが必要なら、人が支えよう。

その、善意の最前線に立つ者こそが聖職者である。我等、聖教教会である。


方針の大転換。

シモン教皇が、戦後、落ち着いた頃合いを見計らって発表した新生聖教教会の新たな教義の根幹をなす信条だ。

当然、当初は混乱と困惑が民の間に広がった。

しかも、現人神《あらひとがみ》にも等しかった教皇という存在が町中で気軽に声をかけてくるうえ、屋台で串焼きを買い食いし、それが部下に見つかった途端、老人とは思えない速度で逃走する姿が相次いで目撃されたのだ。

そのせいで、己の目と頭の異常を疑って治療院に駆け込む人が続出したりもしたのだが
……

「愛子さんの仰《おつしや》る通り、あのような教皇猊下であるからこそ伝えられることもあります。凝り固まった価値観を変えることは当然……神話と解放者の真実を広げることも」

「真実、ねぇ？」

優花が含みを感じさせる、なんとも言えない曖昧な表情を浮かべた。

ハジメが草案を作り、リリアーナが最初に広めた善神と邪神のフェイクストーリー。

教会の方針変更に当たって、このストーリーには新たな要素が加わった。

それすなわち、解放者のことだ。

「ええ、真実ですよ？　神の真名はエヒクリベレイ。彼の者を封じ、この世界の神に成り代わった邪神の名をエヒトルジュエ。そして、その邪神を打倒すべく集った者達を解放者という……」

「しかし、力及ばず、彼等は〝反逆者〟として貶《おとし》められた。けれど、それでも彼等は諦めることなく後世に力を託すため大迷宮を創造した。そのリーダーが、あの戦場で窮地に駆けつけてくれたミレディ・ライセンである。ですね」

愛子が引き継ぎ、やはり優花と同じような表情を見せる。

しれっとしているのはリリアーナだけだ。

「人々を追い詰めるだけの真実などいりません。たとえ嘘《うそ》があっても、それが人々の心を救えるなら、無用な争いを止められるなら良いではありませんか」

この王女様、なんだか貫禄《かんろく》までついてきたなぁと、優花と愛子は顔を見合わせ苦笑する。

それをさらっとスルーし、リリアーナは冷めた紅茶に口を付けながら続けた。

「それに、まったくの嘘ではありません。ミレディさんに救われたのは真実です」

話は、ハジメから聞いていた。【神域】で最後に何があったのか。

「邪神の最後の抵抗。世界を道連れにする崩壊を、その身と引き換えに阻止した。間違いなく救世主の一人です」

ミレディ・ライセン。

人の身を捨て無機物の体になろうとも、永劫《えいごう》に等しい時を独り過ごそうとも、人々の未来を案じ続けた最後の解放者。

彼女の、人類に対する献身は語られるがままに信じられた。

愛子やシモンが演説の中で説明したというのもあるが、何より、人々は己の目で目撃したからだ。

邪神がもたらした赤黒い世界を払拭した七色の壮烈な光を。

それが崩壊を止め、美しき世界を取り戻した光景も。

疑いの余地などあろうはずもなかった。

既に、演説の中で使われた呼称〝世界の守護者〟は人々の中に浸透しており、〝反逆者〟のレッテルは完全に剝がれたと言えよう。

また、歴史家達《たち》は既に今回の神話大戦を歴史に残すべく書の執筆と、既存の歴史書の改訂・編纂《へんさん》に乗り出しており、その中には解放者達の真実も含まれる。

ミレディ達の軌跡は、その奮闘と尊き犠牲は、今度こそ歴史の闇に葬られることなく陽《ひ》の当たる場所へ出るのだ。

なお、エヒクリベレイという名は、〝七人の解放者〟という意味を込めた造語である。

邪神が善神の名を騙《かた》っていた設定だとエヒトルジュエの名が残ってしまう。

信仰心を存在昇華の力に変える秘儀は、エヒトルジュエや【神域】と共に消えたはずだが、念には念を入れておきたい。

という建前を設けつつも、エヒトルジュエを解放するために戦ったなんて後世に伝えられるのは業腹だろうと配慮した結果だ。

もちろん、配慮したのは、この本当でもないが丸っきり嘘でもない、いろんな意味で微妙なカバーストーリーを考えた、どこぞの白髪眼帯男である。

ちょっとした感謝の表れだ。

「教会のトップ陣や各地の教会支部の司教クラスの方々も、聖歌隊の生き残りの方々が着任しています。以前のトップ陣はハジメさん打倒のため総本山に招集され、愛子さんに爆殺されたので――」

「うっ」

「……すみません。愛子さんとティオさんに栄えある殉教の道へ導いていただけたので、異論を唱える方はそうそういません」

「聖歌隊の人達って、シモンさんと同じ総本山から半ば追放されてた人達だものね？」

「ええ、優花。なので、今後は特に問題なく、私達が是とした〝この真実〟こそが歴史となるでしょう」

扇動もすれば、真実と虚実の利用もし、それが上手《うま》くいけばフッと黒い笑みも見せちゃう十四歳の王女様。その顔を見て、優花は悲痛な表情になった。

「リリィ……あんた変わってしまったわね」

「どういう意味ですか！」

「南雲《なぐも》に似てきたという意味よ」

「そんな……染められているなんて、んもぉ！　照れるじゃないですか！」

「照れるな、皮肉よ。いえ、忠告よ」

先程のリリアーナばりにジト目になる優花。

頬を染めて、その頬に両手を添えながらもじもじしているリリアーナには聞こえていないようだが。ガタッと椅子が倒される音が。

「そ、そうですよ！　染められたなんて……リリィさんはまだ十四歳なんですからね！　節度を持った行動をしないといけませんよ！」

「！　なんですか、マウントですか！　自分はハジメさんと良いことしてるからって！」

「んなっ、し、ししし、してませんがっ」

「それは噓を吐《つ》いている顔です！　王女の観察眼を舐《な》めないでください！　先生なのに噓を吐くなんて、それでよく真実の話をする私に微妙な顔ができましたね！」

「そ、そそそ、それはっ――それ！　これはこれ！」

「開き直った！」

ギャースギャースと騒ぎ合うリリアーナと愛子《あいこ》。扇動仲間だからか。二人共、普段はあまりしない〝言い合い〟というものをよくする。仲良しの裏返しなのか。

何はともあれ、だ。

「……ふぅん。愛ちゃん先生、やっぱり、あいつとそういうことしたんだ」

「そ、園部《そのべ》さん⁉」

バッと視線を転じる。優花《ゆうか》ちゃんがそっぽを向いていた。指先で髪をくるくると弄《いじ》り回し、タンッタンッと片足を鳴らしている。物凄《ものすご》く不機嫌そうだ。

「あ、あのですね、今のは……」

「別に？　私には関係ないですし。そもそも知ってますし。ユエさんが正妻宣言したの。あれでしょ？　ユエさんが認めた相手ならってやつでしょ？　ティオさんとか香織《かおり》とかは、むしろ受け入れてあげてってあいつに言ったんでしょ？　その中に、愛ちゃん先生も入ったということですよね？　おめでとうございます」

「……はい」

なんも言えない……と盛大に視線を逸らしながら、蚊の鳴くような声で返事だけする愛ちゃん先生。

事実、この一ヶ月の間、ハジメとの関係が決定的になった者が何人かいる。

離ればなれになっていた反動から、しばらくハジメにべったりとくっついていたユエ。

それはもう、比喩なく常に触れているといった有様だった。

ハジメからしても、アワークリスタルを使っての準備期間を入れるなら、実質一月近く離れていたわけであるから嫌などあるはずもなく。

必然、夜の営みもそれはもう激しく盛り上がるわけで。

そうすれば、だ。既に受け入れられているシアは当然、香織やティオも我慢ならんとなるわけで、ハジメを独占するユエに決闘を申し込んでまで抗議し、挙げ句には泣き落としの直談判《じかだんぱん》まで。

その情緒の乱高下があんまりにも凄かったからだろう。

少し落ち着いたこともあって、ユエは真剣に考えたのだ。日本に来訪した時のことを。

当然ながら、南雲家のお世話になる予定である。恋人あるいは将来の妻として。

もちろん、シアは連れて行く。一緒に住めるようお願いするつもりだ。

では、ティオは？

香織はまだ自分の家があるからいいが、ティオはどこに住めばいいのか。トータスに置いていくのか？　一緒に住めるとして、一人だけ未《いま》だ〝大切な仲間〟として扱うのか。ハジメのご両親に、そう説明する？

結論——あんまりだ。いくらドＭのド変態ドラゴンでも、それは喜べまい。悲しき獣に成り果てかねない。

なので、将来の明るい家族計画のために、ユエは自分こそ〝特別〟で〝正妻〟だと宣言したうえで、ハジメと相談のうえ受け入れることにしたのである。

元より、もうシアと同じくらい、ティオには信頼と好意を抱いているから抵抗感はなかった。大切な家族が増えると、喜ぶことができた。

そして、本人曰《いわ》く非常に不本意ではあるが、その気持ちは香織にも感じているものであるから、結論は同じく。

で、そこまで来れば……と、ハジメに本気で想《おも》いを寄せる相手、愛子やリリアーナも受け入れられたというわけだ。

後はハジメが応えるか否かであるが……ティオや香織はともかく、愛子やリリアーナがこの一ヶ月、恋の修羅になっていたことは言うまでもない。

なお、リリアーナに関しては、王女としての立場と年齢を考慮して、清く正しいお付き合いのレベルである。

と、そこで執務室の開けっぱなしの扉から、

「なぁに僻《ひが》んでんのさ、優花っち」

「八つ当たりはよくないねぇ。いつまでもヘタレてるから、このビッグウェーブに乗り遅れるんだよ？」

「つまり、自業自得ってことじゃん？」

「ちょ、言い過ぎだよ、三人とも！」

奈々《なな》と妙子《たえこ》、そして真央《まお》と綾子《あやこ》が入ってきた。

彼女達もまた復興に協力していたのだが、手に軽食を載せたトレイを持っているところを見るに、いつの間にか昼食の時間になっていたらしい。

「だからっ、私は南雲のことなんかなんとも思ってないってば！」

「「「はいはい」」」

何度も繰り返したやり取りだからか、奈々達の反応は非常に雑だった。綾子だけ苦笑いを浮かべているが……それは優花と似た者同士だからだろう。恋愛下手という意味で、ツンデレと奥手という違いはあるが。

「ま、それはそれとして愛ちゃん先生は安心して」

「はい？」

軽食を配膳しつつ奈々がにんまり顔で言う。

「日本に帰っても、生徒と教師の禁断の愛は誰にも言わないからさ！」

「生徒みんなの秘密だね！」

「昨日もお楽しみだったんですか？」

禁断という言葉。妙子のサムズアップ。真央の質問。その全てが愛子の脳を直撃した。

数秒のフリーズの後、真っ赤になった顔を両手で覆って、わっと駆け出す愛ちゃん先生。

もうこんなところにはいられない！　と出入り口に駆け出すが。

「――あ」

「ふわぁ？」

入り口の直《す》ぐ外の壁際に、同じく復興支援に来ていた男子陣――淳史《あつし》、昇《のぼる》、明人《あきと》、重吾《じゅうご》、健太郎《けんたろう》、そして光輝《こうき》がいた。

先頭の淳史と目が合う。めちゃくちゃ気まずい沈黙が流れた。

「お、俺等《ら》も秘密に、します、よ？」

「あああああああっ」

愛ちゃん先生は、わっと顔を覆いながら部屋に戻ってきた。部屋の隅で膝を抱えて心の殻に閉じこもる。自己嫌悪と羞恥の渦にお目々をぐるぐるとさせる。

「俺、やっちまった？」

「いや、他に言えることないでしょ」

「ってか、マジかぁ。いや、魔王城で名前で呼んでほしいって言った時から分かってはいたけどさぁ。南雲の奴《やつ》、ほんとやべぇわ」

明人と昇の苦笑い混じりの声が届いて、愛ちゃんはますます小さくなった。

「ちょっと男子ぃ！　愛ちゃん虐《いじ》めないの！」

「宮崎《みやざき》にだけは言われたくないんだが!?」

なんてやり取りをしつつも、淳史達もサンドイッチの包みを片手に部屋に入る。

もう少しすれば、他のクラスメイト達も集まってくるだろう。

食事の時は一緒に過ごす。それが、仲間内の暗黙の了解だった。

にわかに賑《にぎ》やかさが増していく執務室。

その中で一人、入ることを躊躇《ためら》っている者がいた。

「……どうした、天之河《あまのがわ》」

「あ、いや……俺はやっぱり別のところで……」

振り返った重吾に訝《いぶか》しげに見られて、光輝は曖昧な笑みを浮かべた。

そうして、一歩足を引いた瞬間。

「馬鹿やろう。それじゃあ俺等が除《の》け者《もの》にしてるみたいだろ。いいから、さっさと入れ」

最後尾にいた健太郎が軽く蹴りを入れて光輝を押し込んだ。

「うわぁっ」とたたらを踏みながら執務室に入る光輝。

女子達の視線が向く。光輝はひゅっと息を呑《の》んだ。

「何してんの？　早く適当に座りなさいよ」

優花が〝宝物庫〟から椅子を出しつつあまりに自然にそう言うものだから、光輝は出て行くタイミングを失っておずおずと席に着いた。

その姿に、召喚された当初の輝くようなカリスマ性はない。自信と一緒に存在感までなくしてしまったみたいにひっそりとした雰囲気だ。

勇者でありながら、人類の存亡が懸かった戦いの時、敵側にいた事実は重い。

既に勇者として各国に知れ渡っていたのだから隠しようもない。

ある程度、フェイクストーリーで誤魔化す手もあったにはあったが、それは雫達《しずくたち》が、何より光輝本人が認めなかった。

この一ヶ月、光輝は己の真実を誤魔化しなく携えて、ひたらす頭を下げて回り、全身全霊で奉仕活動に従事していた。

とはいえ、当然ながらそう易々《やすやす》とは受け入れられない。

各国の重鎮はもちろん、復興支援に来ている人々の見る目も警戒心と猜疑心《さいぎしん》に満ちた剣呑《けんのん》としたものばかりだ。針のむしろというべき冷たい目に、光輝は今も晒《さら》されていた。

その不信感や憤りはクラスメイトとて例外ではなかった。

だが、常に固い表情と、見え隠れする後悔と罪悪感に塗《まみ》れた雰囲気。何より、変わろうと努力し苦悩する姿を見て。

そして、雫や龍太郎《りゅうたろう》、鈴《すず》といった最も親しい者達から敢《あ》えて距離を取り、粛々と現状を受け止めている姿を見れば、何も思わないわけではなく。

他のクラスメイト達も戻ってきて、和気藹々《わきあいあい》とした昼食が始まってしばし。

「あのね、天之河」

不意に、優花が切り出した。

仲間の輪の外で黙々と食事を取っていた光輝はびくりと肩を跳ねさせる。まるで断罪を待つ罪人みたいに、俯《うつむ》いて手元だけをじっと見ている。

「前にも言ったけど、思うところがまったくないと言えば嘘《うそ》になる。あんたのこれからの行動に、不安がないわけでもない。たぶん、みんなね」

「……ああ」

「でも、良かったと思ってるのも本心なのよ。生きて戻ってくれて」

光輝が恐る恐る顔を上げた。いつの間にかおしゃべりが止まっていて、全員が光輝を見ていた。

「信用は、難しいわ。まだね。でも、私達はみんな雫達のことは信じてる。その雫達が命懸けで連れ戻したのよ？　もう仲間じゃないって切り捨てるなんて、できっこないわ」

「……そもそも、お前に散々頼っておいて、いざって時に止めようとしてやることさえできなかった俺達にも責任がないわけじゃないからな」

自嘲するように呟《つぶや》いた重吾に続き、健太郎も苦笑い気味に肩を竦《すく》めて言う。

「園部の言う通りだ。生きて戻ってくれて良かった。……もう、仲間を失うのはごめんなんだよ。本当に、な」

それに異論・反論を口にする者はいなかった。みな、同じ気持ちなのだろう。

愛子が先程までの小動物チックな雰囲気を一変させ、教師としての顔で口を開いた。

「天之河君。この一ヶ月の貴方《あなた》を見て、その後悔と贖罪《しょくざい》の気持ちは本物だとみんな分かっています。確かに、失った信用や芽生えた不安は、そう簡単には覆りません」

ですが、と光輝の前に歩み寄り、愛子《あいこ》はしっかりと目を合わせて告げる。

「くよくよせず前を見て、なんてことは言いません。でも、だからといって自ら独りになろうとするのはやめましょう？」

「お、俺は……」

もう一度、視線を巡らせる。やっぱり、みなが自分を見ていた。

優しい表情ではない。以前のように、親しみと信頼に満ちたものでは決してない。

けれど、そこには見下しも蔑みもなく。

ただ、対等な仲間として〝一人の人間としての天之河光輝から目を逸《そ》らさない〟という決然とした光が宿っていた。

いつから、そんな目を向けられていたのか。糾弾の感情を受け止めることに注力していた光輝には分からなかった。

好意的な目では決してない。けれど、今の光輝にとっては救いだった。

「ごめんっ……本当に……うぐっ、ごめん……ありがとうっ」

顔をくしゃくしゃに歪《ゆが》めて涙を零《こぼ》す光輝。

「馬鹿、泣くなっての。イケメンが台無しだぞ」

「今日は大事な日になるかもなんだし。暗い顔はなしだぜ、天之河」

「それね。念願叶《かな》うって時に白けちゃうよ」

淳史達が困った顔になりながらも、光輝の背中をバシバシ叩《たた》く。

そんな扱いもまた、今の光輝にとっては救いだった。

食事の場に賑やかな雰囲気が戻ってくる。昇が口にした〝大事な日〟が自然と話題に上り、光輝も嗚咽《おえつ》を漏らしながら口の端に笑みを浮かべる。

そうして、そろそろ食べ終わるといった頃合いに。

「姫様。お食事中に失礼します」

「ヘリーナ」

リリアーナ専属侍女のヘリーナが顔を見せた。そして、愛子や優花《ゆうか》達に視線を巡らせて、クール系の美人顔をにこやかに緩めると……

「南雲《なぐも》様よりご連絡です。〝準備ができた〟と」

その報告に、愛子や優花達は顔を見合わせると、期待に顔を輝かせて一斉に立ち上がったのだった。

【ヘルシャー帝国】の帝城前広場には今、

「共に戦った全ての英雄に哀悼の意を表すると共に――」

朗々とした演説の声が響いていた。

広場は隙間がないほど人で溢《あふ》れている。周囲の建物の窓や屋上など、とにかく演説台が見える場所には残らず人が詰めかけていた。

各国の重鎮達や最高位の司教を筆頭に教会関係者も列席しており、最前列に用意された席にずらりと並んでいる。

今日は神話大戦で戦死した帝国兵の追悼式……というわけではなかった。

それは既に、決戦の地にて行われている。

共に戦い生き残った将兵だけでなく数十万人規模の民衆が参加した盛大なものだった。

〝ゲート〟で往来が可能だったので、世界中から人が集まったのだ。

では、今日、帝国で行われている、この催しは何かというと。

「この式典で帝国の人達の意識改革が進めばいいけど……」

「前にハウリアの人達が暴れて奴隷解放ってなった時は、まだ困惑が勝ってたもんね。末端の人達は差別意識を普通に持ってただろうし」

「まぁ、でも、大丈夫じゃねぇか？　今、見てる限りだとよ」

帝城のテラスから式典の様子を見守る雫、鈴、龍太郎の言葉通り、これは帝国の亜人に対する意識改革のための一手。和平条約締結のための式典だった。

演説台の左側にはガハルド皇帝と帝国の重鎮達が。

右側には、アルフレリックと長老数人、そしてカムが席に着いている。

今日ここで、ガハルドとアルフレリックは和平条約を締結するのだ。

龍太郎が帝都の人々の様子を見ながら笑みを見せる。

「命預け合って戦ったんだぜ。戦場にいなかった人等もちゃんとアーティファクトで見てたんだ。そりゃあ〝神の恩恵を持たない見放された種族〟なんて、今更言う奴がいたら逆に白い目で見られちまうだろうよ」

「そう、ね。魔力の有無なんて些細《ささい》なことだって実感したでしょうし。直ぐに笑い合うなんてことは難しいかもしれないけれど、きっと、いえ、確実に変わっていくでしょうね」

「シモンさんも一応、仕事してるしね」

鈴が言っているのは、教会からのお触れのことだ。

今後は〝亜人族〟ではなく、彼等の正式名称は〝獣人族〟とする。〝人に満たない者〟という意味を漠然と孕《はら》んでいた呼称は、もう使ってはならないと。獣人族も等しく、我等と同じ〝人〟であると。

シモン教皇が正式に発表したのである。

加えて言うなら、竜人族の勇壮なる活躍を目の当たりにしたということもあるし、何より、【神域】に突入した救世の英雄の仲間にも兎人《とじん》族の少女と竜人族の女性がいたということもある。

二人もまた英雄として歴史書に記されることは確実だ。そんな彼女達の種族や家族に、どんな蔑みの感情や言葉を向けられるというのか。

それもあって実際のところ、帝国だけでなく世界全体で獣人族に対する感情は変化しつつあった。少なくとも、闇雲に嫌悪できるほどの悪感情を抱く者は少ない。

結果論的に言うなら、神話大戦は、どんな言葉よりも効果的に差別意識を塗り替えたと言えよう。

差別を助長してきたエヒトルジュエの存在が、人類共通の敵として人々を一致団結させ、差別をなくす要因になったというのは、なんとも皮肉な話だった。

「こら、鈴！　一応、仕事してるって……失礼でしょ。教皇猊下《げいか》よ？」

「いやぁ、だって……」

困ったような表情で、鈴は改めて演説台に視線を向けた。正確には、今まさに演説している人を。

指をさし、一言。

「カオリン、演説と立会人の役目を丸投げされてめっちゃガクブルしてたじゃん」

雫はすっと視線を逸らした。

何を隠そう、シモンに「ワシより相応しいじゃろ？　任せた！」と丸投げされ、今まさに演説しているのが香織《かおり》だった。

「カオリンってば控え室にいる時は緊張しまくってたのに、いざ始まればあんなに堂々として……すっかり聖女だね」

「黒銀の聖女、だっけか？　ハウリアの人達がニヤニヤしてたよな」

「言わないであげて。香織、そのせいでずっと悶《もだ》えてたんだから」

あの死地では、それこそ壊滅的な損害が出ていてもおかしくはなかった。

だが、結局、蘇生《そせい》不可能ないし間に合わなかった者は全体の三割ほどに留《とど》まった。

それは全て、香織が天空の死闘の最中にも連合軍を癒やし続けたからだ。

人々が、戦乙女という見た目の呼び名より、癒やしの聖女としての呼称を使いたがるのも頷《うなず》ける話である。

そんなわけで、元々香織の列席は両国が熱望したことでもあった。シモンの言うことは的を射ており、和平を結ぶに当たって立会人とするに最適な人材なのは間違いない。

雫達は、その付き添いだ。

式典では演説が終わり、いよいよ和平条約の締結に入るようだ。

ガハルドとアルフレリックが向かい合い、その間に香織が立つ。

これもまた一つの歴史的瞬間というやつなのだろう。

と、その時、雫達のいる控え室に、

「フッ、困ったものね。影に生きる我等《ら》の長が表舞台に立たねばならないなんて」

なんか聞こえてきた。

セリフだけでどこの人か分かる、ある種目立ちまくりな種族の登場に、雫達は一瞬で遠い目になった。雫が彼女の名を呼ぶ。

「ラナさん」

「いいえ、雫様。私の名はラナイン――」

「ラナさん」

「フッ」

ものすっごい美人なのに、片手で顔を覆いながらキレッキレのターンをしていろいろ台無しにしているウサミミお姉さん。ハウリア族のラナが、そこにいた。

「えーと、列席しなくていいんですか？」

鈴《すず》がおずおずと尋ねる。ラナは一瞬停止し、それからなぜかウサミミをそわそわさせて、香ばしいポーズもやめてしまった。

そして、ちょっぴり頬を染めて。

「こ、こうくんが、こっちに来たいって言うから……」

「「「こうくん」」」

異口同音に繰り返される人物名。

「いや、八重樫《やえがし》さん達《たち》が〝こうくん〟って呼ぶのは勘弁してほしい……めちゃハズい」

のそっと視界の端に蠢《うごめ》いたそれに、

「「遠藤《えんどう》君、いたの!?」」

「遠藤！　驚かせんな！」

と、また三者三様にツッコミを入れる。

「いや、普通にラナの隣にいたでしょ」

眉を八の字にする世界一存在感のない男――遠藤浩介《こうすけ》もまた、そこにいた。

心臓ばっくばくだ。【神域】で死闘を乗り越えた三人をして、目の前にいたのに認識できなかったという事実に妖怪でも見たような顔になる。

あの決戦を経て何やらいろいろと目覚めたらしいが、そのせいか、存在感のなさに拍車がかかっているようだ。

存在感のなさが成長する！　というのも意味不明であるが。

「さっき南雲から連絡があって、もうすぐ準備が終わるらしい。となると、ここでの用事が終わり次第、直《す》ぐ戻った方がいいだろう？　だから、俺も坂上《さかがみ》達と一緒にいておこうと思ってさ」

「そうなの？……ハジメったら、どうして私じゃなくて遠藤君に連絡したのかしら」

「なんか南雲君と随分仲良くなってない？」

「だよなぁ。クラスメイトの中であいつが談笑する男子って、お前だけじゃね？」

事実、二人は割と気が合うようで、この一ヶ月の間にかなり気安い関係を築いている。

その理由を、ラナの方が答えた。なぜか、えっへんと胸を張って。

「当然ね！　こうくんはボスに認められた将来の右腕！　魔王の懐刀なのだから！」

「「「初耳なんですけど」」」

なぜか、浩介までぽかんっとしていた。雫《しずく》達の視線が注がれる。

ラナは、さも当然のように、逆にきょとんとした顔で言う。

「え、だって、こうくんとお付き合いすることになっても、私がボスの忠実な部下であることに変わりはないもの。そう言ったでしょ？」

「あ、うん。それは聞いた」

「なら、こうくんも部下よね？」

「そう、なのか？」

「そうなのよ？　で、私達ハウリアの何倍も強いのだから、つまり右腕でしょ？」

「う、うん。うん？」

「一緒に、ボスのファミリーに尽くしましょうね！」

「…………任せろ！」

途中で宇宙猫みたいな表情になった浩介だが、将来の展望にきらっきらの笑顔になっているラナを見れば、細かいことはどうでも良くなったらしい。

それでいいのか、遠藤君……と雫達は微妙な表情になった。

「まぁ、ラナさんを射止めるために、比喩表現なく死ぬ思いをしたわけだしな」

「大迷宮の攻略と、南雲君と決闘して傷の一つでもつけろ、だっけ？　それって遠回しなお断りだよね？」

「それを実際にやり遂げちまうんだから……まぁ、すげぇわな」

決戦後、ラナに猛アプローチするも思いは通じず。それでも粘りに粘って、結局、もらえた返答がそんな鬼畜条件だったのだが……

まさか、誰が思うだろう。

本当に、その条件をクリアするなんて。

決戦からしばらくして一週間ほど行方不明になったかと思えば、満身創痍《まんしんそうい》ながら重力魔法を会得して帰還し、ハジメに挑んで確かに傷を付けたのである。

ハジメだって男だ。挑まれて勝負となれば、負けるつもりなんてなかった。

何より、一人の女性に認めてもらうためだけに鬼気迫る様子で挑んでくる浩介の心情は多分に共感できた。だから、本気で相手をしたのだ。

それでもなお、浩介はやり遂げた。

ハジメが万全な状態でなく、実力というより豹変《ひょうへん》した浩介の香ばしい言動に黒歴史を刺激されて動揺した結果、自爆的な攻撃が頬をほんの少し掠《かす》めた程度ではあるが、それでも確かにラナの鬼畜条件をクリアしたのだ。

そのうえで改めて熱烈な告白なんてされれば、ラナの心情だって動くし、ハジメだって一目置くというもの。

しかも、ハウリア族から素晴らしい（？）二つ名を贈られたうえ方々で連呼されるという被害者仲間であり、かつ、もし浩介とラナが結婚するようなことになれば、ハウリア族の一人ということでハジメにとっても身内同然ともなるわけで。

それはまぁ、仲良くもなるだろうという話だ。

「とにかく、私はまだ帝国でやることがあるから、こうくんが帰るまで……その、一緒にいようかな？って」

「ラ、ラナ……へへっ」

赤面しながら、もじもじウサウサするウサミミお姉さんの破壊力は相当なものだ。日に日に、浩介に対する気持ちを育んでいるようである。

それだけに、普段のハウリア的言動や、浩介の想《おも》いを受け入れてもボスへの忠誠心だけは微塵《みじん》も揺るがないあたりが、なんとも悲しい。

「遠藤が納得してんならいいか……」

「それにしても、決死の戦いが終わった後に強くなるって、本当に遠藤君って意味不明な存在だよね」

「私達だってあんなに苦労したのにね……ハジメが切り札と評価するわけだわ」

なお、【ライセン大迷宮】はミレディ不在のため意図的なトラップやミレディ・ゴーレムは存在せず、最終試練は半自律型ではあるが普通の大型ゴーレムだったので、難易度は少しばかり下がっていた。

なので、あまりほいほい大迷宮攻略者が出てもまずいだろうと、ハジメは自前の生体ゴーレムを配置した。ガトリング砲やミサイルポッド、パイルバンカーまで装備しているので、難易度はハジメ達が挑んだ時よりも更に跳ね上がっているかもしれない。

また、その他の大迷宮には特に何もしていない。

解放者と大迷宮の真実を知った者が力を求めて挑む可能性もあるが、そこは自己責任ということで関与しないスタンスだ。

ミレディ達の墓でもある大迷宮を、将来の禍根になるとして潰してしまうのは、ハジメ達の中でも満場一致で反対だったのである。

閑話休題。

「あ、調印式が始まるよ」

鈴に促されるようにして、全員でテラスから式場を眺める。

ガハルドとアルフレリックが固い握手を交わし、香織から和平条約締結宣言がなされ、万雷の拍手と歓声が響き渡った。

和解、ではない。

あくまで和平のための条件を遵守しようと誓い合っただけだ。

だが、それでもその光景は、人間と獣人の新たな明るい未来を示しているようだった。

自然と雫達の表情も綻ぶ。

もっとも、

「あ、族長だわ！」

物怖《ものお》じと羞恥心というものを森の奥深くに忘れてきたみたいに、カムがキレッキレのポージングを取りながら一回では絶対に聞き取れない名乗りをあげた瞬間、全員揃《そろ》って両手で顔を覆ったが。

香織の表情が遠目にも引き攣《つ》っているのが分かる。式場の静寂と戸惑いが心に痛い。

「流石《さすが》は我等の族長。完璧に決まったわね」

不敵な顔で何を言っているのだろう、このウサミミお姉さんは……

誰もがそう思っている間に、どうにか精神を立て直した香織《かおり》から和平条約の一環として、大使館の設立が宣言される。

式場の誰もが思った。嘘《うそ》でしょ？　と。

残念ながら本当なのである。ハウリア族の一部が〝大使〟として帝城に常駐するのは。

ラナの用事もこれだった。

既に知っている帝国の重鎮方も、そして初耳の帝国兵士達も、揃って仲良く絶望顔をしているのがなんとも印象的だった。

ハウリアの怖さを知らない一般市民は、愉快なウサミミおじさんだなぁと逆に好印象を抱いて拍手を送っていたが。

「世の中には知らない方がいいってこともあるんだね」

鈴の言葉に、雫達は激しく頷いたのだった。

それからしばらくして。

「ふわぁ～～～、雫ちゃぁん、疲れたよぉ～～っ」

ふにゃふにゃよたよたしながら、香織が戻ってきた。そのままソファーに座っていた雫に抱きつき、ずるずると滑り落ちるようにして膝枕状態になる。

「ふふ、お疲れ様。格好良かったわよ、香織」

雫が労《いたわ》るように髪を撫《な》でると、香織は安らいだ様子で目を細めた。

「大役を果たしたのだし、この髪ともお別れね？」

「う～ん、そうだね。公の場に使徒の姿で出る必要はもうないだろうし……そろそろ元の体に戻りたいかな」

「確か、ユエお姉様が元の体でも使徒化できるようにしてくれるんだっけ？」

決戦を経て、ますます仲良くなったなぁと二人の様子を微笑《ほほえ》ましげに眺めながら鈴が問うと、香織は身を起こして頷《うなず》いた。

「うん。ユエやティオはもちろん、ハジメくんの寿命も長そうだしね。それなら私は使徒の体のままでいいって言ったんだけど……」

ユエが強く勧めたのだ。日本に帰った時、ご両親にはちゃんと元の体で無事を伝えてあげなさいと。

そのために、エヒトルジュエに憑依《ひょうい》されていた際に理解した神の魔法の一つ――使徒創造の秘術を使えるようにしておくからと。

そうすれば、元の体のまま使徒化できるし寿命も保証されるからと。

ユエの殊の外真剣な提案に、それが香織とその家族を想ってのことだと分かって、香織も感謝と共に頷いたのだ。

「ああいうところ、ほんとずるいよね。大人っていうか……正妻らしいっていうか」

むすっとしながらも、どこか嬉《うれ》しそうな香織。

　そのもにょもにょした表情には、ユエに対するライバル的な悔しさと、友としての好意と信頼が多分に綯《な》い交《ま》ぜになって滲《にじ》み出ていた。

「それは、あ～、雫もか？」

　龍太郎《りゅうたろう》が、少し居心地の悪そうな雰囲気で尋ねると、雫もまたほんのり頬を染めつつ、据わりが悪そうに身じろぎした。

「……ん、まぁ、いずれは、ね？」

「雫様もボスの女になりましたからね！　こうくん、ボスのファミリーには敬意を払わなきゃダメよ？」

「ラナさん！　やめてくださいっていつも言ってるでしょ！　その言い方だとマフィアみたいじゃない！」

「……南雲《なぐも》の雰囲気的にあながち間違いじゃないような？」

「遠藤《えんどう》君まで！　貴方《あなた》、それだとマフィアのヒットマンってことになるわよ！」

「あ、ああ。それはちょっと……うん」

　視線を逸《そ》らす浩介《こうすけ》。香織は雫を横目ににこにこ。二人の仲が深まったのは、そういう事情も含まれるのだろう。と、鈴《すず》はいろいろ想像してちょっと興奮した。

　なんとも言えない空気を振り払うように、浩介は柏手《かしわで》を打って立ち上がった。

　〝ゲートキー〟を懐から取り出し、

「それじゃあね、こうくん。明日には私も帰るから」

「うん、待ってるよ、ラナ」

ラナとしばしの別れを惜しむ。なんか既に夫婦っぽい会話してるなぁと周囲に生温かな眼差《まなざ》しを向けられて照れくさくなり咳払《せきばら》いを一つ。

そうして、いざ〝ゲート〟を起動する――というところで、

「おいおいおいっ、何を勝手に帰ろうとしてやがる！」

部屋に血相を変えたガハルドが飛び込んできた。

「あら、陛下。何か用事ですか？」

雫《しずく》が少し嫌そうに尋ねると、ガハルドの額に青筋が浮かんだ。

「用事ですか？　じゃねぇ！　和平条約が締結されたら皇族の首輪を外すって話だったろうが！」

「……あ」

「素で忘れてやがったのか！」

視線を泳がせる雫の様子を見るに、素で忘れていたらしい。誰も指摘しなかった点を見ると、ラナ以外の全員が忘れていたようだ。揃って「あっ」と声を漏らしている。

「プッ、皇族の命がかかっているのにこの扱いっ」

噴き出したラナに、ガハルドの射殺せそうな眼光が飛ぶ。

「友好的な共存を目指すのに、皇族の命を握るアーティファクトをそのままにはできない。あくまで対等の関係を望む、と言ったのはフェアベルゲンの方だろうが」

――誓約の首輪

皇族に奴隷解放と亜人迫害の禁止を強制する魂魄《こんぱく》魔法が付与されたネックレス型のアーティファクトだ。宣誓した条件を無視すると問答無用に絶命する。

かつて、〝帝城落とし〟を成功させたカム達《たち》が脅迫の果てにかけさせたものだ。

その取り外しを約束したのが、今日なのである。

アルフレリックが提案し、長老会議で賛同を得て、カムが認めたことだ。

既に皇族は別室にて集められ待機している。

そして、首輪を取り外すアーティファクトを預かっているのが雫だったというわけだ。

「わ、忘れてはいませんでしたよ？」

「……」

非常に苦しい言い訳だった。ガハルドの半眼が雫に突き刺さっている。

雫は咳払いをして誤魔化しつつ、〝宝物庫〟を起動した。

「ひとまず、ちゃんと外せるか陛下で試しますね」

無言で懐からネックレスを引っ張り出すガハルド。

その紅《あか》い宝石部分に、雫は短い指揮棒のようなアーティファクトの先端を当てた。

すると指揮棒と宝石が輝き、数秒して光が失《う》せた。

「これでいいはずです」

「本当か？」

勝手に外せば死ぬアーティファクトだ。ガハルドが躊躇《ためら》うのも無理はない。

「じれったいわね。試せば分かるでしょ」

「あ、てめぇ、やめろぉっ」

スッと近づいたラナが一瞬でネックレスを取り払ってしまった。ガハルドが「これだからハウリアはっ」と悪態を吐《つ》くが……

「大丈夫そうじゃねぇか？」

ラナの所業を目の当たりにして、ドン引きしている龍太郎が安堵《あんど》を滲ませる。

確かに、唐突に発狂したり悶絶《もんぜつ》する様子もない。問題なさそうだった。

ガハルドが詰めていた息を思いっきり吐く。

そして、別の意味で寿命を縮めてくれたラナへ、ちょっとした意趣返しのつもりか、冗談交じりの不敵な笑みを浮かべつつ、脅かすようなことを言い放った。

「これならリベンジができるな？」

返答はラナではなく、雫から。

「あ～、ハジメから伝言です。〝余計な波風立てるな。前時代に戻る気なら、隕石《いんせき》と太陽光集束レーザー《ヒュベリオン》を制御権付きでハウリアにプレゼントする〟だそうです」

「平和ってのは大事だよな」

ガハルドは真顔で断言した。流石、実力至上主義国家の長である。

「何よ、ボスからのプレゼントチャンスじゃない。かかってきなさいよ！」

なのに、敢《あ》えて挑発するラナさん。流石ハウリア。

「うるせぇ、このハウリアが！　お前等《ら》、もう十分にアーティファクト与えられてんじゃねぇか！　こっちは何もかも全部塵《ちり》にされたってのによ！　欲張るんじゃねぇ！」

ガハルドが、本気で恨めしそうに地団駄を踏む。

その言葉通り、神話大戦で大盤振る舞いされたハジメ謹製のアーティファクトは全て、回収されるか破壊されている。

この世界の軍事バランスを崩さないための当然の措置だ。

取りこぼしはあるかもしれないが、少なくとも極少数だろう。あの決戦の後に、ねこばばしようなんて輩《やから》は、そうはいない。各国の軍が帰還する際には〝ゲート〟を通るので、それを検問代わりに一応、確認されているのだ。

〝導越《どうえつ》の羅針盤〟を再創造できれば、その取りこぼしも処分できる。隠し通すことは絶対にできない、ということも周知させている。

一緒に処分されたいなんていう手の込んだ自殺志願者でもいない限り、やはり未回収品はないだろうと思われた。

ちなみに、ガハルドなどは「せめて俺の分だけはぁっ」とハジメに縋《すが》り付くようにして駄々を捏《こ》ね、それがあまりに鬱陶しかったのか目の前で塵にされていたりする。

そんな一律的な回収・破壊の中で、ハウリアだけは特別扱いだった。

ハジメにとって身内というのもあるが、首輪が外れた帝国に対する抑止力は必要だと判断したからだ。

それがまた、ガハルドの恨み節に繫《つな》がるのだが……

「あの、陛下。これもハジメから預かってます」

「あん？　なんだよ、爆弾でも渡す気か？　首輪の代わりに持ってろってか？」

「違いますよ」

ガハルドのハジメに対する認識がどういうものか、よく分かる杞憂《きゆう》だった。

もっとも、ガハルドの子供のように拗《す》ねた様子も雫から渡された指輪を見て一変したが。

「お、おお、おいっ。これってまさか……」

「武装なしの完全一人用ですが……小型の飛空艇が入っています。宝物庫も、他は一切入れられないこれ専用です。以前、フェルニルに同乗した際に欲しいと言っていたので、友交の証《あかし》として贈るとのことですよ。だから、余計なことは考えるな――」

「俺が親友の意思を蔑《ないがし》ろにするわけないだろう？」

なんという変わり身の早さだろうか。ガハルドはやっぱり真顔だった。

鈴と龍太郎から、

「なんか一周回って面白いおじさんに見えてきたんだけど」

「意外に弄《いじ》られキャラなのか？」

なんて帝国貴族が聞いたら卒倒しそうな会話が漏れ聞こえるが、ガハルドは気にした様子もない。

「流石《さすが》はボス。アメとムチの使い方を完璧に理解していらっしゃる！」

「こういうところも怖ぇんだよなぁ」

ラナと浩介の会話の意味も気にならない。

思いがけない贈り物に歓喜一色だ。

「やべぇ、マジかぁ。俺専用の空飛ぶ乗り物かぁ。やべぇな。これは皇帝なんてしてる場合じゃないかもしれん。冒険が俺を呼んでる気がするぞっ」

思いがけない理由で新しい皇帝が生まれそうだ。

あんまりにも無邪気に喜ぶので、雫は耐えきれず背中を向けてしまった。

別に、ワイルド系のおじさんがキャッキャッしてる姿が見るに堪えなかったから、というわけではない。

（い、言えないわ。まさか、リリィとカムさんには遠隔起動できる自爆スイッチが持たされているなんて……）

万が一、ミニ・フェルニルを利用して他国に侵攻した場合に備えてのことだ。

乗っている間なら、いつでも皇帝を爆破できるスイッチを与えられた時のリリアーナとカムの良い笑顔を思い出すと余計に言えない。

同じく事情を知っている香織《かおり》と視線が合い、お互いに口外しないでおこうと無言のうちに誓い合う。同じく知っているラナだけはニヤニヤしていたが。

そこで、ガハルドの側近達も部屋にやってきた。来るのが遅くて様子を見に来たのだろう。確かに時間を使いすぎたと、雫は先を促した。

「ごほんっ。それでは陛下、他の皇族の方々の首輪も外しに行きましょう」

「おう！　よろしく頼むぞ！」

ガハルドは上機嫌に頷《うなず》き、そのせいだろうか。浮かれた様子のまま、最後の最後で余計なことを口にした。

「そう言えば言い忘れていたな。雫、狙った女を取られたのはいささか腹立たしいが、親友の南雲ハジメなら仕方ねぇ。祝福してやろう」

「はい？　祝福って……」

「そりゃあ、処女卒業おめで――」

デリカシーの欠片《かけら》もない最低の祝福は、無言の抜刀術による首ちょんぱと共に遮られる

――

「雫ちゃんダメェーーーーッ」

寸前で〝神速〟により割り込んだ香織に止められた。

「どいて香織！　そいつ殺せない！」

「殺しちゃダメでしょ!?　平和の式典の後に立会人の親友が皇帝を惨殺ってしゃれになってないよ！」

「大丈夫、本当に殺《や》ったりしないわ！　意識を斬るだけだから！」

「シ、シズシズ？　陛下の首筋から血が……」

鈴がそろりとガハルドの首筋を見て言う。どう見ても薄皮一枚だが普通に斬れてる……

龍太郎《りゅうたろう》が念のためガハルドの傍《そば》に寄りながら様子を窺《うかが》った。

「あ～、陛下、大丈夫っすか？」

「今、ナチュラルに死にかけたんだぞ？　大丈夫に見えるか？」

最後にまた真顔になったガハルド。

それに笑いながら「いいぞ、もっとやれ！」と煽《あお》るラナに、止める浩介《こうすけ》。

そこへ騒ぎを聞きつけたカム達ハウリアがやってきて。

「むっ、なんだやっぱり戦争か？　よろしい、もう一度首輪をつけてやろう！」

何を勘違いしたのか、抜刀。それを見た瞬間、帝国の方々が一気に青ざめる。フラッシュバックする首ちょんぱの惨劇。

「ハウリアが……またハウリアが暴れるぞぉっ」

「逃げろぉ！　みんな死んでしまうぅっ」

「誰かぁっ、誰か助けてぇっ」

一気に広がるパニック！　首刈りウサギの恐怖が蘇《よみがえ》る！

そこへ、最後にアルフレリックと他の長老、そして護衛の戦士達が駆けつけて。

「……なんだこれは。なんなのだこれは……」

ついさっき和平条約を結んだばかりなのに、とアルフレリックが白目を剝《む》いた。

「ア、アルフレリック様が立ったまま気絶してる……」

「衛生兵！　衛生兵ぇーーっ」

和平の式典で深まっていくカオス。

結局、中々戻って来ないことを心配したユエが、直接転移して全員を鎮圧するまで大騒ぎは続いたのだった。


南大陸にて、森林地帯と山岳地帯を背に広がる都――通称〝魔都〟。

【魔国ガーランド】の首都だ。

赤錆《あかさ》び色の屋根を基調とした美しい町並みが広がっている。

そんな、かつては魔国の民で賑《にぎ》わっていただろう都は、しかし、今や人っ子一人いない廃都だ。

まさに、ゴーストタウン。人気《ひとけ》皆無の壮麗な町は、美しさに反比例するように寂寥《せきりよう》と不気味さを醸し出していた。

その情景を、山岳の頂にそびえる魔王城の、最上階にあるテラスから眺めているのはティオとシアだ。

「すまんのぅ、シア。付き合わせて」

「いえいえ、樹海にいてもアルテナに襲われるだけですから」

「う、うむ。最近は特にスキンシップが激しいようじゃしな」

「なんなら今日、ここに連れてきて南の森に捨ててくるのもありでしたね！」

良い笑顔かつ笑っていない目を向けてくるシアに、ティオはぶるりと身震いした。

シアが大好きで大好きで仕方ない森人族のお姫様。

邪険に扱えば扱うほど喜び、カムにまでちょっかいをかけては鞭打《むちう》たれて歓喜し、祖父たるアルフレリックに多大な心労と胃痛を与える〝どうしてこうなった……〟の代表格。

なお、トップは目の前の竜人姫であることは言わずもがな。

なんだか居たたまれなくて、すっと視線を逸《そ》らすティオ。

んっんっと気を取り直して。

「さて、用事を済ませてしまおうかの」

雰囲気を厳かなものに変える。

シアもまた一歩下がって、神妙な表情でティオの背中を見守った。

ティオの〝宝物庫〟が輝き、その手に花束が抱えられる。

「良き空、良き風が、再び縁を結ばんことを」

一陣の風を起こしつつ、花束を宙に投げる。空色の美しい花弁が舞い踊るようにして魔都へ広がっていく。

それは手向けの花だった。

フリード・バグアーとウラノス。確かな絆《きずな》を結んだ人と竜への。

もし、生まれ変わりというものがあるのなら、来世もまた巡り会い、今度こそ神なき世界の自由な空を飛べれば良い。二人一緒に、どこまでも。

そう祈りながら、空へ消えていく花弁を静かに見送る。

「ティオさんはやっぱり竜人ですね」

「？　どういう意味じゃ？」

「高潔だという意味です」

フリードとウラノスの最後の瞬間を、シアは見ていない。龍神化したティオの内側で守られていたからだ。

だから、ティオが最後の一撃を放った時、フリード達《たち》に何を見て、何を感じたのかは分からない。

シアにとってフリード達は何度も立ちはだかってきた敵に過ぎなかった。

「フリードは氷雪洞窟の攻略者です。たくさん葛藤して、己の弱さを乗り越えたのは確かでしょう。神に狂わされたまま攻略できたとは思えないですから、きっと、本当の想《おも》いと意志を以《もっ》て」

なのに、最初に対峙《たいじ》した時からフリードは狂信者だった。故に、神に狂わされていたのは確実だろう。

でも、だからといって来世での安寧を祈ろうとは、頭の片隅にも思い浮かばなかった。

自分は薄情なのだろうか、と少し苦笑いが浮かんでしまう。

だから、ティオは〝付き合ってもらった〟と言うけれど、実際は、シアの方がついてきたのだ。ティオの、そういう心根が好きで見ていたかったから。

「助けられていればって、思ってます？」

「いいや、思っておらん」

意外なほど力強い否定だった。

「同情はせん。後悔もない。彼奴等《あやつら》は倒すべき敵であった。あの戦場は、お互いに行き着くところまで行き着いた……そう、最果ての戦場だったのじゃ」

だから、後にも先にもティオが揺らぐことはない。

ただ、と真《ま》っ直《す》ぐに空を見上げながら、ティオは言う。

「……最期の時、竜は半身を失ってなお人を庇《かば》い、人は竜と共に逝くことを選んだ。互いに納得と共感を抱いて逝った。妾《わらわ》は、その有り様を美しいと思ったのじゃ」

だから、せめて〝覚えておこう〟と宣言した。

「この手向けは、妾が勝手にした約定の、独りよがりな果たし方の一つじゃよ。高潔？いいや、違う。シアよ、これは〝自己満足〟と言うのじゃ」

肩越しに振り返って苦笑するティオに、シアは眩《まぶ》しそうに目を細めた。一拍おいて、肩を竦《すく》めるとくすりと笑う。

「そういうことにしておきます」

「うむ。そういうことにしておいておくれ」

ティオも、くすりと笑みを浮かべる。

と、その時、二人のいるテラスへと通じる部屋の扉がノックされた。

開けて良いとティオが声を張り上げると、神殿騎士の装備を纏《まと》った男が、ガッチガチに緊張した様子で敬礼をしてみせた。

「し、失礼します、クラルス殿！　ハウリア殿！　我等は昼食の時間となりました！　お二人はいかがなさいますか？　必要とあらば用意させます！」

「お気遣いどうもです。ですが、私達はもう帰るので結構ですよ、デビッドさん」

かつて、シアのウサミミを醜いと吐き捨てた愛子《あいこ》護衛隊の隊長だった男――デビッドに、家名プラス敬称付きで呼ばれる違和感の凄《すさ》まじさと言ったら。

シアの表情が、小骨が喉に刺さったような微妙なものになるのも仕方ない。

「ハッ、ではそのように」

「うむ。ところでデビッド殿よ」

「クラルス殿！　私如《ごと》きに敬称など！　どうぞ女神の忠実な下僕と呼んでいただければ」

「長くなっとる」

スチャッとキレのある動きで頭を下げるデビッドに、あのティオが気味の悪い者を見たような顔つきになる。

同時に、少しばかり愛子に同情の念を送ってしまった。

というのも、かつて愛子の護衛隊を務めていた騎士の中で、神話大戦を生き残った者は皆、愛子を新たな神と崇《あが》め奉る新派閥を作っており、別ベクトルで狂信的な集団になっているからだ。

　総本山の崩壊と、神の真実。

　生まれた時から旧教義の英才教育を受けてきたエリート騎士達にとって、それらは精神を崩壊に追い込むに十分な威力を持っていた。

　そこへ、元より好意を寄せていた愛子が世界で認められる女神となった。

　信仰は心のよりどころ。新教皇《シモン》もそう言ってる。

　なるほど、女神愛子こそが我等の信仰を捧《ささ》げるべき真の神だったのか！　となったわけだ。こわい（ｂｙ愛子）。

　それはそれとして、そんなデビッド達がなぜ魔王城にいるのかと言えば。

「それより、〝彼等〟の様子はどうかの？　問題なさそうかえ？」

「ハッ。魔人達はみな、大人しく日々の勤めを果たしております」

「ふむ。それは一安心じゃな」

　実のところ、【神域】に入った魔人は全てではなかった。

　魔王城に取り残され、ハジメに恐怖を刻み込まれた者達のほか、祖国の方針に従えず、遥《はる》か昔に見切りを付けて隠れ里のような場所でひっそりと暮らしていた者も相応にいたようなのだ。

　彼等は、この一ヶ月の間に魔都の様子を知り、少しずつ集まってきていた。

「例の計画には期待しているようで、とても協力的です。地下の〝封印の間〟でも怪しげな行動を取る様子はありません」

「……神域に消えた魔人族が、魔都に放り出されていると知った時は面倒なことになったと思いましたけど、どうやら大丈夫そうですね？」

シアがほっと胸を撫《な》で下ろす。

その言葉通り、【神域】へ入った魔人族は消滅していなかったのだ。どういうわけか【神域】の崩壊を逃れ、昏睡《こんすい》状態で魔都に放り出されていたのである。

再生魔法なり魂魄《こんぱく》魔法なりを使えば、彼等は目覚めただろう。

だが、戦後処理や復興で忙しい時分だ。

流石《さすが》に、目覚めた途端、北大陸に侵攻してくるとまでは思わないが、火種であることに変わりはない。

そこで、ハジメは魔都の下に広大な地下空間を創造し、そこに彼等を昏睡状態のまま封印したのである。

地下全体の時を止めて完全保存できるアーティファクトを使って。

いつか、復興が終わって北大陸全体が落ち着いてきたら、少しずつ彼等を解放していく方針だ。共存の道を納得させるには、少数ずつの方が難易度が低いからだ。

この計画に賛同したのが、隠れ里の魔人達である。

彼等自ら、魔王城や魔都の管理・維持をしつつ、目覚めさせた同胞との対話に従事したいと申し出てくれて、実際、取り残された魔人達を説得できたことから、一緒に封印することはせず受け入れることにしたのだ。

デビッド達は、その監視と有事の際に対応する駐屯兵というわけである。

もちろん、〝ゲート〟で北大陸とは通じているので交代制で。

いずれは、魔人達との共存を目指し友交を育むために各国の外交に携わる者達が訪れるようになるだろう。

「手を取り合える未来が訪れるといいのぅ」

「ですね。きっと、ミレディさん達〝解放者〟が目指した未来には、魔人族の人達も入っていたはずですし」

きっと、だからハジメも、この計画を立てたのだろう。本人は「動かない連中をうん十万単位で虐殺とか勘弁ってだけだ」などと言っていたが……

それだけじゃないと、シアとティオは確信した様子で笑い合うのだった。

「さて、それじゃあ帰りますか」

「うむ。そうしよう。ではな、デビッドよ」

「ハッ。愛子様によろしくお伝えください」

ぶれないどころか、どこか精神的に突き抜けてしまったような神殿騎士に苦笑しつつ、シアは〝ゲート〟を開いて向こう側へ消えていった。

ティオもその後に続こうとして、

（フリードよ。魔人族を救ったのは……きっと、お主じゃろ？）

ふと、もう一度、静かな魔都へ視線を巡らせた。

同時に思い浮かべるのは、フリードとウラノスの最期の瞬間。

ウラノスが身を挺《てい》して時間を稼いでいたあの時、死を受け入れながらもフリードは白亜のオベリスクを輝かせた。

最後の最後で何をする気かと警戒したものだが、きっと、あれはそういうことなのだ。

「この都が、再びお主の大事な同胞達で賑《にぎ》わうことを、心から祈っておるよ」

そう祈りを風に乗せて。

ティオもまた魔王城を後にしたのだった。


【フェアベルゲン】の都の一角に、少々趣を異にする小屋があった。

大半の家屋が大木の上に建てられたツリーハウスのような木造建築なのに対し、その小屋だけは地上に設置されており、かつ、白亜の金属製だったたのだ。

ハジメ達――クラスメイトや愛子を含む――は、この一ヶ月、最も過ごしやすいこの都に拠点を置いているのだが、その宿舎に隣接する形だ。

居住するには少々手狭なそこに、ハジメはいた。

小屋の中には、青白い光がオーロラのように漂っている。

中心に設置された円柱形の腰くらいまでの高さの台座と、その天辺《てっぺん》に置かれた直径十五センチくらいの青白い水晶のような鉱石が光源だ。

ハジメは、その台座に両手を添えて瞑目《めいもく》し、何やら集中している。

真紅の魔力が青白い光に混じり、あるいは水晶の中に流れ込んだりしている。

ハジメ達は何も、王都の復興や、真の神話・歴史の流布、解放者達の名誉回復やアーティファクトの回収などなど、諸々《もろもろ》の戦後処理のためだけに一ヶ月を費やしていたわけではない。

この小屋で行われている作業こそが本命だ。

そう、全ては第一の願望にして、最も重要な目的――故郷たる日本に、帰ること。

そのために必要な時間だったのだ。

と、その時、不意に扉が開いた。

ほんのり隙間を空けるような遠慮がちな開け方だ。

「パパぁ？　入ってもい～い？」

開け方と同じく、尋ねる声も遠慮がちだ。その重要性を理解しているが故の、パパの邪魔をしまいとする健気《けなげ》な幼子の声。

ハジメはすっと目を開いた。口元には自然と笑みが浮かぶ。

「いいぞ、入ってきな」

途端に、豪快に開け放たれる扉。ステテテーッと勢いよく駆けてくるのは言わずもがな、ミュウである。

その後ろから「あらあら」と微笑《ほほえ》ましそうに表情を綻ばせるレミアも入ってくる。

「あれ？　ユエお姉ちゃんは？」

「帝国に行った。なんかトラブったみたいでな」

「あらあら、大丈夫でしょうか？」

「雫達《しずくたち》のほかに香織《かおり》と遠藤《えんどう》もいるんだ。危険なことはないだろ」

「いえ、そうではなく。向こうにはハウリアの方々がいるので……アルフレリックさんの精神は大丈夫でしょうか、と」

「……」

レミアさん、ナイス推測。彼は今、白目を剝《む》いているところだ。

ハジメは敢《あ》えて考えないようにした。

ミュウがハジメの片脚にコアラの如く抱きつき、上目遣いで尋ねた。

「パパ、神結晶《しんけつしょう》は大丈夫そう？」

「ああ、必要最低限だが上手《うま》く育ってくれたと思う」

視線を落とす。台座の上の水晶に鋭い観察眼を向ける。

これぞ、ハジメの一ヶ月の成果――人造の〝神結晶〟だ。

世界を越えるには〝導越《どうえつ》の羅針盤〟と〝クリスタルキー〟が必要だ。

だが、概念魔法を付与するのに、並の鉱石では力に耐えきれず自壊してしまう。

一度や二度の使い捨てなら問題ないだろうが……

「これなら、パパの世界とミュウ達の世界に何度でも行ったり来たりできる？」

「ああ、そのはずだ」

台座から片手を離し、ミュウの髪をくしゃりと撫でる。

ミュウから「むふぅ」と気持ちよさそうな声が漏れ、レミアが優しげに目を細める。

「俺が故郷に帰るってのに、ミュウとレミアが故郷に二度と帰れないんじゃあ忍びないからな」

「ふふ、心を砕いてくださってありがとうございます、ハジメさん」

レミアの手がそっとハジメの肩に触れた。それだけだが、その指先には大きな信頼と親愛が宿っているのは明らかだった。

「よかったぁ。それなら、シアお姉ちゃんもティオお姉ちゃんも家族と会えるの！」

「ああ。逆に、カムやアドゥル殿にも日本を見せてあげたいしな」

ベストな未来が地球とトータスを行き来できることであるなら、ハジメは躊躇《ちゅうちょ》なくその未来に手を伸ばす。全力を尽くす。

概念を生み出すほど帰郷を望んだハジメであるから、この世界で絆《きずな》を紡いだ大切な人達にも故郷との繋《つな》がりを残したかったのだ。

だから、完璧な素材がいる。何度使用しても壊れない、魔力との親和性が最高位の鉱物。

すなわち、神結晶だ。

とはいえ、奈落にはもう神結晶がないことは、決戦前に素材を準備する段階で羅針盤に

より確認済みだ。世界のどこかにはあるかもしれないが、羅針盤がない今、それを探すのも現実的ではない。

そこで辿《たど》り着いた結論が〝ないなら創ればいい〟である。

「ミュウにも魔力があればお手伝いできたのに……」

みゅ～と鳴き声（？）みたいな声を漏らして落ち込むミュウ。

「気にすんな。そりゃあクラスの連中には魔力供給させてるが……人の保有魔力なんざ微々たるもんだよ」

「確か、千年以上もの年月を掛けて形作られる結晶でしたか？」

「ああ。それも偶然できた魔力溜《だ》まりでな」

それもまた天文学的な確率だ。魔力とは星のエネルギーであるからして、普通は自然界を巡り巡るものだから。

幾つもの要素が重なって結晶化するほど魔力が溜まるなど普通はあり得ない。

ハジメには、あの伝説の錬成師が創設した大迷宮に伝説の鉱物が眠っていたことが、今更ながらではあるが偶然に思えなかった。

ないなら創ろうという発想も、あるいはオスカーが……と考えたことがきっかけだ。

過去の錬成師にできたことなら、それはつまり自分にもできるということ。

そうして、ハジメなりに研究し築き上げた技法が、この小屋には結集されている。

「この小さなお部屋に〝星の力〟が集まってるなんて、なんだか想像できないの」

「夜空に浮かぶ星も、私達のいる場所も同じ星だなんて初めて知りました。世界は平面じゃないんですね」

ミュウとレミアが未《いま》だにピンと来ない様子で言う通り、この小屋と台座自体が重力魔法の神髄を組み込んだアーティファクトだった。

小屋が、星の力、つまり自然魔力を高速かつ広範囲から引き寄せる。そして、中央の台座が汲《く》み上げ、集束し、空間魔法で作られた頂点部分の人工魔力溜まりに流し込んでいく。そういう仕組みだ。魔力量がトータス人より遥《はる》かに多いクラスメイトも、その日に余った魔力を注ぎ込んで足しにしている。

結果は大成功で、日に日に結晶は大きくなり、予定通り本日、〝導越の羅針盤〟と〝クリスタルキー〟の再創造が可能となった。

流石に結晶化の後に魔力の飽和状態となって初めて精製される〝神水《しんすい》〟までは採取できなかったが、それが目的ではないので問題なしだ。

「俺の故郷に来たら、ミュウは学校に通ってもいいかもしれない。今みたいな知識を、たくさん教えてくれるぞ？」

「みゅ！　そうなの？」

「おう。同年代の子供達が一緒に勉強するんだ。友達ができるかもな？」

「友達……ん？　パパも学校に行ってたの？」

「ああ、そうだ。クラスの連中とな。愛子《あいこ》が先生だぞ？」

「みゅ……」

「どうした？」

「お友達、できるの？」

「……」

何気ない会話の中に言葉のナイフが紛れ込んでいたらしい。

言外に、パパは学校に通っていたのに友達できなかったのかな？　と純粋な疑問をぶつけられて、ハジメは返答に窮して視線を逸《そ》らした。

「さ、最近は皆さん、ハジメさんによく話しかけますよね！　特に遠藤さんとはよく話していらっしゃいますしね！」

「そうだね。最近ね」

ハジメの口調がおかしい。レミアのフォローは効果が薄かったようだ。

自業自得な部分を自覚しているので、ハジメからは誤魔化しの言葉すらもない。

パパのなんとも決まりの悪そうな顔を見て、地雷を踏んだっぽいことだけは理解したのだろう。ミュウが「どうしよう……」と視線を彷徨《さまよ》わせている。

「なぁにミュウちゃんを困らせてるんですか？」

「何かあったのかえ？」

魔王城に出かけていたシアとティオが戻ってきたようだ。

妙な雰囲気に小首を傾《かし》げながら入ってくる。ミュウがハジメから離れてシアとティオのもとへ駆け寄った。

「あのねあのね！　パパにお友達が——」

「あらあら、ミュウ！　それ以上はいけないわ！

「レミア、気遣うな。余計に居たたまれない。ぼっちなパパでごめんな？」

それで、シアとティオも大体察したらしい。

大きく頷《うなず》くと、一転。二人揃《そろ》ってニカッと輝くような笑みを浮かべた。

「ユエさんと出会うまでの十六年、家族以外と接したことありませんが何か？」

「なんのなんの！　隠れ里に移住して五百余年。妾《わらわ》とて敬称抜きで呼んでくれる同年代の友など一人もおらん！」

ミュウが愕然《がくぜん》とする。だって、ミュウはお友達がたくさんだ。【エリセン】にもたくさんいるし、この一ヶ月でフェアベルゲンの子達ともいっぱい友達になった。

なんなら、人外の友達だってたくさんいる。

圧倒的コミュニケーション強者であるミュウには、友達がいないという状況が今ひとつ理解できない！　なので、

「この話はやめようなの！」

地雷原でタップダンスする趣味は、ミュウにはないのだ。賢明な幼女である。

その気遣いをありがたく頂戴し、ハジメは話題を変えた。

「で、魔人族の方は問題なさそうだったか？」

「大丈夫そうでしたよ～」

「うむ。今のところは問題なしじゃ」

そう報告しつつ、ごく自然とハジメの両隣にぴっとりと寄り添うシアとティオ。

二人の豊かな胸がむにゅっと豪快に形を変える。

シアは格別、ティオの距離感も既に仲間の範疇《はんちゅう》を超えていた。ハジメが、ごく自然に受け入れているのが良い証拠だ。

「それにしても、ご主人様の黒髪は良いのぅ。妾とお揃いじゃし」

片手を伸ばして、ハジメの髪を指先で梳《す》くティオ。

そうなのだ。実を言うと今、ハジメは白髪でなくなっている。それどころか、眼帯もなく、右目も人のそれを良く模した義眼で、義手も人工皮膚のようなものでコーティングしたスマートなものに換装されていた。もちろん、吸血鬼化も解かれている。

「私はまだちょっと慣れないですけどねぇ」

「ミュウもなの」

シアとミュウは、ハジメは白髪というイメージで固まっているのだろう。違和感があるらしい。

「なんだ、似合わないか？」

「いえ、似合わないわけじゃないですよ？」

「どっちも格好いいと思うの！」

「ええ、お似合いですよ。元々は黒髪だったのですよね？」

「ああ。……やっぱ家に帰るなら、できる限り元の姿が良いと思ってな」

少し照れくさそうに頬を掻《か》くハジメ。

「まぁ、髪色は変成魔法のアーティファクトでいつでも変更できるし、義手と義眼も直《す》ぐに換装できる。もうないと思うが……戦う必要がある時は、またあの姿に戻るさ」

それはきっと、ハジメなりの線引きなのだろう。

白髪に魔眼と義手の姿は異世界にて戦う者の姿。

これから日本で平穏な日常を過ごすなら、見た目から変えておきたいと。

心を切り替える一助として。

「それじゃあ、黒髪のままでいられるといいですね」

シアが目を細めてウサミミをすり寄せた。ミュウやレミア、そしてティオも優しい声音で賛同する。

「そうだな……」

そう穏やかな声音で呟《つぶや》いて嬉《うれ》しそうに笑うハジメに、シアとティオはなんだか堪《たま》らなくなって更に身を寄せ……

「……ミュウの前で発情しない」

「あたっ!?　ユエさん！」

「ぬわっ!?　ユエよ、その転移は心臓に悪いのじゃ」

ペシッと、頭をはたかれる。慌てて背後を見れば、いつの間にかユエが浮遊していた。

〝ゲート〟を使わない瞬時転移――〝天在〟だ。

本日の衣装が黒を基調としたゴスロリチックなこともあって、唐突に現れてふわふわと漂う姿は、まるでお伽噺《とぎばなし》の中のお人形さんのようだった。

以前は、〝子供っぽく見られないが、さりとて背伸びしているようにも見られない絶妙な服装〟を苦労して選んでいたのだが……

大人と少女の姿を行き来できる今、どちらのファッションも楽しむことにしたらしい。

「戻ってきたか。あっちは大丈夫だったか？」

「……ん、問題ない。ハウリアが暴れそうになって、帝国人がパニックになっただけだから。全員まとめて鎮圧してきた」

「そうか」

ぜんぜん大丈夫そうに聞こえなかったが、まぁいいかとスルーして。

ふわりと重さを感じさせず抱きついてきたユエと、ごく自然にキスを交わす。

「……もうみんな広場に集まってる。ハジメの方は？」

「最終確認をしていたが、特に問題はない」

ユエへ、そしてシア、ティオ、ミュウ、レミアへと視線を巡らし、その手に人造神結晶をパシッと握り締め。

そうして、ハジメは、

「――行こう」

ユエ達《たち》を引き連れ、かつてシアの想《おも》いが成就した郊外の広場へ向かったのだった。

郊外の広場に入ると、おしゃべりに興じていた愛子とクラスメイト達がピタリと会話をやめ、ハジメの方へ顔を向けた。

いよいよかと、表情を緊張で強《こわ》ばらせる。

香織《かおり》と雫《しずく》が駆け寄ってくるが、その後ろには意外にもリリアーナもいた。

「なんだ、リリィも来たのか」

「ええ、せっかくなので見学させてもらおうかと」

帰還用アーティファクトが完成したからと言って、直ぐに世界を渡るわけではない。

創造に莫大《ばくだい》な魔力を使った後なのでそもそも無理があるし、何年もお別れするわけではないが、一応のお別れの挨拶もする気だからだ。

とはいえ、やはりこちらに残るリリアーナとしては気になるところなのだろう。

ハジメは頷き、ユエを視線で促して広場の中央へ歩み出た。

しんとした空気が漂う。

誰もが固唾《の》を呑み、静寂を破ったことでハジメが失敗でもしたらいけないと真一文字に口元を引き締めている。

「香織。計算上は問題ないはずだが、もし魔力不足に陥ったら再生魔法を頼むぞ」

「うんっ、任せて！」

「念のため、俺とユエの魔力以外は交えたくない。譲渡系は――」

「分かってるよ。あくまで二人の魔力を回復させる方法で、だね？」

真剣な表情で頷く香織に、ハジメもまた頷き返し、今度はティオと愛子へ。

「ティオと愛子も頼む。まぁ、杞憂《きゆう》だと思うが」

「創造に時間がかかって限界突破が途切れそうになったら、魂魄《こんぱく》魔法で維持時間を延ばす、ですよね？　大丈夫です」

「うむ。準備しておくのじゃ。憂いなくやっておくれ」

本当に、あくまで念のためのサポートだ。

シアがミュウとレミアを連れて下がる。優花《ゆうか》達もハジメとユエを中心に距離を取りつつもサークル状に囲むようにして見守っている。

周囲からの視線と期待を感じながら、ハジメとユエは向き合った。

「よし、やるか。ユエ」

「……………んっ」

右手の掌《てのひら》に神結晶《しんけっしょう》を、左手の掌にその他の最高位素材を載せて、両手を差し出すハジメ。

ユエがそっと、そこに自分の両手を重ねる。

そうして、遂《つい》に始まる概念創造の秘儀。

「――〝限界突破・覇潰《はつい》〟」

「――〝極天解放〟」

同時に、己の最高パフォーマンスを発揮できる状態へ。

【フェアベルゲン】の森に、真紅と黄金の光が静かに広がった。

風がうねり、枝葉を揺らす。徐々に力強さを増していき、混じり合い、集束していく。

直後だった。

ゴウッと爆発的に魔力が噴き上がったのは。

二色の光が、まるで睦《むつ》み合っているみたいに螺旋《らせん》を描いて天を衝《つ》く。【神域】すら突き抜けた神話大戦の時の光景が再現された。

ビリビリと肌に伝わる途方もない力の奔流。

物理的な圧力を感じて、優花達は顔を庇《かば》いつつ身を低くし、シアはミュウとレミアの前に立って庇う。

そこに、恐ろしいほどの意志が加わった。魔力の奔流に乗って伝播《でんぱ》する深く重く鋼鉄よりも固い意志。

これほどか、と。

かつて【氷雪洞窟】でクリスタルキーを創造した際に居合わせた雫達以外の全員が息を呑み、腕に鳥肌を立てずにはいられなかった。

――帰りたい

——故郷はどこに
——帰りたい
——家族のもとに
——帰りたい
——みなと一緒に
胸の奥を締め付けるような切なる願い。
優花達は自然と涙を流していた。
ハジメの想いの強さを実感したから、というだけではない。
そこにあったのは共感だ。故郷が、家が、家族が、恋しくてならなかった。
仲の良い家庭ばかりではない。生徒の中には親に反発していたり、鬱陶しいと思っていた者もいる。兄弟姉妹とは、ここ最近まったく話していなかった者も。
けれど、今は心からもう一度、話がしたいと思った。
漠然としていた帰郷の念が確かなものとなり、郷愁の衝動が強く強く湧き上がる。
だから、祈った。
成功してくれと。頑張ってくれと。心の中でハジメに、ありったけのエールを送った。
直後だった。
ハジメとユエの手元から強烈な光が膨れ上がった。
神結晶が凄《すさ》まじい輝きを放っている。

吹き荒れていた魔力の奔流が銀河のように煌《きら》めきながら渦を巻き、神結晶へと集束・吸収されていく。

瞑目《めいもく》し、極限まで集中していたハジメがうっすらと目を開いた。

そして、静かに、されど朗々と己の魔法を世界に響かせた。

「――〝錬成〟」

神結晶が宙に浮き上がり二つに分かたれる。

そこへ他の素材が分解されていき、それぞれと混じり合って形を成していく。

二つの恒星が生まれた。

そう表現したくなるほど燦然《さんぜん》とした輝きがハジメとユエの間に生まれる。

それはとても神秘的で、幻想的で、生涯忘れ得ないほど美しい光景だった。

いつしか、静謐《せいひつ》が戻ってきていた。

圧倒的な魔力の奔流も、肌が粟立《あわだ》つほどの意志の伝播も凪《な》いでいた。

そこかしこで、ほぅと感嘆の溜息《ためいき》が漏れ出している。音を立てぬよう気を付けていたことも忘れるほど魅せられていたようだ。

果たして、その対象は輝きを帯びる二つのアーティファクトが原因か。

それとも、神秘の中心で手を繋《つな》ぎ合って寄り添う二人が原因か。

光が収まる。真紅と黄金が森の中に溶け込むようにして消えていく。

ユエがそっと手を離し、宙に浮く二つのアーティファクト――〝導越《どうえつ》の羅針盤〟と〝クリスタルキー〟を手に取った。

一瞥《いちべつ》し、ハジメに差し出す。

「……試してみて」

「おう」

優花達が我を取り戻し、再び緊張に身を固くした。

ハジメが羅針盤を起動する。永遠にも等しい数秒が流れ、誰かの生唾を呑み込む音がやけに大きく聞こえた。

ハジメは無言のまま、続いてクリスタルキーを手に取り空間への作用を確認した。

「お、おい、南雲《なぐも》。どうなんだ？　大丈夫そうか？」

とうとう堪《こら》えきれなくなったようで、浩介《こうすけ》がおずおずと尋ねる。

ハジメが顔を上げた。

息を殺すようにして見守っている優花達へ軽く視線を巡らせて、一拍。

やってやったぜ、と得意げな笑みを浮かべてサムズアップを見せつけた。

その意味は、考えるまでもない。

大歓声が湧き上がった。

「「「よっしゃーーー!!」」」と淳史《あつし》、昇《のぼる》、明人《あきと》が盛大にガッツポーズしながら叫ぶ。

「やったぁ、やったよぉ。家に帰れるよぉ」

「ちょっと泣かないでよ、妙子《たえこ》ぉ」

「そういう優花っちも泣いてんじゃん！」

と、優花達は泣きながら抱き合い。

「うぉおおおっ、帰れる！　マジで帰れるぅ!!」

「南雲ぉ、いや、もう南雲様！　ほんとありがとう！」

信治《しんじ》と良樹《よしき》が数人の男子を交えて奇妙な踊りを踊りながら喜びをあらわにし。

「ふぇえええええん、良かったよぉ～。南雲くぅん、ユエさぁん、ありがとう！」

「もぉ～、一生返せない恩ができちゃったじゃんっ」

号泣する綾子《あやこ》を抱き締めながら真央《まお》も目の端に涙を溜《た》め込む。

その傍らで、重吾《じゅうご》と健太郎《けんたろう》と浩介は無言のままハイタッチを決めて笑い合っていた。

愛子《あいこ》は安堵《あんど》のあまりへたり込み、リリアーナに背中を撫《な》でられている。

他の生徒達も肩を抱き合い、手を取り合い、泣き笑いのような顔で大騒ぎ。

なお、一部の生徒から「こんなの、もう南雲様のペットになるしかない！」とか「ユエさんの犬に、俺はなりたいっ」なんて危ない発言も聞こえたが、きっと感動でちょっと脳がバグっているだけだと思って総スルーだ。

ハジメは大きく息を吐くと、疲労からどさりと倒れるようにして座り込んだ。

その膝の上にユエも疲れた様子で座り込んでくる。細い腰に腕を回して支えてやるとすりすりと擦り寄ってくる。

「……ありがとな、ユエ」

「……んっ」

心地よい疲労と安堵、そしてユエの柔らかな感触にほっと息を吐《つ》く。

そこへ、ステテーッと可愛《かわい》らしい足音が響いた。

「パパぁ！」

「ミュウ」

ぴょんと飛び込んでくるミュウの小さな体を片手で受け止め、ユエとは反対の膝に乗せて同じように支える。やっぱり、すりすりと擦り寄ってくる。

「ハジメさん！　ユエさん！　凄《すご》かったですよ！　もう、なんていうか……とにかく凄かったです！」

「……シア、語彙力」

ウサギらしくぴょんっと飛び込んでくるシア。苦笑するユエごと包み込むようにしてハジメの右側を占領する。

ハジメがユエを支える手を離してウサミミを撫でてやると、シアもまた嬉《うれ》しそうにすりすりと右肩に頬をこすりつけた。

「ハジメくん、ユエ。やったね！」

シアがそうしたように、香織はミュウごとハジメに抱きついた。

左肩にそっと頭を乗せて、静かに感じ入っている。同じく、ミュウを支える手を一時的に離して頭を撫でると、これまたやっぱりすりすりと擦り寄った。

「ご主人様の世界、楽しみじゃの」

「きっとビックリするわよ」

ティオと雫《しずく》が柔和な笑みを浮かべてやってくる。

ハジメを介して、もう二人も身内同然なので随分と気安い雰囲気だ。が、想《おも》い人《びと》の体はもう背中側しか空いていない。

一瞬、横目に視線が交差し火花が散った。牽制《けんせい》が入る。まるで一瞬の隙が命取りと言わんばかりの緊迫感が漂い……

「あらあら、お二人がよいのでしたら私が失礼しますね？　うふふ」

物凄く自然に割って入ったレミアが、ぴっとりとハジメの背中に身を寄せた。「ママ！」と喜ぶ娘へ、ハジメの肩越しに手を伸ばし頭を撫でる。

「あっ、レミアさん⁉」

「こやつっ、やりおるっ」

綺麗《きれい》な漁夫の利が決まって愕然《がくぜん》とする雫とティオ。

世界最高位の剣士と最高位の竜人を出し抜くとは、レミアもレミアで南雲家の一員になると決めた時から、ティオ達《たち》に対してだけは随分と遠慮がなくなったようだ。

そこへ、唐突に現れる闖入者《ちんにゅうしゃ》。

「シア、捜しましたよ？　ハァハァ、私とも仲良くしましょう？」

「げぇ、アルテナッ⁉」

いつの間にかシアの背後にぬるりと鼻息の荒いアルテナが出現した。ゾンビのようにふらふらしながらシアの背中に覆い被《かぶ》さろうとしている。

ぞわぞわとウサミミの毛を逆立てたシアは、アルテナを撃退すべく一時的にハジメから離れた。

チャンスとばかりに、更に二人が小走りに近寄り……

「……愛子さん？　何をなさるつもりですか？」

「リリィさんこそ。彼に何か用でも？」

こちらでもバチバチと。愛子に大人の余裕というものはないらしい。

にわかにハジメの周囲が騒がしくなった。

歓声を上げながら喜びを分かち合っていた優花《ゆうか》達の視線も引きつけられる。

優花から凄まじいジト目が注がれ、奈々《なな》と妙子がそんな優花の尻を蹴りつける。はよ行けと。もちろん、踏ん張って動かないが。

他の女子は黄色い声を上げ、男子は男子で好奇心と嫉妬が綯《な》い交《ま》ぜになったような絶妙に微妙な表情だ。

「……まったく」

ユエから溜息が一つ。

「お、おい、ユエ？」

ユエから妙な雰囲気を感じて声をかけたハジメは、直後、ぞくりと背筋を震わせた。

今の今まで見せていた少女然とした甘えた雰囲気が、山の天気より鮮やかに変わる。周囲の空気ごと、脳が痺《しび》れるほど妖艶に。

歓声が止まった。ユエの発する空気に呑《の》まれて。

直後、ユエの体がポワ～ッと輝きを帯びた。

目に痛くはない優しい光だが、姿は完全に隠れるという不可思議な黄金の光。

ほんの数秒で霧散した光の後には、

「……余韻に浸るということを知らないの？」

大人モードに変成したユエの姿があった。

成長したことでゴスロリ調のドレスの丈が一気に短くなり、その細身ながら妙に肉感的な御御足《おみあし》が太股《ふともも》まであらわになってしまっている。胸元なんて今にもはち切れそうだ。

それでも違和感はなく、むしろ大人モードだからこそ服装の可愛らしさとのギャップが余計に際立ち、悪魔的な色香が溢《あふ》れ出している。

その可愛らしくも妖しい雰囲気に、集団金縛りが発生した。

その間にユエが人差し指をひょいと振ると、

「あわわっ、ちょっとユエぇ!?」

「ユ、ユエさん、何を!?」

それだけで香織《かおり》とレミアはふわふわと引き離されてしまった。雫やティオの傍《そば》にゆったりと着地させられる。

「あ～、ユエ？　あのな――んむぅ!?」

宥《なだ》めるような声音で何かを言おうとしたハジメだが、それは叶《かな》わなかった。ユエの豊かに成長した胸元にぐいっと抱き寄せられ、物理的に口を塞がれたから。

これには香織達も一斉に「ちょっと！」と抗議の声を上げ、ぽわぁとした表情でユエを見つめていたミュウも赤面して両手で顔を隠してしまった。

そこへ追撃。

「……正妻権限で、騒がしくする子は出禁にする」

迸《ほとばし》る色気。男女の区別なく魅了する魔性にして天上の美。

妖艶という言葉を体現したような大人モードのユエの言葉に、誰もが心臓を鷲《わし》摑《づか》みにされたような心地になってしまう。

香織やティオでさえも、口を開きかけた途端にすっと流し目を送られれば、それだけでぽわっと頰を赤らめ「うっ」と言葉に詰まる。

「こうなったユエさんには、もう誰も逆らえる気がしませんねぇ」

唯一、色香に頰を染めつつも比較的に平常心を保てているシアが、アルテナを絞め落としながら口にした所感に、異論を述べられる者はいなかった。

ちなみに、出禁がどこへの出入り禁止を示しているかは……

香織達のここ一ヶ月の変化と、〝正妻権限〟というワードから推して知るべし。

「……罰として、今日は私が独占する」

「もうちょっと俺の意見を聞いてもいいんだぞ？」

なんて言いながらも機嫌良さげなハジメの瞳が何より雄弁に〝ユエ全肯定主義〟を物語っていた。

なので当然、胸元から離されるや否や熱い口づけを迫られようと、それを拒否するなどあり得ないわけで。

女子生徒からひゃぁ～～っと興奮気味の声が広がり、男子生徒の大半は己の精神をいろんな意味で守るために天を仰いだ。今日も空が青いぜ、木漏れ日大好き。

「はい！　抗議します！　横暴であると断固抗議しますっ」

色香の檻《おり》からどうにか抜け出した香織が、未《いま》だ熱を持つ頰をそのままにズンッズンッと歩み寄っていく。

すると、それで同じく拘束が解けたのか、ティオ達も続いた。

「フッ、ユエよ。出禁にするくらいならお仕置きを所望するっ。その大人モードで踏んでくれても良いのじゃぞ！」

どこまでもブレないどころか、ユエのお仕置きでも全然ＯＫ、むしろ大人モードならユエのお仕置きが良い！　なんて守備範囲の拡大を見せつける駄竜はさておき。

「私が騒がしかったのはアルテナのせいです！　不可抗力だったんですから対象外ですよね！　というわけでハジメさん！　私ともし～ましょ？」

シアが遠慮なく四《よ》つん這《ば》いで近寄って唇を突き出し、

「……」

　雫は雫で、潤んだ瞳で無言の訴えをしてくる。

「パパとチュウするの？　ミュウもした～いの！」

「あらあら、ミュウにはまだちょっと早いかしら？　代わりにママがしちゃいましょうか？」

　なんて、いつの間にかミュウを回収して抱っこしているレミアが「うふふ」と楽しげに笑い、その直《す》ぐ傍で、

「キスくらいは……キスくらいはいいと思うんです！　王女だけど！」

「王女という立場だけじゃなく、年齢が問題なんです！　リリィさんは！　わ、私はその点、問題ありませんけどね……」

「年齢が問題じゃないんですよ、愛子さん。教師という立場が問題なんですよ！」

　相も変わらずリリアーナと愛子が言い合いしながらも、期待に輝く目をハジメへと向けている。

　そんな彼女達を前に、

「……で、ハジメ。誰とする？」

　そんなことを、とんでもなく蠱惑的《こわくてき》な笑みを浮かべながら問うユエ。

　もちろん、ハジメの答えは一つしかない。

「ユエ一択で」

「ふふっ……じゃあ、さらっていく」

妖艶な雰囲気が冗談のように消えて、ユエは無邪気に破顔した。

誰もが思わず見惚《みと》れて動きを止めた次の瞬間、ユエはハジメを抱えたまま、音も魔力光もなくシュンッと消えてしまった。瞬時転移の魔法〝天在〟を、もう完全に使いこなしているらしい。

広場に再び「あーーっ!?」という香織達の悔しげな声が響き渡った。早速、円陣を組んでユエの逃亡先を特定しようと作戦会議を始め出す。

なんだかんだで楽しげなのが、もう本当に〝犬も食わぬ〟というべきか。

天を仰いだままの淳史《あつし》と昇《のぼる》、明人《あきと》が絞り出したような声音で正直な心情を吐露する。

「……ちくしょう。死ぬほど羨ましい」

「ほんとそれな。俺も人生に一度くらいは、あんな美女にさらわれてぇよ」

「でも、南雲《なぐも》だし仕方ないって思ってしまう自分が一番なんだかなぁって感じだよ」

遠い目をしていた健太郎《けんたろう》と重吾《じゆうご》が、三人の言葉に深く頷《うなず》いた。

「あぁ、それすげぇ～分かるわ」

「〝まぁ、南雲だし〟というのが、最近の俺達の間の流行語だな……」

「歴史家とか吟遊詩人の人等《ら》が南雲のことを〝神殺しの魔王〟なんて呼称してるらしんだけど……そのせいか、世間では〝魔王様だし〟っていうのが流行《はや》ってるらしいぞ?」

ハウリア経由の浩介《こうすけ》情報に、男子達はさもありなんと遠い目になるのだった。

「ハァハァ、ユエさんにゴミのように扱われたいっ。せめて、汚物を見るような目だけでも向けていただけたらっ」

「もうダメだこいつ……手遅れだ」

「まったくだ。そんな感情を向けること自体が不敬だとなぜ分からない？　どうせ踏んでいただくなら南雲様の方だろう？」

「……嘘《うそ》だろ、お前。愛ちゃん先生ぇーーっ。戻ってきてぇ！　やばいのがいるぅっ」

なんてやりとりも一部であったが。

一方、女子の方では、奈々の口から意外な言葉が飛び出していた。

「なんか……やっぱ羨ましいなぁ」

終始仏頂面だった優花がギョッと目を剝《む》く。

「え？　エッ!?　まさか、奈々、あんた……」

「違うでしょ。奈々が言ってるのは、ああいう関係自体がいいなってことだよ」

妙子《たえこ》の指摘に奈《な》々が「そうそう」と頷く。

優花はほっと胸を撫で下ろしつつも、少し考える素振りを見せてから深く頷いた。

「確かにね。素直に素敵だと思うわ。南雲とユエさんの関係は」

「でしょ？　南雲っちが求めてくれるなら、うちは全然ＯＫなんだけどねぇ」

「そうね……いや、そうじゃないが!?　何を言ってんの奈々ぁ！」

「まぁ、割り込む余地はないからねぇ」

「妙子まで!?」

奈々と妙子は互いに肩を竦《すく》めつつも、ほんのりと憧れの宿る眼差《まなざ》しをハジメとユエがいた場所に向ける。

それに優花がおろおろしている中、何か手がかりでも掴《つか》んだのか樹海の奥へ駆け出すシア達《たち》。

その後ろ姿を見るともなしに見ながら、真央《まお》が呆《あき》れ半分感心半分といった表情で言う。

「っていうか、あの関係に入り込んだ香織達って相当凄《すご》いじゃんね？　愛ちゃん先生とリリィも、いろいろ吹っ切れたみたいだし」

「……全員、なんだもんね。うん、やばいね。南雲君、本当に魔王様って感じだよ」

綾子《あやこ》がしみじみと同意する傍らで、やっぱりというべきか。

「どうすれば……どうすれば南雲家のペットになれるのっ？」

「メイドとして住み込みで働くなら……ワンチャン、あるっ」

「ねぇよ。二人共、後で愛ちゃん先生に魂魄《こんぱく》魔法かけてもらおう？　頭に、ね？」

女子の方でもお脳をおやられになっている子が数名いるようだ。

過酷な異世界生活と、規格外カップルの影響はやはり精神に多大な影響を与えてしまったらしい。いや、性癖に、かもしれないが。

捻《ねじ》れ曲がったそれが元に戻ることを、友人達は願ってやまない。

そんな一部のクラスメイトの有様に、頭痛を堪《こら》えるようにこめかみを揉《も》みほぐす龍太郎《りゅうたろう》は勘ぐるような目を斜め下に向けた。

　そして、同じく一部のクラスメイトを見て、言葉が見つからない様子で「あはは……」と乾いた笑い声を上げている鈴《すず》に問う。

「鈴は捜しに行かねぇのか？」

　完全に想定外な質問だったのか。鈴の表情が、全く知らない人に「久しぶり」と声をかけられた人のような唖然《あぜん》としたものになる。

「いや、行かないけど？　いきなり何を言ってんの？」

「……いや、それならそれでいいんだけどよ。ほら、お前、南雲の前だとちょっと大人しいというか、殊勝というか……普通の女子っぽいし。なんかノリと勢いで自分も！って香織達んとこに加わるんじゃねぇかと」

「……おい、私を脳天気な節操なしと言ったか、この野郎。南雲君には恵里《えり》のことで随分わがまま聞いてもらったんだから、普通に感謝してるだけだよ」

　見当外れな評価に、ギロリと憤りをたっぷり乗せた目で龍太郎を睨《にら》み付ける鈴。

「一度、龍太郎君とは私に対する認識について話し合う必要があるな？」

「いや、まぁ、そこは悪かった。でも、ほら。お前、基本的に中身エロおやじというか、変態だろ？　ワンチャン出歯亀！って突撃する可能性もあるな、と」

「ＯＫ、喧嘩《けんか》だね？　喧嘩したいんだね？　私の進化したバリアバースト、たらふく食らわせてやんよ！」

龍太郎が頰をポリポリと掻《か》きながら率直な意見を言うと、鈴は青筋を浮かべながら作り直してもらった鉄扇に手を伸ばした。

それを、わたわたしながら制止するのは光輝《こうき》だ。

「す、鈴。落ち着いてっ。龍太郎も悪気があるわけじゃなくて、むしろ――」

「光輝君は黙らっしゃい。このデリカシーという概念をお母さんのお腹《なか》の中に忘れてきた脳筋野郎とは、一度、きっちり話し合わなきゃならないんだよ！」

光輝の言葉を遮って鈴がガルルッと吠《ほ》える。

しかし、そこまで言われると、龍太郎とて反論くらいはしたくなるもので。

「あのなぁ！　夜中に南雲達の寝床を覗《のぞ》きに行こうとする奴《やつ》にデリカシー云々《うんぬん》なんて言われたかねぇんだよ！　お前こそ女の恥じらいとかそういうの、その辺の道端に捨ててきたんじゃねぇのか？」

「そ、それは、だって！　気になるじゃん！　お姉様達があんなことやこんなことしちゃうんだよ!?　一度は目に焼き付けておかないと人生的損失だよ!?」

「お前の人生ピンク色かよ！　てか損失の前に終了するわ！　止められたから良かったものの普通にアウトだからな!?」

「そんなこと言って！　もう誘ってあげないからね！」

「誘うな！　同級生の女子から覗きに誘われるとか気まずいにも程があるんだよっ」

ギャースギャースと喧嘩（？）する巨漢とちみっ子。

最近、割と目撃する光景に周囲の視線は生暖かい。

そして、二人の周囲でひたすらおろおろしている光輝に対する視線も生暖かかった。

元の笑顔を失っている光輝だが、その日の復興支援を終えて【フェアベルゲン】の都に戻ると、流石《さすが》に龍太郎達と合流して一緒に過ごす。

その時だけは、こうやっておろおろしつつも少しだけ和らいだ表情を見せるのだ。

先程の砦《とりで》での話し合いもあってか、今日は特に感情が素直に出ているように見える。

そのことに、みな少しホッとする気持ちを抱いていた。

失ったものは多くあり、変わってしまったものもたくさんある。背負ってしまったものも、一生消えないだろう心の傷もある。

けれど、それでも帰郷の目処《めど》が立ち、こうしてまた皆で談笑できている今、生徒達の心は召喚されて以来最も晴れやかだった。

誰もが心から笑えている。

その笑顔は、人生には時として身命を懸けて戦わなければならないことがあるのだと身を以《もっ》て知り、それを乗り越えた彼等の笑顔は……

太陽の如《ごと》く力強い輝きに満ち満ちていた。


一方その頃。

ハジメをさらったユエは、そのハジメの指示で大樹ウーア・アルトの下にやってきていた。何やら、都から相応に離れていて普段人気なく、かつ趣のある場所が良いらしい。

疑問に思いつつも、少女モードに戻ったユエはハジメに手を引かれるまま、散歩するような軽やかな足取りで大樹の根元へ向かう。

今日は快晴だ。

樹海の白霧が入ってこないこの場所は、日差しが強い。

大迷宮を攻略した後に大樹はまた枯れ木の状態に戻っている。なので、太い枝のないところは直射日光で少し眩《まぶ》しいくらいだ。

「ユエ、再生魔法を」

「……ん？　分かった」

中に入るだけなら攻略の証《あかし》で十分。なぜ、わざわざ再生するのかと、またも疑問に思うが、枝葉の日傘が欲しいのかな？　あるいは、綺麗《きれい》な景色を一緒に眺めたいのかな？　と単純に考えて、ユエは再生魔法を発動した。

途端、光を放ちながら瑞々《みずみず》しい緑を溢《あふ》れさせる大樹。

その復活の過程は、何度見ても幻想的かつ感動的だ。

静謐《せいひつ》な森の中に木漏れ日が降り注ぎ、まさに天使の梯子《はしご》というべき光柱が幾本も作り出される。これまた何度見ても心を洗われるような光景だった。

満足そうに頷いたハジメは、ユエの手を引きながら大樹の根元に腰を下ろした。

ユエはハジメを椅子代わりに、お尻をちょこんと乗せて身を預ける。

遠慮なくもたれてくるユエを、ハジメは後ろから抱え込むようにして抱き締めた。少女モードのユエは、いつだってすっぽりとハジメの懐に収まる。

互いの温かさと鼓動の音を感じながら、森の静寂と自然の芸術を堪能する。たまに聞こえる葉擦れの音や、そっと肌を撫でるそよ風が心地いい。

しばらくして、ハジメは、そっとユエの耳元に囁《ささや》くように口を開いた。

「ユエ」

「……ん？」

「お前に見せたいものがある」

「……見せたいもの？」

「本当は、もっと早く見せるべきだったんだろうが……大切なものだからってタイミングを測っていたら、一区切りついてからになっちまった。すまん」

「……？　よく分からないけど、ハジメが今だと思ったのならそれでいい」

胸元から仰ぐように自分を見つめるユエに、ハジメは目元を和らげる。

そして、風にそよぐ美しい金糸の髪に柔らかく唇を落としながら、一つのアーティファクトを取り出した。

それは、ピンポールくらいの大きさの無色透明な水晶のような鉱石。奈落の封印部屋で見つけた、あの映像記録用アーティファクトだった。

片手でユエを抱き寄せたまま、もう片方の掌《てのひら》にそれを乗せて前にかざす。

アーティファクトが輝きを帯び、更に前方へ映像を投射した。

そこに映し出された人物を見て、ユエがひゅっと喉を鳴らしたのが分かった。驚愕《きょうがく》に目を見開き、呆然《ぼうぜん》と呟《つぶや》く。

「……おじ、さま？」

ハジメは無言のまま、抱き締める腕に更に力を込めた。

無意識か、意識してかは分からないが、ユエも自分のお腹に回されたハジメの手をギュッと握り締める。

そんな二人の前で、映像の人物――ユエの叔父、ディンリード・ガルディア・ウェスペリティオ・アヴァタールが、静かな声音で話し始めた。

『……アレーティア。久しい、というのは少し違うかな。君は、きっと私を憎んでいるだろうから。いや、憎むなんて言葉では足りないだろう。私のしたことは……あぁ、違う。こんなことを言いたかったわけじゃない。いろいろと考えてきたというのに、いざ遺言を遺《のこ》すとなると上手《うま》く話せない』

自嘲の笑みを浮かべながら、ディンリードは一度、大きく深呼吸をした。

心をもう一度整理するように瞑目《めいもく》し、一拍。

穏やかさと感謝の念を虚飾なく込めた眼差しを、こちらに向ける。

『……そうだ。まずは礼を言おう。アレーティア。きっと今、君の傍《そば》には君が心から信頼する誰かがいるはずだ。少なくとも変成魔法を会得し、真のオルクス大迷宮に挑める強者であって、私の用意したガーディアンから君を見捨てず救い出した者が』

ユエが困惑しているのが分かる。手が少し震えている。

けど、ハジメは何も言わず瞑目した。

ハジメ自身、彼の言葉に聞き入るように。あるいは故人を悼むように。

『……君。私の愛《いと》しい姪《めい》に寄り添う君よ。君は男性かな？　それとも女性だろうか？　アレーティアにとって、どんな存在なのだろう？』

恋人だろうか？　親友だろうか？　あるいは家族になっていたり？　それとも冒険仲間だったりするのだろうか。

楽しげに弾む声音。そこに映っているのは、野心から女王を裏切った愚か者ではなく、ただただ姪の未来を夢想する叔父の姿だった。

『直接礼を言えないことは申し訳ないが、どうか言わせて欲しい。……ありがとう。その子を救ってくれて、寄り添ってくれて、ありがとう。私の生涯で最大の感謝を、君に捧《ささ》げよう』

ユエが今、どんな表情をしているのかは分からない。

だが、ハジメは確認しようとも思わなかった。

今は、叔父と姪の時間だと。

『アレーティア。君の胸中は疑問で溢れているだろう。それとも、もう真実を知っているのだろうか。私が何故《なぜ》、君を傷つけ、暗闇の底へ沈めたのか。君がどういう存在で、真の敵が誰なのか』

そこから語られた内容は、既に知った事実や推測を外れるものではなかった。

すなわち、神の真実と、ユエが神の器として完璧な適性を有する〝神子《みこ》〟として生まれたがために狙われていたこと。

それに気が付いたディンリードが一計を案じたこと。

その一環として、権力欲に目の眩《くら》んだ己のクーデターによってユエを殺したと見せかけて、実際は奈落の底に封印する計画を立てたこと。

加えて、ユエの封印も、僅かにも気配を摑《つか》ませないための苦渋の選択であったこと。

『君に真実を話すべきか否か……とても迷ったよ。だが、神を確実に欺くためにも話すべきではないと判断した。ただの裏切り者として私を憎めば、それが生きる活力にもなるのではとも思ったんだ』

封印の部屋にも長くはいられなかったのだろう。神の目を欺くために。

だから、王城でユエを弑逆《しいぎゃく》したと見せかけた後、話す時間もなかったに違いない。

その選択が、どれほど苦渋に満ちたものだったのか、映像の向こうで握り締められる拳の強さが示していた。

『……許してくれなどとは言わないよ。ただ……ただ、どうかこれだけは信じてほしい。たとえ君にとって無価値な真実だったとしても、知っておいてほしいんだ』

ディンリードの表情が苦しげなものから、泣き笑いのようなものになった。

それは、ひどく優しげで、慈愛に満ちていて、同時に、どうしようもないほど悲しみに満ちた表情だった。

『愛している。アレーティア。君を心から愛している。ただの一度とて煩わしく思ったことなどない。――娘のように思っていたんだ』

「……おじ、さま。ディン叔父様っ。私はっ、私も！」

とうとう感情のダムが決壊した。【氷雪洞窟】で取り戻した記憶の欠片《かけら》が間違いではなかったと証明されて、叔父との優しい想《おも》い出《で》が一気に溢れ出てくる。

私も、貴方《あなた》を父のように思っていた。

その気持ちは言葉にならずとも、ほろほろと頬を伝う涙の雫《しずく》となってあらわれていた。

『守ってやれなくて、未来の誰かに託すことしかできなくて……すまなかった。情けない父親役だった……』

「そんなことっ」

目の前にあるのは過去の映像だ。ディンリードの遺言に過ぎない。だが、そんなことは関係なかった。心から叫ばずにはいられなかった。

ディンリードの目尻に光るものが溢れる。だが、彼は決して、それを流そうとはしなかった。ぐっと目元に力を入れて堪えながら、愛娘《まなむすめ》へ一心に言葉を紡ぐ。

『傍にいて、いつか君が自分の幸せを摑む姿を見たかったよ。君の隣に立つ男を一発殴ってやるのが密《ひそ》かな夢だったんだ。そして、その後、酒でも飲み交わして頼むんだ。〝どうか娘をお願いします〟と。アレーティアが選んだ相手だ。きっと、真剣な顔をして確約してくれるに違いない』

夢見るように映像の向こう側で遠くに眼差《まなざ》しを向けるディンリード。

それは確かに、娘の素敵な将来を思い描く父親の顔だった。

『そろそろ時間だ。まだ話したいことも伝えたいこともあるのだが……私の生成魔法では、これくらいのアーティファクトしか創れない』

「……やっ、嫌ですっ。叔父さ——お父様！」

記録できる限界が迫っているようで苦笑いを浮かべるディンリードに、ユエが泣きながら手を伸ばす。

叔父の、否、父親の深い深い愛情と、その悲しい程に強靭《きようじん》な覚悟が激しく心を揺さぶる。言葉にならない想いが溢れ出す。

ハジメは、そんなユエを更に強く抱き締めた。

『私は君の傍にいられない。いる資格も、もうない。けれど、たとえこの命が尽きようとも祈り続けよう。アレーティア、私の最愛の娘。君の頭上に、無限の幸福が降り注がんことを。陽《ひ》の光よりも温かく、月の光よりも優しい、そんな道を歩めますように』

「……お父様っ」

ディンリードの視線が少しだけ彷徨《さまよ》う。それはきっと、この映像を見ているだろう誰かを、ユエに寄り添う者を想像しているからだろう。

『私の最愛に寄り添う君。どんな形でもいい。その子を、世界で一番幸せな女の子にしてやってくれ。どうか、お願いだ』

「……当然。確約するさ」

ハジメの言葉が届くはずはない。

だが、ディンリードは確かに聞こえたみたいに満足そうに微笑《ほほえ》んだ。

きっと、遠い未来で自分の言葉を聞いた者がどう答えるか確信していたのだろう。いろんな意味でとんでもない人だ。流石《さすが》は、ユエの父親というべきか。

映像が薄れていく。ディンリードの姿が虚空に溶けていく。それはまるで、彼の魂が天に召されていくかのようで……

ユエとハジメが、決して離れないと寄り添い合いながら真っ直《まっす》ぐに見つめる先で、ディンリードの最後の言葉が響き渡った。

『……さようなら、アレーティア。君を取り巻く世界の全てが、幸せでありますように』

深い森の中に、泣き声が木霊する。

悲しくはある。けれど、決してそれだけではない、温かさの宿った感涙にむせぶ声だ。

体を回し、正面からハジメの胸元に顔を埋《うず》めるユエ。

光を収めた遺言の宝珠を握り締め、ハジメはそれごとユエを優しく包み込んだ。

どれほどそうしていたのか。

やがて、ユエは涙で濡《ぬ》れた顔をゆるりと上げた。

その涙を指先で優しく拭い、両頬を包み込むようにして手を添えるハジメ。

「ユエ」

「……ん」

深く、決意に満ちた声音だった。瞳からは愛しさが溢《あふ》れていた。

胸の奥を締め付けられながら、ユエもまた見つめ返す。同じ熱量を宿した瞳で。

「俺は、世界で一番幸せな男だ。今、こうして腕の中にその証拠がある」

「……ん。私も世界で一番幸せな女。今、こうして包まれているのが、その証拠」

今にも唇が触れ合いそうな距離で、互いの吐息を感じながら見つめ合う二人。

なんとなく可笑《おか》しくなって、小さく、くすりと笑い合う。

ハジメはおもむろに指輪を取り出した。銀色のシンプルな指輪だ。特別な能力は付与されていない。ただ一つ、既存の方法では破壊は至難という点を除いて。

木漏れ日に反射してキラキラと輝くその指輪を、同じようにキラキラと輝く瞳でユエが見つめる。

「……プロポーズ？」

かつて、【オルクス大迷宮】で魔晶石シリーズのアクセサリーを渡された時、冗談めかして口にした言葉。その時、ハジメは思わずツッコミを入れたのだが……

「そうだ」

「……ぅ」

今度は、真っ直ぐ打ち返した。

真剣な眼差しが本気であることを伝えてくる。流石に照れくさくて、いつもの「……ん」すら出ないユエ。顔は既にリンゴのように真っ赤だ。

「日本では、〝娘さんをください〟と相手の父親に言うのが定番なんだ。だから、ユエが親父《おやじ》さんの真意を知ったこの場所で言おうと思う」

「……んぅ」

その言葉を言う相手は既にいないから。本人に言うのだ。

「ユエが欲しい。この先の未来も全部、俺にください」

「……ぅ」

こてんっとハジメの胸元に額が当てられる。感情が飽和して、直ぐに言葉がでない。感動と幸福でどうにかなってしまいそうで、手足の指先がキュッとしてしまう。

けど、返事など当然の如《ごと》く決まっているから。

顔を上げれば花が咲く。この世で一番可憐《かれん》な大輪の花が。

もし、この花に花言葉があるのなら、間違いなく〝幸福〟だ。

咲き誇る笑顔と共に、ユエは世界に響けと返事をした。

「……んっ!!」

ユエの差し出した左手の薬指に、永遠を示す指輪が通される。

指輪はもう一つ。それを受け取り、今度はユエがハジメの薬指に通した。

互いに見せ合い、また、くすくすと笑い合う。

それはとても、幸せに満ち足りた光景だった。

大樹の枝葉が、そよ風を受けたにしては大きく揺れる。さわさわと葉擦れの音が鳴り、輝く葉が風に乗って舞い落ちてくる。

それはまるで、大樹ウーア・アルトが二人を祝福しているかのようだった。

と、その時、遠くから賑《にぎ》やかな声が響いてきた。

どうやら、二人っきりの時間は終わりらしい。

ユエが何やら悪戯《いたずら》を思いついたような表情で、ハジメの頬を突いた。

「……それで？　ハジメは後いくつ指輪を用意しているの？」

「……ユエ。それを今言うのはどうかと思うんだ」

「……ん～、次はシアにしてあげて？」

「余韻に浸るということを知らないのか？」

にんまりと揶揄《からか》うような笑みを浮かべるユエに、先程の広場でのユエの発言をそっくりそのまま返すハジメ。

ユエは愉快げな微笑で口元を飾りつつ、確信に満ちた眼差しと共に断言した。

「……ハジメなら、みんな纏《まと》めて幸せにできる」

「常識と照らすと、俺はただの最低野郎なんだけどな？」

「……そんな常識はいらない。私達《たち》が幸せなら常識さえ塗り替えればいい。でしょ？」

「恐ろしい発言だな。……まぁ、決意も覚悟もしているから迷ってはいないさ。全部、俺のだ」

「……ん。それでこそ私のハジメ。でも――」

ユエの紅玉の瞳が輝く。どこまでも自信と愛情と妖しさに溢れた瞳が、ハジメの心を鷲《わし》掴《づか》みにする。

そして、

「〝特別〟は譲らない」

そう宣言してハジメの唇を捕えた。

森の奥からシア達が飛び出してくる。またも「あ～っ!?」と声が響く。静謐《せいひつ》で神秘的だった空間が、途端に賑やかな街中のようになった。

最後にもう一度、触れる程度の口づけをして、少し離れ、笑い合う。

そうして。

ハジメとユエは寄り添い合いながら、共に手を広げたのだった。

二人っきりで始めた旅路の果てに手にしたたくさんの――

〝大切〟を迎え入れるように。

それもまた、この先の未来を明るく照らす幸せだったから。

エピローグ

集団神隠し。

約一年前、とある高校の生徒達を襲った悲劇だ。

ある日忽然《こつぜん》と、教室にいたはずの生徒三十二名と教師一名が消息を絶ったのである。

あまりに不可解な事件であった。

集団誘拐はあり得ない。昼休憩の時間である。生徒も教師も出歩く時間帯なのに、そんな人数を目立たず連れ出すことなど不可能だ。

実際、そんな光景は誰も目撃していない。騒動すらもなかった。

故に当初は、共に消えた唯一の教師に疑いの目が向き、言葉巧みに生徒達を一種の洗脳状態において自主的にどこかへ向かわせた——つまり、半ば自主的な集団失踪ではないか、という説も出るには出た。

だが、その説も捜査機関や世間を納得させるには至らなかった。

昼食が食べかけばかりだったと報道されたからだ。慌ててやり出したと見える宿題の痕跡や、消している途中の黒板、はたまた友人と昼食を取るためだろう。椅子や机を移動させる途中といった様子も散見されたという。

そう、そこにあったのは日常だったのだ。

計画的な失踪の痕跡ではなく、いつも通りの昼休憩を過ごそうとして生徒達の姿だけが消えた。そうとしか見えない状況だったのだ。

その事実は、隣のクラスや、たまたま廊下を通っていた生徒達が証言している。

加えて、彼・彼女等《ら》が口々に、教室から溢れ出る強烈な閃光《せんこう》を見た、消えた生徒達の動揺の声や教師の「皆！　教室から出て！」という切羽詰まった叫びを聞いたと証言したことも相まって、捜査機関は完全にお手上げ状態。

まさに、現代に起きたメアリー・セレスト号事件。白昼の高校を襲った集団神隠しという名の都市伝説《オカルト》であった。

当然、世間は一気に騒然となった。

メディアは過剰なほどに加熱し、日本に止《とど》まらず海外でも報道されるほど。

世界中から報道陣やオカルト系の研究者が集まり、それどころか怪しげな宗教団体やら集団やらが押し寄せた。誘発されて起きた犯罪も数知れず。

学校は生徒達の安全を考慮して一時休校となり、消えた生徒達の家族は世間の好奇の目に晒《さら》されることにもなった。

誰もが混乱し、対応に迫られ、憂慮に心身を疲弊させられていた。

とはいえ、だ。

世間の流れというものは、時間と同じで良い意味でも悪い意味でも容赦がないから。

半年と少し。たったそれだけで世間の関心は薄れてしまった。

その頃には特番を組まれることも少なくなり、短い枠で捜査の進捗が報道されるくらい。

賢《さか》しらなコメンテーターや、この事件を機にブレイクしようと下心を抱えたオカルト系の自称有識者などが様々な見解で話題を引き延ばそうとするくらいで、世間の好奇心はやれ芸能人の熱愛やら政治家の汚職やら、いつもの話題へ戻っていった。

怪しげな集団も、多くが警察の厄介になったことでめっきり勢いを失った。

「……菫《すみれ》、そろそろ寝たらどうだ？　昨日も遅かっただろう？」

住宅街の一角に立つ立派な一軒家。

表札に〝南雲《なぐも》〟と記載された家のリビングに、掠《かす》れた声がひっそりと響いた。

長身痩軀《そうく》、跳ねた短髪の四十代半ばの男——南雲愁《しゅう》。言わずもがな、ハジメの父親だ。

リビングテーブルの前に腰掛け、ノートパソコンの画面をじっと見つめている。

「平気よ。そういうあなたこそ、もう寝た方がいいわ」

向かいに座るセミロングの黒髪の女が、愁と同じく手元の作業から目を離しもせずに答える。ハジメの母親——南雲菫だ。

今の両親を見れば、きっとハジメは驚くだろう。

本来はエネルギッシュでユーモアに溢れた両親が、すっかり生気をなくし痩せこけてしまっているのだから。

情報提供を呼びかけるネット掲示板のチェックやビラの作成をしつつも、雰囲気はまるでプログラムされた機械のよう。お互いに顔を上げることもしない。

「仕事の方も大変だったんでしょ？　体が持たないわよ」

「大丈夫だ。うちの奴等《やつら》はみんな頼りになる。むしろ、そんな幽霊みたいな顔で出社されても迷惑だって追い出されたくらいだ」

「……私もよ。何度も休載しちゃってるから頑張らなきゃって思ったんだけど……アシスタントの子達も出版社の方にも、気を遣われちゃったわ」

世間が一応の落ち着きを見せても、あるいは関心を失っても。

当然ながら、消えた生徒達の家族からすれば依然として事件のただ中だ。

警察の知らせを待つだけでなく、当初から〝家族会〟という独自に子供達を捜索するコミュニティーを立ち上げて情報のやり取りをしている。

そのことは仕事の関係者も承知していた。

愁はゲーム会社を経営していて、菫は人気少女漫画家だ。

普通なら社会的信用を失いそうな休みの連続も、部下や仲間、付き合いの長い仕事先の相手は理解を示して積極的に協力してくれていた。

彼等自身、小さい頃から職場に顔を出して仕事を手伝っていたハジメを良く知っており、心から心配していたというのもあるのだろう。

何せよ、周囲の助力のおかげで失職の憂き目には遭っていない。

それは本当にありがたいことで、ハジメが帰ってきた時に両親が揃《そろ》って無職というなんとも微妙な事態を見せずに済みそうだった。

とはいえ、それもここ最近は少し雰囲気が変わってきている。

迷惑に思っているわけではない。言うなれば、同情だ。

ハジメ君はきっと見つかる！　と励ましてくれていた彼等の視線は、今や痛々しいものを見る目になっていて、既に諦念を抱いていることがよく分かった。

行方不明になった子の親にまさか言えるわけがないが、誰もが「ハジメ君はもう……」と、そう思い始めているのだ。

そんな空気を、愁と菫の二人が気が付かないわけもなく、余計に精神を追い詰める要因にもなっていたのだが、こうして捜索のための時間を取れているのは彼等のおかげなので、八つ当たりなどできるはずもない。

仕事をやめざるを得なかった家もあるし、心労や過労で倒れた人達も多い。

集会場として自営の洋食店を提供してくれていた園部《そのべ》家も、そのせいか取材やら野次馬やらに纏わり付かれるようになってしまい、今は完全に休業状態。

畑山《はたやま》家など、愛子《あいこ》が誘拐犯だと疑われた際には誹謗《ひぼう》中傷や嫌がらせが本当に酷《ひど》く、祖父母などは一気に弱ってしまって今も療養を必要としている。

誰も彼もが、一年経《た》った今も必死に子供を捜している。

けれど、手がかり一つ出てこない。何も分からない。

その非情な現実は残された者達をじわじわと蝕《むしば》んでいた。どの家の親も日に日に表情を失っていき、誰も彼もが疲れ果てていた。

愁と菫も同じだ。

息子は無事だと、今もどこかで生きていて、きっと必死に帰ろうしていると、そう信じている。いつ帰って来ても大丈夫なように、ハジメの部屋の掃除を欠かしたことは一日足りとてない。

それでも無情に流れる時間は二人に絶望を突きつけ、心を衰弱させていく。

主を失った部屋の寒々しさに体が震え、何をしていても息子の声が聞こえる気がした。

幻聴だと分かっていながら、何度ハッと周りを見回したことか。

玄関先で鳴った小さな音に何度駆け出したことか。

最近は、夫婦での会話も少なくなった。

努力して口を開いても、今のように思考を停止したような空虚な会話しかできなくて、自然と言葉は止まってしまう。

そうして聞くのだ。チクタクと、やけに大きく響く時計の音を。

時が容赦なく流れていく音を。

おもむろにノートパソコンを閉じる愁。有力情報がないどころか、心ない書き込みを見てしまい深い溜息《ためいき》を吐き出す。

テーブルに両肘を突いて、重ねた両手で目元を覆うようにして項垂《うなだ》れる。

「……ハジメ。どこにいるんだ……」

「あなた……」

まだ四十代前半だというのに、まるで疲れ切った老人のような有様だった。

震えて、今にも泣き出しそうな旦那の声音に、菫もまた作業の手を止めて顔を上げた。

「やっぱり、少し休んだら？」

「……できないと分かってるだろう？　どうせ、ろくに眠れない」

「そう、だろうけど……」

菫は言葉を詰まらせた。愁の言うことはまったくもって自分にも当てはまることだったから。

どれだけ疲れ果てていても、どれだけ生気を失っても焦燥だけは消えない。

それどころか一日が過ぎるごとに、まるで火で炙《あぶ》られているかのような感覚が強くなっていく。

安眠など、できるはずがなかった。きっと、息子が帰ってくるその日まで。

「大丈夫だ。まだ、たったの一年だ。たとえ何年かかったって必ず見つける。それまで倒れたりするものか」

「……そうね。その通りよ」

固まった表情筋を無理やり動かしたような夫の微苦笑に、菫もまた口の端を少し持ち上げたようなぎこちない笑みを返す。

夫に纏《まと》わりつく鬱々とした暗い影を少しでも払おうと立ち上がって、寄り添うべくテーブルを回り込む——というその時だった。

玄関のチャイムが鳴った。

思わず顔を見合わせる愁と菫。自然と視線がリビングの壁掛け時計に向く。先程見た時と変わらず、やはり時刻は深夜を回っていた。

「……俺が出る。どうせろくでなしだ」

「気を付けてね」

時間が時間である。たとえ緊急の要件であっても、警察や知人なら先に連絡くらいするだろう。

なら、こんな時間にアポイントメントなしで来訪する輩《やから》など決まっている。

かつては多発した不躾《ぶしつけ》な来訪者達《たち》。配慮を知らぬ報道関係者や、犯罪者予備軍のような集団に属する連中、あるいは下劣な好奇心を満たそうとする野次馬の類い。

最近はほとんどなかったそれを疑い、真っ先に考えるべき〝その可能性〟に思い至らなかったことが二人の疲弊の深刻さを示していた。

のそりと重い腰を上げた愁が、インターフォンの受話器を取る。

それが、ずっとずっと、心の底から待ち望んだ相手に繋《つな》がっているとは思いもせず。

『……その、なんていうか……俺、なんだけど……』

ディスプレイに、来訪者の姿が映った。

激しく視線を彷徨《さまよ》わせながら、どんな言葉を使えばいいのか上手《うま》く出てこないといった様子の、この一年の間の彼を知る者達からすれば思わず目を疑ってしまいそうな言動を見せる人物の姿が。

愁の目が見開かれていく。後ろから様子を窺《うかが》っていた菫の表情も一変する。

ディスプレイ越しでも分かった。

雰囲気や、目つき、背丈だって記憶にあるものとは異なる。

それでも、だ。

愁にも、菫にも、完璧に、瞬時に、分かったのだ。

その、どこか気まずげな、困ったように眉を八の字にする人物が。

捜し続けていた、必ず帰って来ると信じていた……

──最愛の息子である、と。

ガシャンと、受話器が放り出される。夫婦揃って弾《はじ》かれたように走り出した。

リビングの扉を蹴破らん勢いで開け放ち、二人でもつれ合うようにして廊下を駆け、もどかしさを隠しもせずに乱暴に玄関のカギを開けて、一気に扉を開く。

そして、

「あ……その…………ただいま。父さん、母さん」

いた。夢幻ではなかった。家の門の前で、少しの緊張と不安を滲《にじ》ませて佇《たたず》んでいる。

喉が張り裂けんばかりに息子の名を呼ぶ。同時に、目を丸くした息子のもとへ体当たりする勢いで飛び込んだ。

「「ハジメっ!!」」

「ハジメっ、お前、この馬鹿野郎！　今までどこにいたっ」

「ああっ、良かった……良かったっ。どんだけ心配したと思ってっ」

息が詰まるほど強く、父母揃って息子を抱き締める。

今この時、腕の中に存在しているのだということを確かめるように。

もう二度と消えてしまわないように。

強く、強く、抱き締める。

ぼんやりとした街灯と、玄関から漏れる明かりと、そしてまん丸お月様が、再び一つになった家族を優しく照らしている。

ハジメは、しばらく無言だった。中途半端な万歳をしているようなポーズで、目を丸くしたまま硬直していた。

心配をかけているとは思っていた。

自分の帰還を信じてくれていると確信していた。

だが、それでも、今の自分の姿や雰囲気は、たとえ髪色や義眼、義手を可能な限り以前の見た目に戻していたとしても、かつての自分とは随分と異なるはずだ。

だから、きっと戸惑うんじゃないかと思っていた。訝《いぶか》しんで、「本当にハジメなのか？」

と疑いの言葉をかけられることも覚悟していた。場合によっては、一度、時間を置く必要があるんじゃないかとさえ心の片隅で思っていたのだ。

だが、蓋を開けてみれば、これこの通り。

愁《しゅう》も菫《すみれ》も、ハジメの変化になど目もくれず息子だと確信した。

一瞬の躊躇《ためら》いもなく、安堵《あんど》を溢《あふ》れさせて抱き締めてくれた。

かつて、【氷雪洞窟】で虚像の試練に指摘されたハジメの不安と恐怖は、全て杞憂《きゆう》だったのだと証明してくれた。

ハジメの身の内に、熱く、されど静かな、深い深い感慨が湧き上がる。

異世界で経験したありとあらゆる壮絶な経験が、まるで走馬灯でも体験しているが如《ごと》く脳裏を過《よぎ》った。

そして、ただただ思うのだ。

――あぁ、やっと帰ってきた、と。

ハジメの震える両腕が、そっと父と母の背に回される。

化け物の力を宿す腕が、随分と痩せてしまった両親を傷つけぬように、そっと、優しく、労《いたわ》るように添えられた。

そうして、震える声で、小さく。

しかしてはっきりと、万感の思いを込めてもう一度。

「父さん、母さん――ただいま」

ずっと言いたかった言葉を、口にした。

愁と菫は涙に濡《ぬ》れる瞳もそのままに、少しハジメから離れた。

しっかりと目を合わせ、息子の想《おも》いを汲《く》み取るように見つめる。

そして、同じく震える声でとびっきりの笑顔と共に、その言葉を贈ったのだった。

「「おかえり、ハジメ」」

それはきっと、ハジメにとって本当の意味で、長く険しい旅の終わりを告げる言葉だった。


異世界にクラスごと召喚され、ただ一人ありふれた職業の才能しか持ち得なかった最弱の少年が神すら打倒する世界最強へと至り。

全ての障害を乗り越えて家族のもとへ帰る物語は、これにて終幕。


もっとも。

吸血姫にウサミミ少女、変態ドラゴンに海人《うみびと》の母娘なんて新たな家族を迎え入れることになった南雲《なぐも》家が騒動と無縁でいられるはずもなく。

神隠しにあった生徒達の突然の帰還に対する騒動や、それに起因する各国政府や裏の世

界が絡む大事件に巻き込まれたり。

果ては、また別の世界を知ることになってしまったり。

まるで大騒動という名の運命に愛されているかのように、その後もハジメ達はまったくちっともありふれていない日々を送ることになるのだが……

そのお話は、いつかまた別の機会に。

一つ確かなことは、その全てをハジメは乗り越えていくだろうということ。

理不尽を理不尽で捻《ひね》り潰し。

不条理を不条理で塗り替えて、必要ならば運命すらも破壊して。

異世界で絆《きずな》を結んだ大切な仲間と——

最愛の吸血姫と共に。

あとがき

※ネタバレーーっ、注意ッ!!

あとがきの後に【番外編　もう一つのエピローグ】があります！

ミレディに関するお話です。

零《ゼロ》シリーズのネタバレに通ずる部分がありますので、これから零シリーズをお読みになる予定の方はご注意ください。

零シリーズまで読む気はないなぁという、そこの貴方《あなた》！

これは作者のわがままですが、せめて漫画版零の第一話だけでも読んでから見ていただけないでしょうか？

オーバーラップ様のコミックガルドにて無料で読めます。

そこだけでも読んでいただければ、登場人物のセリフの意味が最低限お分かりいただけてエモさも上がるかと思います。

ぜひ！　ぜひ！　よろしくお願いいたします!!

初《しょ》っ端《ぱな》に注意事項で失礼しました。

改めまして、ありふれた十三巻をお手に取っていただき、誠にありがとうございます。

原作者の白米良《しらこめりょう》でございます。

遂《つい》に、遂に！　ですね。第一巻が出たのが七年前。長かったような、短かったような。

漫画化、外伝、スピンオフにアニメ化と本当にいろいろありました。

とても感慨深いです。Ｗｅｂ版ではずっと前に完結していて、今は自由気ままにアフターストーリーを書いて楽しんでいますが、それでも達成感が凄《すご》いです。

それもこれも、読者の皆様の応援のおかげです。よくぞここまでお付き合いいただいたと感謝の念でいっぱいです。ありがとう。心から感謝します。本当にありがとう。

さて、読者の方々におきましては、これで「ありふれたシリーズ」は本当に終わりなのかとモヤッている方もいるのではないでしょうか？

……期待してもいいかもしれませんね。アフターストーリー。

何より白米が見たいんじゃあ～。たかやKi先生が描くアフターの登場人物を！　というわけで、白米からお約束はできないんですが、前向きに検討はしていただけているようだ、ということだけは伝えておきます！

話は変わって、皆さんＯＶＡは見ましたか？　本巻の特装版に付属しているアニメです。まだ見てない方のためにネタバレはできないので多くは語れませんが……

最高だった……。ハジメ達《たち》と解放者組の共演、エモさが半端なかった……

アニメ制作関係者の皆様、本当にありがとうございました！

特装版は買ってない……という方も、いずれどこかで放送されると思いますので、その時は是非とも見てみてください！

さて、アニメ繋《つな》がりで告知させていただきます。もう帯でご存じかもしれませんが、なんと！　アニメ3期の制作が決定しました！

アニメ化を3期までやってもらえる原作なんてそうそうありません。話を聞いた時は我が耳を疑いましたが現実のようです。これまた、本当にありがたいことです。

そんなわけで、最後に改めて謝辞を伝えさせていただきたく思います。

イラスト担当のたかやKi先生、原作コミック担当のＲｏＧａ先生、日常の森みさき先生、零コミックを担当してくださった神地先生、担当編集様、校正様ほか出版に尽力くださった皆様、そしてアニメ制作関係の皆様、本当にありがとうございました！

そして、読者の皆様方。五体投地にて感謝いたします！

皆様と一緒に楽しんだ七年間は、白米の人生にとってかけがえのないものとなりました。

Ｗｅｂ版の当初から、という方々は九年近くになるでしょうか。皆様の応援によって書籍化されたおかげで、この場にて感謝の気持ちを書き残すことができております。

改めまして、ここまでお付き合いいただき本当にありがとうございました！

また、書籍のあとがきにてお会いできることを、心から祈っております！

白米　良

番外編◆もう一つのエピローグ

どことも知れぬ世界の、いつとも知れない時代。

とある国の辺境にある小さな町に、その少女はいた。

年の頃は十代半ば。ボブカットの黒髪はややパサついていて、肌はよく日焼けしており、着古した質素なワンピースと相まって贅沢《ぜいたく》とは無縁に見える。

容姿も磨けば光るだろうと容易に想像がつくほど整っているのに、最低限の手入れしか見受けられない。

町の同年代の少女達《たち》が、自分磨きや着飾ることに夢中になる中、少女だけはいつも変わらず質素なままだった。

とはいえ、そんな彼女を見窄《みすぼ》らしいと見下すような者は、この町には皆無だ。

「お～う、シーニー！　今日も元気いいな！」

「あったり前でしょ～！　私を誰だと思ってんの！　完璧美少女様だぞぉ！」

「あははっ、今日も自己評価たっかいわねぇ！」

「ごめんね！　シーニーさん嘘《うそ》が吐《つ》けないの！　心まで美少女で辛《つら》いわぁ！」

「シーニーお姉ちゃん、おはよう！　今日も絶妙にウザいね！」

「おはよう！　さわやかな罵倒ありがとね！　絶対ゆるさん！」

老若男女の区別なく、少女――シーニーを見た誰もが自然と笑みを零《こぼ》す。

けれど、シーニーは孤児だ。赤子の時分に孤児院の前に捨てられていた。

彼女に卑屈な雰囲気や不幸な境遇を匂わせる言動は欠片《かけら》もない。天真爛漫《てんしんらんまん》を絵に描いたような性格は、少し関わるだけで人々を惹《ひ》きつけた。

おまけに、だ。

――なんでも屋のシーニーたん
幼少の頃より、そう自称して始めた誰かの仕事を手伝うという商売は、少女の根の真面目さや聡明《そうめい》さを証明し大きな信頼をも生み出した。

つまり、シーニーという少女は、今や町では知らぬ者のいない名物少女なのだ。

まだ少し早朝の冷えた空気を感じる午前。

今日も今日とて笑顔と元気を振りまきながら、シーニーは元気に街中を駆けていく。

本日の職場は町一番の商家だ。

予定外の仕入れがあり、午前中だけ棚卸しを手伝ってほしいとの依頼である。

到着するや、もう長い付き合いなので気心の知れた従業員達と共に、手際よく仕事を進めていくシーニー。

特に問題もなくお昼を迎え、賃金を受け取って孤児院へ帰ろうとしていると……

「お、おい、シーニー。昼、食べていけよ」

同い年の少年が、そう声をかけてきた。商会長一家の長男だ。やんちゃそうな見た目である。そっぽを向きながら微妙に頬を染めている点で内心はお察し。「若が誘ったぞ！」と従業員達がさりげなく様子を窺《うかが》っている。

なんとも微妙な緊張を孕《はら》んだ場で、当のシーニーはというと。

「断る！」

即答だった。長男君が愕然《がくぜん》とする。従業員達が頭を抱え始める。

「な、なんでだよ！」

「うちの子達にお昼ごはんを作ると約束しているからさ！」

じゃあね！　と踵《きびす》を返す迅速果断なシーニーちゃん。

普段なら「そうかよっ」とぶっきらぼうに引き下がる長男君だが、今日は一味違うらしい。慌てて引き留めにかかる。

「ま、待て！　お前っ、町を出るつもりって本当かよ！」

風の噂《うわさ》で聞いたらしい。幼少期から小遣い稼ぎをしていたのも、もちろん孤児院の経営の足しにするというのもあったが、実は旅の資金を貯《た》めるためだったのだと。

ずっと町で生きていくものだと思い込んでいた長男君からすれば青天《せいてん》の霹靂《へきれき》だった。

どこか「そんなわけないでしょ」と言ってくれるのを期待しているような表情の長男君に、シーニーはやはりサパッと答えた。

「おおう？　よく知ってるね？　そうだぜい！　シーニーさんは旅する女になるのさ！」

孤児院では、十五歳になると独立するのが慣例だ。とはいえ、町自体から出て行くのは珍しい。普通は孤児院を出る前に仕事先を作っておくもので、ならば他の町で事前にそうしておくことは難しいからだ。

「旅って……なんのために？　当てはあんのかよ」

「ない！」

「無計画すぎるっ。なんでそんな自信満々なんだ!?」

「自由気ままに旅をしたい年頃なのさ。シーニーさんは世界を見てくるぜ！」

「男前か！」

わけが分からない。いつものことだが。

そんな、ある種の変人を憎からず想《おも》ってしまったのだから、長男君は難義な少年である。

「女の一人旅とか……やめとけよ。ここにいればいいじゃねぇか。その、あれだ。親父《おやじ》にも話は通してるから……お、俺の手伝いをすればいいだろ！　これからもずっとっ」

坊ちゃんが漢《おとこ》を見せたぞ！　と従業員達が作業の手を止めて見守る。

いつの間にか、会長と奥さんも扉の隙間から覗《のぞ》き見ている！

シーニーは鈍感ではない。

長男君の気持ちと、商会の人達の心情は正確に読み取れていた。

そして、誰かが本気である時は、必ず本気を返すのがシーニーという少女であるから。

「ごめんなさい」

飾らない。偽らない。誤魔化さない。

その場の誰もが息を呑《の》んだ。いや、気圧《けお》されたというべきか。

「ずっと、胸の奥が苦しいんだ。毎晩、何かを夢に見て、でも起きた時には何も覚えてなくて、ただ切なくてたまらなくなるんだ」

「な、何を言って……」

真《ま》っ直《す》ぐに向けられる濃褐色《ダークブラウン》の瞳に宿る圧倒的な意志の力。

なんて目をするのだろう、と。

これが十四歳の女の子がする目か、と。

誰も彼もが畏怖にも似た感情を抱く。まるで、そう。存在の格が違う相手を前にした時のような。

自然と、彼女を止めることはできないのだと理解した。

彼女は、彼女自身が決めたことを必ずやり通すのだと。

「私は知りたい。私が何を知りたいのかを。こんなにも、狂おしいほどに、いったい何を求めているのかを」

そのためには立ち止まっていられない。

目的地も何も分からなくても、前へ進みたいのだ。

そう伝えて、どこか超然とした雰囲気をふっと霧散させるシーニー。

代わりに、柔らかで優しげな雰囲気が広がった。胸を締め付けるような微笑と共に。

「だから、私は行く。ごめんね？」

優しくも、断固たる決意が伝わる言葉だった。

踵を返して去る少女を止める者は、誰もいなかった。

いつも使う表通りを避けて、孤児院へ向け裏路地を歩く。

今は、声をかけてくれるだろう町の人達に上手《うま》く笑顔を返せる自信がなかった。

思い浮ぶのは、霧。

頭の中、あるいは記憶の向こう。

何か大切なものがそこにあると感じるのに、濃い霧の壁で見通せない感覚に溜息《ためいき》を吐く。

物心がついた頃からそうだった。幼い時はわけもなく涙が流れたこともあった。

院長夫妻も兄弟姉妹も優しい人ばかりなのに、確かに家族なのに、時々寂しくて寂しくてたまらなくなるのだ。

（何かを忘れてる……ううん、そんなことあるはずがない）

記憶喪失を経験したことはない。でも、思い出すべきことがある気がしてならない。

もやもやする。霧が晴れない。苦しい。寂しい。

何より、

（あの人達は……誰？）

朝になれば消えてしまう夢だが、実は少しだけ覚えていることがある。

人影だ。おそらく、きっと、六人の男女。

漠然としていて容姿は分からない。服装もぼやけている。六人六様に何かを語りかけてくれているけれど、その内容も水の中にいるみたいに判然としない。

ただ、彼・彼女等《ら》を想う度に、会いたいという衝動が胸の奥で暴れて苦しくなるのだ。

特に、そのうちの一人は……

(黒色の貴方《あなた》は……どうしてそんなに切なそうなの?)

まるで影法師のような男の人を想うと、自分でも泣きたくなるほど切なくなる。胸の奥が、他の五人とは異なる感覚でどうしようもなく締め付けられる。

シーニーは、自然と胸元を握り締めていた。足が止まって、俯《うつむ》いてしまう。

と、その時だった。

「あーーっ、いた! シー姉さん!」

ハッと顔を上げると、通りの少し先に一回り下の女の子の姿が。孤児院の妹分だ。

「お、お〜、どうしたの? そんなに慌てて」

どうにか取り繕い、気持ちを切り替える。シーニーの様子には気が付かず、妹分の少女は勢いそのままに飛びついた。かと思えば、直ぐに腕を引っ張っていく。

「ちょっとちょっと! ほんとどうしたの!?」

「大変なんだよ! 家にお貴族様が来てるの!」

「き、貴族？　え、なんでうち？　うちは貴族の援助なんて受けてないし、必要ともしてないはずだけど？」

孤児院の運営は、院長夫妻が別に行っている商売と、独立した兄弟姉妹からの仕送りで成り立っている。援助元の貴族が視察に来るなんてことはない。

「そんなの知らないよ！　そもそもお隣の国のお貴族様らしいし……」

「隣国ぅ？　ますます意味が分からないんだけど？」

「とにかく、シー姉さんを連れてきてってお母さんに言われたの！」

「えぇ？　私を？　なんでまた……はっ、まさか、このシーニー様の魅力が伝わって!?　こわいっ。自分の魅力がこわいっ。でもダメ！　シーニーたんは世界中の皆のもの――」

小走りで孤児院への道を急ぎながら、普段通りのウザさを発揮するシーニー。しかし、返ってきたのは、いつものジト目でもツッコミでもなかった。

「……もしかして、本当にそうだったりして」

「お、おう？　いや、あのね？　冗談だから」

「分からないよ？　シー姉さんより少し年上くらいのかっこいい人だったし……旅の途中でこの町に寄って、偶然、シー姉さんのことを知って見初めちゃったのかも！」

「いやぁ、だとしたら困っちゃうなぁ。私にはきっと旅先で出会う運命の王子様的な人が――」

頭に浮かぶのは、先程まで考えていた影法師の如《ごと》き男の人。

だが、ちょっと頬を染めてそう口にした途端、妹分から威力高めのツッコミが入った。

「……シー姉さん。いい歳《とし》して運命の王子様はないよ。痛々しいよ……」

「ガチトーンはやめてもらっていいかな？　泣くよ？」

妹分に可哀想《かわいそう》な人を見る目を向けられて、割と本気でダメージを受けるシーニー。

「とにかく！　優しそうな人ではあったけど、お貴族様を待たせると何があるか分からないんだから急いで！」

「うぇ～い」

なんともやる気のない声を漏らしつつ、シーニーは内心で溜息を吐《つ》いた。

（面倒なことにならないといいけど……）

結果的に、それは杞憂《きゆう》だった。

孤児院が見えてくる。正門の前に立派な二頭立ての馬車が停《と》まっていた。

装飾はなく、見るからに旅慣れた者が使うような頑丈そうな造りだ。貴族が使うタイプには見えない。実用派なのかお忍びなのか、と小首を傾《かし》げつつ門を潜《くぐ》る。

「シー姉さん、しっかりね！　せめて粗相だけはしないでね？　プギャーなんてしたら晩ご飯に下剤を仕込むからね！」

「さらっと恐ろしいこと言わないで!?」

いくらなんでも権力者相手に下手な真似《まね》はしないのに信頼ないなぁと、少し悲しげに肩を落としながら奥へ行く。

廊下の先のリビングから微《かす》かに声が聞こえてきた。楽しそうだ。子供達《たち》の明るい声と、シーニー達が母と呼ぶ院長の奥さんの笑い声が聞こえる。意外にも談笑中らしい。

随分とフレンドリーな貴族なんだなと思いつつ、軽く身だしなみを整えてから、

「ただいま戻りました～」

リビングの扉を開く。

そして、

「……やぁ、おかえり。君がシーニーさんかな？」

椅子に座った青年と目が合った瞬間、体に電流が流れた。と、錯覚するような衝撃と共に硬直した。

言葉が出てこない。頭の中が真っ白になる。母の「挨拶しなさい」という言葉も、「シーニー姉ちゃん？」と訝《いぶか》しむ兄弟姉妹の声も、耳の奥で鳴り響く鼓動の音で遠い。

「僕はヴァイス。隣の国のクレイエル伯爵家のヴァイスだ」

立ち上がり、歩み寄ってくる青年から目が離せなかった。

だって、似ていたから。

黒い要素はズボンの色くらい。金髪碧眼《へきがん》で、声も違う。

けれど、彼の瞳や声に滲《にじ》み出る優しさに、心がどうしようもなく反応していた。

「ただ、実はもう一つ、僕は名前を持っていてね。古い友は、きっと僕をこう呼ぶ」

この人は。

あの夢の中の人は――

「「オスカー・オルクス」」

声が重なった。その名は自然と出た。

直後、記憶のダムが決壊した。洪水の如く知らないはずの記憶がシーニーの中を満たしていき、涙となって溢《あふ》れ出る。

「わ、私は……私の名前は……」

霧が晴れていく。忘れていた大切な全てを思い出す。

仲間と戦い続けた日々も。

多くを失い、永遠に等しい時を深い闇の底で過ごしたことも。

宿願を果たしたことも。

目の前の人が、最後の時に贈ってくれた約束も。

「「ミレディ・ライセン」」

再び、声が重なった。

かつて世界と戦い続けた少女の前に、相棒であった青年が傅《かしず》く。

止めどなく溢れ続ける少女の涙を、頰に手を添えるようにして優しく拭う。

「言っただろう、ミレディ。永遠に等しい時が過ぎたとしても、たとえ魂だけになろうと、必ず君を迎えに行く。今度は、僕が君を見つけると」

「うん……うんっ」

どんな理由があって、こんな奇蹟《きせき》が起きたのだろう。

分からない。分からないけれど……

一つ、確かなことは。

涙で滲む視界の中、見る者の心を溶かすような優しい笑顔を向けてくれる青年は、

「やっと見つけた」

確かに、ミレディが最も心を寄せた人だということ。

その彼が約束した通りに、本当に時も世界も越えて自分を見つけてくれた。

もう、耐えることなんてできなかった。

その必要もなかった。

「オーくんっ」

彼の胸元へ飛び込む。心の中の宝箱に仕舞った想《おも》いを今こそ解放する。

オスカーもまた、万感の思いを込めて抱き締め返した。

強く強く、二度と離すまいとお互いに。

孤児院の子達が悲鳴とも歓声ともつかない声をあげ、窓の外から様子を見ていた町の人達が大騒ぎしながら駆け去って行く。

その喧噪《けんそう》にも二人は気が付かない。お互いのことだけを見ていて、そこには二人だけの世界があって。

「ずっと、言いたかった」

そっと、互いの首筋に埋《うず》めていた顔を離して、でも鼻先が触れ合うほど近い距離で、オスカーが言葉を紡ぐ。幾星霜を経ようと色褪《いろあ》せなかった想いを、遂《つい》に言葉にする。

「────」

他の誰にも聞かせない。それは、そっと囁《ささや》くような告白だった。

頬を赤く染めながら、ミレディの表情が蜂蜜のように甘く蕩《とろ》けた。瞳が歓喜に輝き、声音に愛《いと》しさが滲み出る。

「あのね、オーくん」

そっと、耳元に唇を触れさせる。とびっきりの秘密を打ち明けるように、ミレディもまた、満ち満ちた心を言の葉に変えて紡いだ。

「────」

少しだけ顔を離し、見つめ合う。

喧噪が止まった。その場の全員が身じろぎ一つできなかった。

だって、額をこつんとぶつけ合って、お互いの頬に両手を添えて、綻ぶように笑い合う二人の姿はあまりにも尊くて。

今この瞬間を壊したくないと誰もが思うほど。

とても、幸せそうだったから。

どことも知れぬ世界の、いつとも知れぬ時代。
再び巡り会った二人は、また旅をする。
かつてのように、二人で始める。
誰かを助けながら、かつての仲間を捜して世界を巡る。
自由な意思の下に、使命も何も背負わずに。
ずっとずっと寄り添って。
幸せそうに笑い合いながら。

登場人物紹介

■南雲《なぐも》ハジメ

天職〝錬成師〟。トータスの歴史書には〝神殺しの魔王〟と記される。〝魔王〟と呼称される理由は、複数の女性を侍《はべ》らせたうえ魔王城で悪魔的な姿を見せたことでクラスメイトが呼び始め、それを気に入ったハウリアが広めたから。北大陸では、一般的に神の敵対者と言えば魔王という認識なのもあってすんなり浸透した。

帰郷後、マスコミの追及をアーティファクトで対処したり、ユエ達《たち》の戸籍関係をアーティファクトでどうにかしたり、実際に回復効果のあるアーティファクトのアクセサリーを売り捌《さば》くため会社を設立したりと、一気に増えた家族を養うために奮闘する。

全ては平穏（？）な日常のために。

■ユエ

天職〝神子《みこ》〟。決戦後、見た目年齢を自在に変えられるようになり妖艶度が爆増した。歩くエロスとして人の情緒や理性を破壊しがち。ある意味、厄災なので魔王の正妻に相応《ふさわ》しいと誰もが納得している。

日本に移住後、ハジメと共に学校に通う。通学で毎日、トラブルを多数誘発してしまうが、本人は気にした様子もなくとても幸せそう。

ハジメが認識阻害をかけるなど頑張ってユエの日常を守っている。

■シア・ハウリア
天職〝占術師〟。天職をよく〝鉄人〟〝武神〟〝無敵〟などと間違えられるウサミミ少女。自他共に認める物理最強。

日本に移住後、ユエと同じく学校に通う。ユエと異なり近寄り難いほどの妖艶さがなく、天真爛漫《てんしんらんまん》な美少女だからか告白が後を絶たない。強引な相手、しつこい相手には拳で対応しがち。その結果を前にした本人曰《いわ》く、「地球のものは脆《もろ》すぎますぅ」とのこと。

ハジメが蘇生《そせい》用アーティファクトを用意するなど、頑張ってシアの日常を守っている。

■ティオ・クラルス
天職〝守護者〟。天職をよく〝変態〟と間違えられる黒竜の竜人。一族の精神を破壊しがちで、一部からは歩く猥褻物《わいせつぶつ》と称される。だが、根は高潔で理知的。〝龍神化〟すれば天候すらも操れる歴史上最強の竜人姫。

日本に移住後は、レミアと共に社会人としての生き方を模索している。ハジメの会社で働くか、自分達で会社を設立するか検討中。

ハジメ的に、プライベートでご褒美を望む以外、意外にも特に手がかからなくて拍子抜けしている。

■白崎《しらさき》香織《かおり》

天職〝治癒師〟。トータスの歴史書には〝黒銀の聖女〟と記されており、〝豊穣《ほうじょう》と勝利の女神〟や〝女神の剣〟と並んで凄《すさ》まじい人気を誇る。ユエやシア、ティオより知名度が高い。

ユエの永遠の恋敵《ライバル》を自称しており、帰郷後もキャットファイトを繰り広げる二人の姿はよく目撃されている。

蘇生術や再生魔法はユエさえ凌駕《りょうが》しており、そのせいか死生観が壊れ気味。とりあえず「ブンカイッ」してから蘇生又は再生すればいいやと考えがちで、仲間内では「聖女？」と疑問を持たれている。

■ミュウ

コミュ力最強の幼女。実は欠片《かけら》だけ生き残っていた太古の怪物〝悪食《あくじき》〟やリーマン、生体ゴーレムの中の人など人外とすら〝お友達〟になっている。

日本に移住後、しばらく幼稚園に通い、小学校にも入学する。あっという間に周囲の人達の心を鷲掴《わしづか》みにし、同年代の女の子達などはミュウの親衛隊と化している。

インターネットを教えた数ヶ月後には世界中に友達ができていて、ハジメは白眼《しろめ》を剝《む》いた。

■レミア

移住を告げるだけでエリセンの住民をパニックに陥れ、海に身投げする男を続出させる魔性のあらあらうふふ。

日本に移住後、何人もの外国人の美女・美少女が出入りする南雲家に様々な邪推やら疑念やらを抱くご近所さんを、真っ先に懐柔した——ではなく、良き関係を築いたのはレミア。移住組の中で最もご近所さんの信頼度と好感度が高い。

■八重樫雫《やえがししずく》

天職〝剣士〟。自由に斬りたいものだけを斬れるようになったので、大戦後は割と簡単に斬りかかるようになった。もうただの苦労人ではない。我慢するくらいなら斬る！　というのが新たな信条。

ただし、帰郷後、八重樫家のとある秘密を知ってしまい、結局、家族に対していろいろと苦労することになる。

■畑山愛子《はたやまあいこ》
天職〝作農師〟。トータスの歴史書には〝豊穣と勝利の女神〟と記される。〝女神教団〟という聖教教会の新たな派閥が生まれ始めており、どんどん神格化が進んでいる様子。

帰郷後、引き続き教師を続ける一方で、果樹園を経営する実家にこっそり助力して魔法的農地改革を行い、既存の果物とは比較にならない品質の商品を生み出す。

業界関係者や取引先にノウハウを聞かれても畑山家は答えられないので、大儲《おおもう》けに比例するようにして苦労が増えているとか。


【クラスメイト】
■天之河光輝《あまのがわこうき》
天職〝勇者〟。聖剣や聖鎧《せいがい》を王国へ返却しようとしたが、聖剣だけは自ら飛んできて決して離れようとしなかったため、今も所持中。地球にも持ち込んでいる。

たぶん、また別の世界に召喚される。真の勇者として覚醒できるかは本人次第。
■坂上龍太郎《さかがみりゅうたろう》
天職〝拳士〟。自他共に認める脳筋だが、何があっても曲がらない真《ま》っ直《す》ぐな心根の持ち主。帰郷後、なんだかんだで鈴と一緒にいることが多い。

■谷口鈴《たにぐちすず》
天職〝結界師〟。本作で、もしかすると最も成長した人物。ただし、エロおやじな部分はそのまま。帰郷後は、なんだかんだで龍太郎の傍《そば》にいることが多い。
■園部優花《そのべゆうか》
天職〝投術師〟。ツンデレ代表。お礼と称してハジメを実家の洋食店に招きたいが、帰郷後もじれじれしている。その様子を香織はジッと見ている。
■宮崎奈々《みやざきなな》
天職〝氷術師〟。陽キャ。帰郷後は、気さくで明るい人柄の中に芯が見えるせいか、非常にモテるようになる。だが、憧れの関係がハジメとユエなのでハードルは高そう。
■菅原妙子《すがわらたえこ》
天職〝操鞭師《そうべんし》〟。隠れドS。ハジメとティオの関係に憧れており、こちらも相手を見つけるのは大変そう。
■玉井淳史《たまいあつし》
天職〝曲刀師〟。昇や明人と一緒に、よく優花の実家の洋食店を溜《た》まり場《ば》にしている。

優花は迷惑そうだが、奈々や妙子も同じなので強く言えない模様。毎回、「南雲はいねぇのぉ？」と煽《あお》るので、よく手持ちの物品が投擲《とうてき》術の餌食になっている。

■相川昇《あいかわのぼる》

天職〝戦斧士《せんぷし》〟。右に同じく。淳史や明人と話し合っているところではあるが、本人的には、将来、トータスに戻って冒険者をしても良いかもしれないと思っている。

■仁村明人《にむらあきと》

天職〝幻術師〟。眼鏡男子。右に同じく。ただ幻術が得意なので、地球でマジシャンをする道もあるかもしれないと、ちょっと悩んでいる。

■永山重吾《ながやまじゅうご》

天職〝重格闘家〟。帰郷後、反則級の力を考慮して柔道家としての道を諦め、警察官の道を目指す。たぶん、最強のお巡りさんになる。

■野村健太郎《のむらけんたろう》

天職〝土術師〟。へたれ。帰郷後、一年経《た》っても綾子との関係が進展せず、でも変わらず想《おも》い合っているのは分かるので周囲は呆《あき》れている。

■遠藤浩介《えんどうこうすけ》
天職〝暗殺者〟。クラスメイトから地味に人類最強格と称されている。なお、ハジメは人類枠から外されている模様。

帰郷後、地球の裏の組織との戦いや、世界を揺るがす事件に漫画のヒーロー並に巻き込まれることになる。その度にハウリア的言動が深まっていき、比例するようにハジメとの仲も深まっている。魔王の右腕という称号もあながち間違いではなくなっていたりする。

■辻綾子《つじあやこ》
天職〝治癒師〟。帰郷後も、恋愛に奥手で健太郎と付かず離れずの距離感を保っている。だが、本人は割とそんな関係も嫌いではない様子。

■吉野真央《よしのまお》
天職〝付与術師〟。帰郷後も変わらずマイペースで生きている。苦労なく程よい生活がモットーなので、ハジメの商売を見習い、付与術で何か商売できないか考え中。

■中野信治《なかのしんじ》
天職〝炎術師〟。彼女が欲しくて欲しくて頭がおかしくなりそうな人。ハジメに弟子入りしようと画策しているが、何かする度に白い目で見る女子が増え続けている。

■斎藤良樹《さいとうよしき》

天職〝風術師〟。彼女が欲しくて暴走しがちな相棒のストッパーを自認。だが、本人も彼女が欲しくてたまらないので、帰郷後はナンパに余念がない。

■中村恵里《なかむらえり》

天職〝降霊術師〟。故人。帰郷後、鈴は恵里の母親に会いに行ったが既に家は引き払われていたため、ハジメに協力を頼んで中村家の経歴を調査した。その内容に憤りつつも母親のことは捨て置き、両親に頼んで墓を建てた。毎年、恵里の誕生日や何かの節目には欠かさず墓参りに行っている。

■檜山大介《ひやまだいすけ》

天職〝軽戦士〟。故人。檜山家には、ハジメが直接、何があったのか説明に訪れている。その場には愛子も同席していたが、どのようなやり取りがあったのか知る者は少ない。

■近藤礼一《こんどうれいいち》

天職〝槍術師《そうじゅつし》〟。故人。右に同じく。

■清水幸利《しみずゆきとし》
天職〝闇術師〟。故人。右に同じく。

【クラスメイト・モブ九人衆】

■鈴木優也《すずきゆうや》
天職〝狙撃手〟。猫っ毛三白眼が特徴の男子。弓道部。大戦を経て心境が変化し、自分の力を役立てるため高校卒業後に自衛隊に入り、いろいろと伝説を残すことになる。友人の荒川と森の頭があれな感じなので、自分がしっかりしようと思っている。

■荒川直《あらかわなお》
天職〝盾術士〟。野球部で坊主頭。重吾や龍太郎並みに巨漢。いろいろ吹っ切れた結果、美女にゴミ扱いされたい性癖に目覚めてしまった。もう後戻りはできない。

■森翔太《もりしようた》
天職〝発破師〟。オールバックで強面《こわもて》。ハジメに強い憧れを持ち、ハジメにこそゴミ扱いされたいと思っている。ハジメを見る目が少し危ない。漢女《おとめ》に似て非なる何かを感じる。南雲ファミリーの鉄砲玉になるのが夢らしい。もう後戻りはできない。

■藤本芽依《ふじもとめい》
天職〝魔法剣士〟。ツインテ猫目が特徴。なんでもそつなくこなすが、何か一つを集中してやるのが苦手。優花に強い憧れを抱いている。それはそれとして、ハジメが会社を作ったと聞いて社員の座を（ひとまず）狙っている。目指すは秘書。

■相沢《あいざわ》さくら
天職〝封縛師〟。長い髪を、いつもシュシュで纏《まと》めているのが特徴。見た目からしておっとり系お嬢様。実際に社長令嬢。優花を心から尊敬している。それはそれとして、ハジメの両親の仕事を家の力で支援できないか考えている。外堀を埋めるのは恋愛の鉄則というのが信条。

■三浦利香《みうらりか》
天職〝戦棍士《せんこんし》〟。短めのポニテが特徴。薙刀《なぎなた》の有段者にして魂の義妹《ソウルシスターズ》。誰のかは言わずもがな。

■横山加奈《よこやまかな》
天職〝拳士〟。ベリーショートの髪と吊《つ》り目《め》が特徴。趣味でボクシングジムに通っている。基本的に男口調なツッコミ役だが内面はとても臆病。優花に憧れていて、実はちょっと惹《ひ》かれている。告白する気はない。水島と星野とは中学時代からの友人で、変わり果てた二人に頭を抱えている。今はストッパー役。

■水島栞《みずしましおり》
天職〝水術師〟。目元まで隠れたパッツン前髪が特徴。南雲家のペットになりたい女の子。あわよくば飼ってもらえないかと首輪とリードを常に用意している。

■星野《ほしの》琴音《ことね》
天職〝雷術師〟。高身長でお団子状の髪型を好む。南雲家の住み込みメイドの座を狙っており、あわよくば、そのままペットになれないかと画策している。

【ハイリヒ王国】

■リリアーナ・S・B・ハイリヒ
天職〝結界師〟。対外的には〝神殺しの魔王〟と婚約していることになっている。王女としての責務を果たすまでは日本に移住はできないと、泣く泣く同道は諦めた。日本に移住後、人生の迷子になりつつも様々なことに挑戦した結果、その有能ぶりを発揮して世界すら動かすことになる。

■ヘリーナ・アシエ
建国以前よりハイリヒ家に仕える従者一族――アシエ伯爵家の令嬢。王女専属侍女兼護衛を務める。非常に有能でハジメも一目置いており、実はリリアーナを介さず頼み事をすることも多い。そのことを、リリアーナはまだ知らない。

■クゼリー・レイル
王国新騎士団長。リリアーナの辞書に、部下の労働環境への配慮という項目はまだない。復興のために東奔西走し続けるクゼリー団長は、だんだん病み始めている。

■女騎士
ちゃっかり大戦を生き残った雫の自称〝魂の義妹《ソウルシスターズ》〟。クゼリーの団長の精神的負担の何割かはこいつのせい。

■ランデル・S・B・ハイリヒ
次期国王の少年。香織に惚《ほ》れていたがハジメと結ばれたと知って三日三晩泣いた。大戦後の一ヶ月の間にミュウと接する機会が多く、優しくされて惚れた。恋愛に関しては、茨の道を進む運命にあるようだ。

【ヘルシャー帝国】

■ガハルド・D・ヘルシャー
帝都に〝大使館〟ができて以来、ハウリアとのやりとりで弄《いじ》られキャラ化が進んでいる皇帝。本人は、「もう、こんなハウリアがいるような帝都にはいられない。俺は冒険に出るぞ！」と次期皇帝の選出に全力を尽くしている。

【アンカジ公国】

■ランズィ・フォウワード・ゼンゲン
大戦後、息子が〝香織様にご奉仕し隊〟の拡大と布教に心血を注いでいることに頭を抱えている。

■ビィズ・フォウワード・ゼンゲン
〝香織様にご奉仕し隊〟の隊長。同隊は大戦後しばらくして〝聖女教団〟として正式に組織化した。実態はただの〝香織オタク〟の集団。

【フェアベルゲン】

■アルフレリック・ハイピスト

長老衆は、香織や愛子のみならずユエやシア、雫まで入れて誰の〝推し〟が一番かなんて激論を交わしてばかりで、あんまり仕事をしてくれない。ハウリアは直《す》ぐに問題を起こす。孫娘はあの有様。

大戦後は実質一人で国家運営も外交もしているような状態で、最近は「ブラック国家で長老してるんだが、私はもうダメかもしれない」が口癖になっている。

■アルテナ・ハイピスト

シアが地球に旅立った後は、カムの後妻にならんと外堀を埋めようとしている。シアに同い年の義母ができるかどうかはカムのふんばりにかかっている。

【ハウリア】

■カム・ハウリア

〝深淵蠢動《しんえんしゅんどう》の闇狩鬼〟カームバンティス・エルファ――以下略。

■ラナ・ハウリア

なぜか、使徒さえ認識し切れない全力隠形中の浩介に、普通に気が付ける人。他のハウリアは一切気が付けないので、本当に原因は不明。ボスの右腕になり得る人に見初められ、共にボスファミリーに尽くせるとあって、連日身内にマウントを取りまくっている。

■パル・ハウリア
ネアの相棒。ボスのヒットマンになりたい一心で、大戦後も休まず鍛錬し続けているハウリアで一、二を争うストイックなウサミミ少年。狙撃のセンスが常軌を逸しているので、後で天職を調べたら、案の定、〝狙撃手〟の天職持ちだった。

■ネア・ハウリア
パルの相棒。ボスのお嫁さんになりたい一心で、大戦後も休まず鍛錬し続けているハウリアで一、二を争うストイックなウサミミ少女。近接戦闘のセンスが常軌を逸しているので、後で天職を調べたら〝芸術家〟だった。意味が分からなかった。

【竜人の里】

■アドゥル・クラルス
孫娘の所業でよく立ったまま気絶する最古の竜人の一人。炎属性では最強の緋竜《ひりゅう》。大戦後は、各国を繋《つな》ぐ友好の使者として一族共々精力的に活動している。

■ヴェンリ
ティオの第二の母。アドゥルと同じ最古の竜人の一人。正妻宣言したユエに何かと忠言するのだが、その口調や雰囲気がまるで手のかかる娘を前にしているようで、ユエはなんとなく苦手としている。照れくさくなるらしい。

■リスタス
神殺しを成し遂げたことでハジメを認めるに至った。ただ、かつての姫様が戻ってくることだけは未《いま》だに信じ続けている。現実はいつだって非情だが。

【冒険者】
■クリスタベル
ブルックの町の〝ベルの服飾店〟に巣くう漢女。ユエが旅の中であまりにスマッシュするので同志が激増し、大戦後は〝世界漢女連盟〟を発足。初代会長を務める。

■マリアベル
漢女。ベルの服飾店・王都支店の店長。ユエから〝はじまりの股間スマッシュ〟を受けた者。

■アラベル
漢女。マリアベルのもとで修行中。帝都支店の店長に抜擢《ばってき》されるのが夢。

【聖教教会】

■シモン・L・G・リベラール
聖教教会・新教皇。リブ・グリューエンの名を持つ。解放者の真実を知り、教皇としての役目を果たしつつも、ナイズの系譜を調べようと思っている。

■デビッド・ザーラー
聖教教会の新派閥〝女神教団〟の設立を目論む神殿騎士。今は頭を冷やせとばかりに魔都の駐屯兵をしているが、いつか王国に戻り、都の真ん中で愛子様万歳を叫びたいと思っている。かつての護衛隊メンバーは固い絆《きずな》で結ばれた同志だ。

【魔国】

■フリード・バグアー
故人。龍神化したティオと戦い、相棒のウラノスと共に敗北した。最後の最後に己の心を取り戻し、神域に入っていた同胞を地上へ脱出させた。
人と竜が共存する天空の世界……なんてものが存在していれば転生しているかもしれな

い。その場合はきっと、ティオが祈った通り再び巡り会い、自由に空を飛び、あるいは理想の国家でも建国していることだろう。

【解放者】

■ミレディ・ライセン
解放者のリーダー。重力魔法の使い手。魔力光は蒼穹《そうきゅう》の色。世界で一番ウザい人だが、その実力は破格。最盛期には使徒さえも寄せ付けなかった。
なお、ミレディのウザさはとある人物から受け継がれたものだったりする。

■オスカー・オルクス
ミレディの相棒的存在。生成魔法の使い手。魔力光は陽光の色。眼鏡をこよなく愛し、マフラーをつけてる奴《やつ》が許せない。実はステータスプレートを生み出すアーティファクトの創造者。

■ナイズ・グリューエン
空間魔法の使い手。魔力光は大地の色。破天荒な仲間のフォロー役。幼女に異様に好かれるという体質だったとか。

■メイル・メルジーネ
再生魔法の使い手。魔力光は朝焼けの色。重度の妹スキーで、ドSな海賊。海人《うみびと》と吸血鬼のハーフ。一人称は〝メイルお姉さん〟で、年上相手でも関係なくお姉さんぶる。

■ラウス・バーン
魂魄《こんぱく》魔法の使い手。魔力光は夜闇の色。髪の話をされるとキレがち。息子の名をシャルム・バーンと言い、バーン家に仕えた忠義の騎士の名をラインハイト・アシエと言う。

■ヴァンドゥル・シュネー
変成魔法の使い手。魔力光は月光の色。魔人と竜人のハーフで武芸百般の達人だった。なお、彼の天職は〝芸術家〟。マフラーをこよなく愛し、眼鏡をかけている奴が許せない。

■リューティリス・ハルツィナ
昇華魔法の使い手。魔力光は若草色。森人族で絶世の美女。だが、変態。メイルお姉様の椅子になりたがち。なお、ゴキ◯リが最初の友達だった。

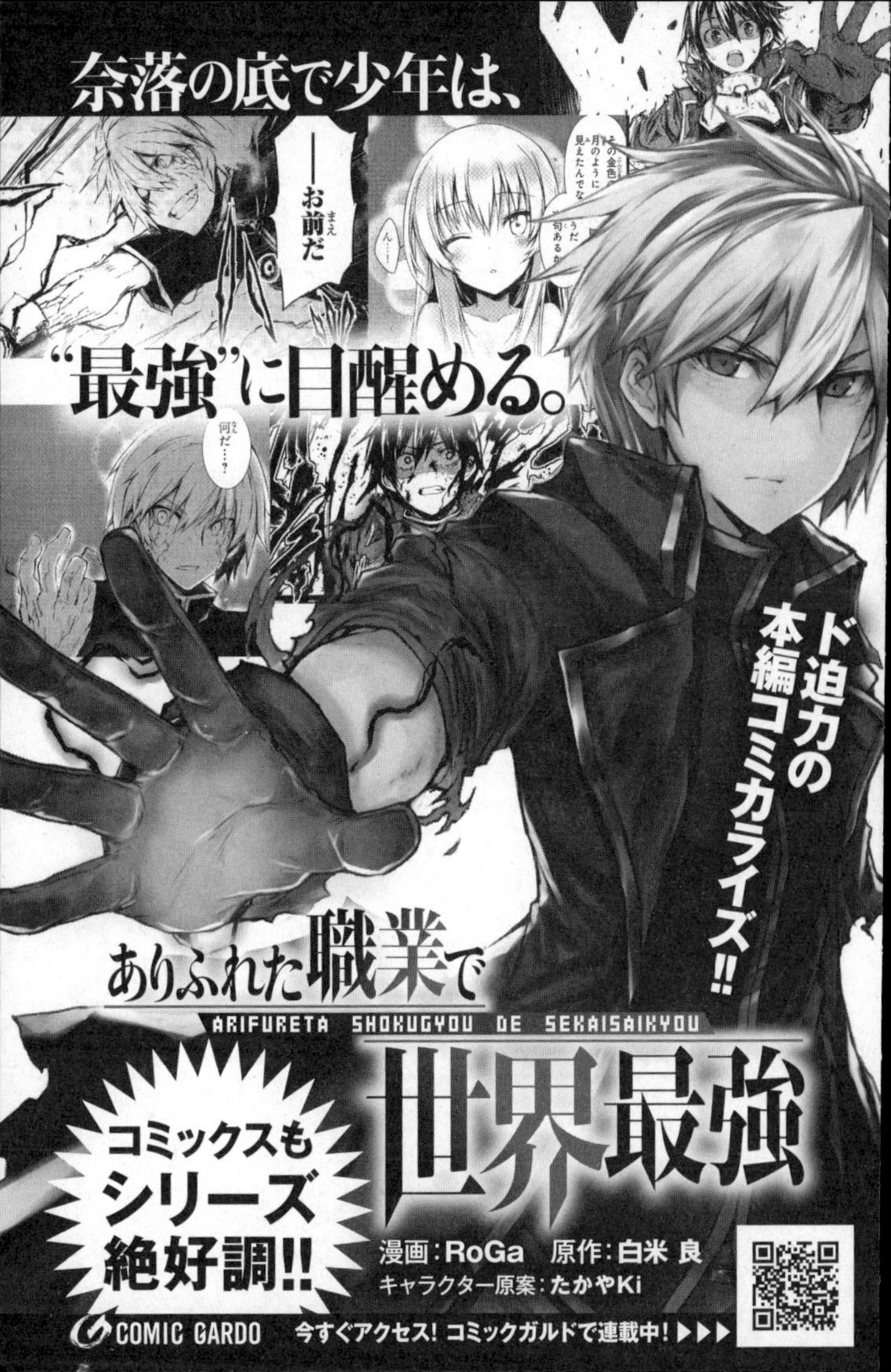

奈落の底で少年は、
──お前《まえ》だ
その金色《こんじき》の月《つき》のように見《み》えたんでな
ん…!
"最強"に目醒める。
何《なん》だ…?
ド迫力の本編コミカライズ!!
ありふれた職業で
ARIFURETA SHOKUGYOU DE SEKAISAIKYOU
世界最強
コミックスもシリーズ絶好調!!
漫画:RoGa 原作:白米 良
キャラクター原案:たかやKi
COMIC GARDO
今すぐアクセス! コミックガルドで連載中! ▶▶▶

OVERLAP

ありふれた職業で世界最強 13

発　行　2022年9月25日　初版第一刷発行

著　者　白米 良
発行者　永田勝治
発行所　株式会社オーバーラップ
〒141-0031　東京都品川区西五反田8-1-5
校正・DTP　株式会社鷗来堂
印刷・製本　大日本印刷株式会社

Printed in Japan　ISBN 978-4-8240-0263-1 C0193